www.tredition.de

AF197143

Udo Stähler

***

SILBERTIGERREVOLTER

Danach ist noch Licht

www.tredition.de

© 2021 Udo Stähler

Verlag und Druck:
tredition GmbH, Halenreie 40-44, 22359 Hamburg

ISBN
Paperback: 978-3-347-28796-9
Hardcover: 978-3-347-28797-6
e-Book: 978-3-347-28798-3

Für Heike E. Emma, meine Frau, die nicht als Figur im Roman erscheint. Was nicht bedeutet, dass sie nicht im Roman erscheint.

KNIRREN

Kai der Knabe war baff. Da schmiss doch Der Gesalbte Schelm bunte Gummibärchen auf Kuli. Der alte Master der Show wurde von der Bühne getrieben. Dieser alte Haudegen. Kai ballte die Fäuste. Jede Schmach jungdynamischer Tausendsassas an geankerten Alten würde er im Keim ersticken! Revolte. Wenn.

Selbst Sméoda, das ewige Beckmessern, hielt in diesem Augenblick die Klappe. Was schon was heißen will.

Nicht die Gummibärchen machten die Schmach. Solange Der Gesalbte Schelm damit warf, okay. Auch wenn Kai gelernt hatte, dass er mit Lebensmitteln nicht zu spielen habe. Kuli wurde ausgelöscht. Zum Gummibären freigegeben. Der aufgetakelte junge Schmachtfetzen sollte alsdann. Einer wird gewinnen? Kuli hatte verloren. Alle Zuschauerinnen und einige Zuschauer verehrten ihn auf der. Aber nun ohne Bühne? Seine Zeit war abgelaufen. Ein schneidiger Illusionist verdrängte den Verdienten. Letztmals schleuderte ihm sein langjähriger Gehilfe den Mantel hinterher. In das eisige Klima ohne Bühne.

Außerdem regnete es.

KNURREN

Kai der Geneigte war taff. Vorbei mit Kindheit. Noch Frühling. Das Heranwachsende reifte. Junge wurden älter. Verwelktes zerflatterte, frische Blüten wehten. Eine laue Zeit. Jahrelang Veronika, der Lenz ist da. Bis mit der Brotarbeit der Sommer begann. Vorbei mit Naschen. Agieren jetzt. Arbeitsleben. Morgen überstrahlte Gestern. Offene Türen überall. Kaum dahinter war das vor der Tür schon vergessen. Alte mit und ohne Anker auch. Weiter gings. Kein Gedanke, irgendetwas im Keim zu ersticken, Revolte gar. Alle tigerten – Kai immer dabei – im Takt frohgemuter Maskeraden. Illusionen tirilierten Ordnung. Der Gesalbte Schelm probierte den ewigen Gaukler.

Eines Tages fängt der jahrelange Sommer an zu tuckern. Herbst braust. Türen knallen rauf und runter. Blitze treffen und Ahnungen donnern. Illusionen scheppern. Der Gesalbte Schelm trällert fortissimo.

Außerdem steht Kai im Regen.

Mit dem leuchtend gealterten Geneigten ist ein freudloser Vorruhestand vereinbart worden. Gegen seinen Widerstand. Inneren Widerstand. Die Formalitäten sind erledigt. Der Hoffnungsträger für wohlerzogene Blüte wird als Ausgemusterter aus seiner Kamarilla entfernt. Anker gekappt. Ist nicht mehr wichtig, was wichtig war? Vorbei auch mit Klüngel, Gutdünken und Exkommunikation. Die stramm geführte Bande von Geschäftemachern und Schnäppchenjägern, mit denen Kai von jung und begehrt bis alt und ausgezählt seinen Weg machte, musste mehr rattern und sollte schlanker werden. Da war er natürlich dabei und auch dafür. Einer wird gewinnen? Kai hat verloren. Vom letzten Sturm dieser bewegten Ära von der Bühne gefegt.

Ob nochmal Frühling kommt für Kai den alten Haudegen? Jedenfalls wäre endlich Zeit für Frühjahrsputz. Die eingefahrenen Finten des unablässigen Sommers waren am Ende zu schwach zum Prahlen. Brauchen eben Wartung. Aber Achtung. Lastenwechsel. Alte sollen nicht wieder frisch werden. Nicht wie in der Natur. Auch nicht retuschiert. Ob Kai ohne Brotarbeit wieder spielen muss?

Ohne Bühne. Er friert.

Die Bastion seiner ehemaligen Arbeitgeberin in Berlins Central Business District, seine ist es nicht mehr, hat er durch einen Seitenausgang verlassen. Zum ersten Mal muss er mit den Öffentlichen nach Hause fahren. Zwischen harten Schauern flieht er über die Straße. Auf der Haltestelle vis-à-vis seinem – adieu – Büro sieht er Angestellte, deren Feierabend er bisher nur durch sein altes Fenster wahrgenommen hatte. Einige nicken ihm überrascht zu. Der Fahrkartenautomat schlägt drei Tickets vor. Berlin A, AB und ABC. Ist der Speckgürtel, in dem er wohnt, noch AB? Wenn er in seinem District Termine wahrgenommen hatte, Kai zählte zu den umweltbewussten Teilzeitnutzern des ÖPNV, war es immer Berlin AB.

„Geht det noch ma, Alta?"

Kai weicht den Finger-Tattoos, die derweil schon am Bildschirm vorführen, wie es geht. Die Dame hinter der Zicke lächelt ihn tröstend an.

„Heute mit der U-Bahn?"

Eine Kollegin aus der Schalterhalle? Ihren Namen kennt er nicht. „ABC passt. Wollen Sie etwa nach Hause? Dann haben wir die gleiche Strecke."

Na sowas. Kai, ein begnadeter Plauderer, bedankt sich artig und bittet um Entschuldigung. Er habe noch was im Büro vergessen. Gerade heute ist ihm überhaupt nicht nach Small-Talk. Wer weiß, wie lange so ein ÖPNV nach Ruhestand braucht? Nach einem vorgetäuschten Rückweg – seine Einlasskarte ist bereits deaktiviert – will er die nächste, vielleicht ist es auch die übernächste und am Zoo die S-Bahn nehmen. Die Kollegin aus der Schalterhalle mit dem gleichen Heimweg soll seinen Abgang nicht noch mehr durcheinanderbringen. Hinter dem Nollendorfplatz fehlt ihm der Folder, den er auf der Fahrt mit den Öffentlichen zu einem Meeting oder Sales Pitch, Ältere kennen sie noch als Besprechungen oder Verkaufsgespräche, gerne Bedeutung aufwartend anschaute. Jetzt müsste er die Anderen ankucken oder ins Nichts starren. Wo er ja hinmuss. Die elegante Dame am Wittenbergplatz, hundert pro aus dem KaDeWe, wirft einen Blick auf seinen Seidenbinder, heute mit Shelby-Knoten. Sowas hat die hier wahrscheinlich nicht erwartet. Sieht verdammt gut aus, das Weibchen. Für ihr Alter. Heute nicht, Kai. Überdies ist er kein Mann für eine Station. Am Zoo folgt er den Schildern zur S-Bahn. An seinem Bahnsteig steht noch die nach Westend. Die hatte er schon mal zur Messe genommen. Um Kunden auf ihren Ständen zu treffen. Von denen er wusste, dass sie seinen Besuch erwarteten; nur um zu bedauern, dass sie vor lauter Trouble jetzt doch keine Zeit hätten. Wieso hat ihm sein Job eigentlich so viel Spaß gemacht?

Im Bahnhof Spandau kauft er sich einen Milchkaffee und ein Croissant. Macht der Gewohnheit. Mit dem frühen Sprinter nach Frankfurt. Vorbei. Welfhard ist ja Vielflieger. Kai trinkt einen

Schluck – was alles Kaffee heißen darf – und stellt ihn mit dem Croissant – Paris, lange her – auf einem Stehtisch ab. Der Welfhard fährt ja auch nie mit den Öffentlichen zu seinen Kunden. Ob er seinen Taxifahrer anruft? Der ihn immer von zuhause zum Sprinter und wieder zurückgebracht? Genug mit den Öffentlichen. Andererseits. Dreißig Euro? Das ist ein Brunello. Die Dienst-Reiserei ist auch vorbei. Vorbei ist eigentlich schon älter. Dieser letzte Tag ist so überraschend wie Weihnachten. Jeder weiß, wann der Herr geboren wurde, doch keiner stellt sich darauf ein. Niemand in seiner Clique. Die Clique. Tja. Ehe er das Räsonieren anfängt. Da drüben sieht er die Busse. Er geht. „Zieh Leine, Alter," blökt die Frau im Kiosk. Hat die auch Tattoos? Ein Stadtstreicher greift sich Kais Kaffee und das Croissant.

An der Haltestelle keine Kollegin. Das muss der Bus sein. Kai steigt ein. Er schaut aus dem Fenster. Sieht nicht das Rathaus. Sieht sein beleidigt aufgedonnertes Gesicht. Abschiedsmaske? Der Bus fährt auf seiner Strecke; seiner alten Route, die er immer mit dem Wagen nahm. Alte Route? Nach Berlin wird er schon wieder mal fahren. Warum überholt der nicht diesen Roller? Da wäre er längst vorbei. Die herzlichste Begegnung an seinem letzten Tag hatte er mit der Kollegin aus der Schalterhalle. Am Fahrkartenautomaten. Und wieso jetzt hier lang? Dass dieses Kaff überhaupt einen Busanschluss hat. Eine alte Frau quält sich mit ihrem Rollator hinein. Ob die Rente von der Post gebracht wird? Dann eine backsteinerne alte Gewerbesiedlung. Da traf er vor Jahren auf 'ner was eigentlich einen Kollegen. Die hatten gesponsort. Alles vorbei. Sparmaßnahmen. Sponsoring weg. Kollege weg. Wann ist wohl der neue Branch Manager weg? Ihm hätte der nicht gefehlt. Ob er hier schon raus muss? Da ist sein Abzweig. Verstohlen verlässt Kai den Bus an der Haltestelle, von wo er auf kürzestem Weg sein Haus erreicht. Schleicht vorbei am leeren Stellplatz seines bei seiner ehemaligen Arbeitgeberin zurückgelassenen starken Statussymbols. Haus und Hof trotzen grau dem Regen. Auf seiner privaten Bühne bleibt er Kai der. Wer eigentlich? Ob sie ihn da auch noch runterholen? Die haben ihn auf den Alterssitz vertrieben. An eine Altersvilla hat da keiner gedacht. Bei der Abfindung hat er sich nicht lumpen lassen. Vielleicht lachen die Räuber sich doch ins Fäustchen. So durchtrieben wie die war er schon länger nicht mehr.

Alles sieht aus wie immer. Kai sticht, dass es nicht wie immer ist. Und morgen ist wieder nicht wie immer. Er hört die Glotzer schon fragen. Nicht wie immer? Hätte er ihn einstielen können, den Übergang zum Nicht-wie-Immer? Der jetzt schon hier? Und dann ohne seinen Wagen? Fehlt nur noch, dass sie mit Gummibärchen schmeißen.

Dieser Funke seines kindlichen Flammengezüngels zündet einen Geistesblitz.

Alter ist Revolte oder Resignation.

Lichtlein blinzeln aus der Wolkendecke. Das Grollen des harten Business-District-Showers röchelt von Ferne. Ein weicher Landregen beginnt zu fisseln. Kai ist für Regenbögen noch zu grantig. Lieber die Weltbilder verfluchen, die ihn unbrauchbar machen wollen.

Die doch auch seine sind.

Waren?

ALS KNABE hatte er Fernseherlaubnis nach der Tagesschau nur samstags. Dieses Privileg war das älteste, an das er sich erinnern kann. Dass er es später mit seinen Geschwistern teilen musste, es also verlor, hatte keine Rolle gespielt, denn seine Bedeutung verlor er dadurch nicht. Das ist heute anders. Privilegien, Autorität und Geltung, alles futsch. Der Kummer des Knaben, tatenlos zusehen zu müssen, wie der glühend verehrte Held seiner Fernseh-Show erlosch, ist heute die Tragödie des Ausgemusterten, machtlos zu jammern, dass die ihm das Licht ausgeblasen haben.

Hatte der brave Kuli, im Mittelalter wurden tapfere Männer so gerufen, die Demütigung auch verlegen weggegrinst? Der Verlust des Privilegs, auf der Bühne als Master glänzen zu können, war Teil von Kulis Abschieds-Show. Kai der Geneigte – als er jung war – hatte Kulis Etikettierung geändert. Aus des Knaben tollkühn wurde des Geneigten hasenfüßig. Bevor er ihn ganz vergessen hat. War Kulis Strahlen, tollkühn überspannte Gaukler in die Schranken zu weisen, letzthin schon blasser? Und Kai? War sein Leuchten verhaltener geworden? Hatte er aufgegeben? Toll das, wenn wieder Mittelalter wäre, als toll nämlich verrückt bedeutete. Als Kuli seine Bedeutung genommen wurde, hatte der Knabe aufbegehrt. Revolte gelobt. Wenn. Doch des Knaben Versprechen hatte der Geneigte aus seinem Programm genommen. Drangegeben. Hatte Kuli an die Show geglaubt, die ihn gegebenenfalls vorführen würde? Oder könnte es Schmunzeln gewesen sein? Grinsende Souveränität des Kühnen? Könnte er Abschied genommen haben von diesem Zirkus, bevor? Hatte er die leitenden Gedanken des Showbusiness schon aufgegeben? Und eine andere Tür längst geöffnet. Zu neuem Licht danach?

Sein Sakko legt Kai nach Betreten des großzügigen Flures wie immer über die Truhe. Darüber hängt eine Grafik von Bruno Bruni. Ein Herrenmantel und über dem linken Ohr ein Hut. War da immer schon kein Gesicht? Gesichter erzählen Lebensgeschichten. Gesichter flauer Leben kennt Kai von Titelblättern mit Frauchen, deren leere Mimik nur ihrem Dekolleté mehr Anschein verleiht. Seine Lebensgeschichte konnten die ihm doch nicht auch noch geraubt haben. Sein Arbeitsleben haben sie behalten. Aber doch nicht. Das, was sonst noch war, muss doch noch zu sehen sein. War sein Gesicht nur die Geschichte des immerwährenden Sommers? Muss er ein Gesicht wieder verdienen?

Auf der Treppe in den Weinkeller zerstreut eine Erinnerung, ein neuer Lichtblick seinen Kummer. Aus einer solchen Schmach, aus dem Licht treten zu sollen, hatte er schon mal einen Sieg gemacht. Hatte gezeigt, dass das Feuer noch lange nicht aus war, auch wenn es bereits erloschen schien. Doch wie es wieder entflammen? Sie haben es doch ausgeblasen. Die Befugnis genommen. Die Räuber. Zuerst einen Weißwein und dann oder sich doch nicht betrinken? Es ist zum Brüllen, aber nicht zum Besaufen. Revolte oder Resignation? Seine hasenfüßige Hinnahme der Volte des neuen Branch Managers von wegen seiner nicht hinreichenden Performance ärgert ihn. Hätte er doch das Haar in der Suppe, die ihm eingebrockt wurde, herausfischen sollen? Mit der letzten Beurteilung, die auch seine Beförderung gerechtfertigt hatte, hätte Kai vor jeder Instanz belegen können, dass er der Starke.

Hatte. Hätte. Matte Florette.

Wem will er was beweisen?

Sind seine Kamarilla, die Clique oder er selbst mit seinen Illusionen die Inspektoren? Hätte er versuchen sollen, den Irrtum zu bereinigen, Kai den Starken aus dem Vertrieb zu nehmen? Besserung geloben, seine Fitness erhöhen? Oder jetzt souverän sein Ding machen? Wieder blühen. Der Kamarilla ihren Irrtum oder sich seine Souveränität beweisen? Welche Regeln?

Seine oder nicht seine?

Das ist hier die Frage.

Sind schon Königskinder dran verzweifelt. Gewollte Zukunft wagen oder das eigene Sterben ertragen. Gehts auch etwas kleiner? Sich erdreisten, nach vorne zu kucken oder Verlöschen auf sich nehmen. Noch kleiner? Die Kläffer der Kamarilla klitschen. Und dann? Oder verblüffen! Hatte Kunden immer aus allen Wolken, wenn sonst kein Eindruck. Aber wozu hier? Womit? Aktion ist immer besser als Reaktion. Haha. Wer wagt, gewinnt? Hilfsweise könnte er Antiaging-Programme bedienen. Gesund leben macht er doch schon. Verflixt. Auf der Treppe zum Weinkeller war er der Tat, der Verblüffung schon mal näher. Die Schmach auf den Kopf stellen. Kai der Verwechselte. Wenn ihm was querkam, ermunterte

ihn meist seine Angriffslust. Hau sie weg, die. Wäre das viel Tam-
tam für nichts? Oder aber, es ist eben kein Nichts. Er ist alt, basta.
Aber nicht in der Vorhölle. Ende des Arbeitslebens, okay. Und alt.
Der Tiger. Von wegen basta.
   Jetzt ist weder Revolte noch Resignation. Jetzt ist Tom Waits,
Rotwein und Melancholie. Die blinzelnden Lichter schimmern
hier und da aus himmelblauen Schollen in dem Wolkenmeer. Sind
das Himmelsschäfchen, die ihm eine Wetterverbesserung zuzwin-
kernd ankündigen? Ist es der Anfang von Revolte, wenn dieses
Naturschauspiel die Besonnenheit fördert? Wenn es einer einzig-
artigen Aura gelingt, dem Zorn zum Zürnen einen neuen Termin,
vielleicht mit Nachdenken zu geben? Wenn der alte Tiger warten
kann? Der Tiger? Der Polterer, der unstete Antreiber, der alte Kai,
der ist er nicht mehr. Schon länger nicht. Erstmal Ruhe. Jedenfalls
mehr ruhig als aufbrausend. Tiger im Ruhestand? Hätten die gern.

Kai gefällt die einfältige Empörung des Knaben gegen die trällern-
den Illusionen. Ihre Paradepferdchen haben viele Namen. Hier ist
er Der Gesalbte Schelm. Kai denkt wieder an sein Versprechen,
auf das er bis heute gepfiffen hat. Hätte der Knabe die Volten des
beschleunigten Brunch Managers an verdienten Vertriebsprofis
vereiteln wollen? Und ob. Revolte, wenn. Doch in der Wonne seines den wirtschaftswunderlichen Traditionen gewogenen Gedei-
hens war kein Platz für solche Sperenzchen. Und heute? In die
Jahre kommen oder verweht werden geschieht hintenherum. Merkt
kein Mensch. Invisible hand, boys. Erfolgsgeschichten dagegen
haben Öffentlichkeit und viel Tamtam, solange. Der Gesalbte
Schelm macht es vor. Kai dämmert, warum er sich immer kopfschüttelnd abwandte, wenn der seinen großspurigen Schnack in
Staunen der Beschnackten verwandelte. Dabei hatte er es genauso
gemacht. Ohne Gummibärchen. Hätte er sich quergestellt, wäre er
quergenommen worden. Soll jetzt keine Ausrede sein. Schabernack nannte der alte Kai übermütige und wirkungslose Proteste.
Tollkühn waren nur seine Deals, die zur Freude seiner ehemaligen
Arbeitgeberin die Nuggets mit ordentlich Chuzpe zum Läuten

brachten. Kai war auf dieser Bühne der Master mit den dicken Glocken. Illusionen, denen sich der Knabe in den Weg stellen wollte, haben Kais Leben bestimmt. Er hatte sich nicht dagegengestemmt, sondern sich mit ihnen verbündet. Und heute weiß er, dass diese machtvollen Illusionen ihn geschasst haben. Kaum hatten sie ihn von der Bühne geworfen, sind sie übrigens verschwunden. Er muss sie nur noch loswerden. Denn was Kai zu haben glaubte, das glaubt er behalten zu können. Oder sollen?

Herrschaftszeiten.

MIT BEGINN des immerwährenden Sommers hatte Kai der Glöckner fortwährend ja gesagt zu den Möglichkeiten, zu den Chancen, zum Schicksal. Zu Allem, was seine Ordnung zum Läuten brauchte. In der Szene seiner damaligen Partnerin Cruella aus Hamburg hatten ihn Frauen und Männer verunsichert, die ein Leben in ständigen Veränderungen und mit permanenten Widersprüchen führten. Kaum stand ein Plan, wurde er schon wieder infrage gestellt oder verworfen. Er war schon lieber der, der verbindlich projektierte. Klare Guide Lines und sauberes Glockenspiel statt obskurer Visionen und dubiosem Tingeltangel. Diese Hallodris kokettierten gerne mit Mehrdeutigkeiten. Er hatte über ihre Larmoyanz geschmunzelt. Kais Weltbild war systematisch. Er hatte eine Daseinsvorstellung, in der das Leben eine Ordnung hatte. Eine universale Matrix arrangierte seinen Zirkus. In dem Berechenbarkeit das Tollkühne dressierte. Tun, was erwartet wurde, hatte sein Vorankommen als Diener unternehmerischer Performance geebnet. Er war nicht gerade der Burner auf allen Events, wenn auch gerne immer dabei. Für Hamburger schon ein Schnacker, in Berlin keine Chance als Quasselstrippe. Er war immer da, wo gearbeitet und eine Entscheidung vorbereitet werden musste. Seine Erscheinung – gut strukturierter Mann, der Kai – hätte das Sméoda als künstliche Intelligenz auf zwei Beinen verspottet. Aber KI gab es noch nicht.

Systematische Denker haben viel Testosteron. Männlein eigent-
lich nicht. Merkwürdige Ungereimtheiten in Kais Alltäglichkeit.

S méoda. Das marktschreierische Beckmessern. Mal mosernd,
mal naseweis. Das deplatzierte Mäkeln, also positioniert irgendwo zwischen ungläubig und ach-du-meine-Güte. Es karikiert
Kai, verpimpelt kritische Überlegungen oder brüskierte sich, wenn
er die gesellschaftlich vereinbarten Seitenlinien für spurtreues Tun
und Machen zu überschreiten sich anschickt. Es ist immer da,
wenn aufrichtige Menschen als Außenseiter verspottet werden.
Überhaupt immer zur Stelle, wenn öffentlich munter praktiziert
wird, was Krethi und Plethi offiziell verschmähen. Als ideelles Ge-
samtgestänker ist es sarkastisch, bösartig und hinterfotzig. Verzichtbar, wenn die Verneinung des Lebens nicht ständig dem Leben vorauseilen würde.

ALS VIELVERSPRECHENDER Berliner Vertriebsstürmer hatte Kai
das Werben zweckgerichtet stimuliert. Akquirieren und Charmieren. Hatte die Eventszene entdeckt. Doppelstrategie. Kunden und
Frauen. Das Eine und das Andere. Nichts durcheinandergebracht.
Geschäftlich brillierte Kai mit, was er sich privat nicht traute. Kunden über den Tisch ziehen, eben ficken, Frauen eher verhalten.
Schon in Cruellas Szene hatte er beobachtet und geklagt, dass der
Weg vom plaudernden Geistreichen zum sprühenden Liebhaber
deutlich mühseliger war als der entgegengesetzte. Ihre Szene hatte
es drauf. Nahezu ekstatisch choreografierte Passionen als Akte des
Werbens. Hi Esprit, da naja. In seiner Clique hatte der bevorzugte
Empfang starker Versorger von gefragten Frauen seinem Erfolgs-
denken über das Berufliche hinaus neue Strategien angeboten. So
wundert es nicht, dass er zwei Komponenten erotischer Ausstrahlung noch ausbauen wollte. Macht und Moneten. Den jungen Kai
fuchste, dass dadurch auch altersbedingte Einschränkungen über-
kompensiert wurden.

Da Kai das Kräfte sammeln in einer windgeschützten Paargemeinschaft zur Aufrechterhaltung allzeitiger Produktionsbereitschaft vor seinem Bedeutungsgewinn in der Kamarilla mangels rechtzeitigen Lebensbündnisses verpasst hatte, blieb ihm nur das Plänkeln bei passenden Gelegenheiten. Eine war Cruella. Ihre Beziehung hatte dem Balzen – Kai alle naselang Näse – ein Ende gemacht. So konnte er sich mit der nötigen Konzentration um seine Karriere kümmern. Kai der Geneigte ignorierte in Berlin nach einem Meeting bei der IHK den geübt anständigen Flow. Kai der Überflieger anschließend auf der Fahrt nach Hamburg die Seitenlinie. Und flog über die Leitplanke.

Kleine Sünden bestraft der liebe Gott sofort.

Weil er noch ganz angefressen ist von der Dreistigkeit, mit der die Räuber ihm sein Leben in der Kamarilla genommen haben, bemüht Kai haufenweise Verwünschungen dieser Bande. Für kühle Überlegungen, die Zeit auszumessen, ist er wohl doch noch zu erhitzt. Dennoch. Der Geistesblitz seines kindlichen Versprechens ist kein Zündfunke für Drohfantasien. Wenn auch. Was die mit ihm gemacht haben, ist das eine, doch was er aus seinem Dasein jetzt macht, ist das andere. Über seinen Auftritt und seine Bedeutung als Spartiat hatten seine Glocken entschieden; geschlagen nach der Partitur seiner Matrix. Er ist ein Gewächs der Kamarilla, in deren Ordnungsrahmen und ideologischem Morast er sich fabelhaft räkeln konnte. Jetzt erwarten die, dass er, da ohne Bedeutung, geräuschlos verwelkt. Ob er dennoch wieder blühen kann, ist allein sein Ding. Höchste Zeit für die Frage, wohin und wie er seinen Weg gehen will. Die heiligen Seitenlinien markierten Wege des Erfolges, insbesondere nach seinem Unfall. Vorbei. Jetzt sind sie Deiche eines stillgelegten Flussarmes, in den er mit den anderen Alten strömen soll. Da will er nicht rein. Da ist er gegen die alte Ordnung. Da muss es eine Neue geben. Erneuerung und Widerspruch ist er lange mannhaft aus dem Weg gegangen. Der Budenzauber empfahl Gleichgültigkeit. Neugier war eine Bedrohung des Bewährten. Hat ja auch alles immer funktioniert. Aus dieser Sicht. Der er jetzt nicht mehr traut. Gegen das Bewährte, das von ihm erwartet wird, wehrt er sich. Vorbei jetzt mit Gleichgültigkeit, Mitnicken ist Geschichte. Dabeisein ist Zukunft. Aber kein Hofknicks vor künftig Dürftigem. Soll er als Weniger sich beugen? Hinnehmen die versiegenden Möglichkeiten und verquasten Chancen? Salutieren vor dem modernden Schicksal?

Dementi.

Was soll bleiben, was muss weg und weshalb muss sich was ändern? Widerspruch ist kein Selbstzweck. Er will dabeibleiben, ohne die alten Erwartungen zu bedienen. Ohne dem, der er mal war, hinterher zu gieren. Ohne, ohne. Aber? Was will Kai? Danach war mal das Davor. Das es nicht mehr gibt.

Hätte er da auch schon früher draufkommen können? Ja, wenn früher heute gewesen wäre. Wenn er früher das Leben gehabt hätte, das er heute gehabt hat. Kai lässt seine erste Rückkehr auf die Bühne an sich vorbeiziehen. Seinen Widerstand gegen die Schmach am Kai, der über die Leitplanke geflogen war. Kai der Weniger danach gegenüber Kai dem Mehr davor hatte seinen Chef Helbenblatt auf die Palme gebracht. Als er wie ein Alter schwadronierte, dass vernünftige Überlegungen ein ruhendes Bewusstsein brauchten, war sein Ende noch nie so nah. Womit er nach dem Unfall fast gestorben wäre, könnte ihm jetzt das Leben retten.

RÖHREN

Kai das Schlachtross war ein Pferdchen geworden. Der Flug des ungeschickten Überfliegers endete mit der Landung des Rettungshubschraubers auf dem Gelände der Uni-Klinik Eppendorf. Sein Weiterleben nach den Plänen und Regeln der alten Ordnung stand in den Sternen. Die forderte Deals, Performance, Wertzuwachs und Kunden ficken. Schluss mit lebendig jetzt? Erledigt, ohne tot zu sein? Keine Bedeutung mehr? Mit seiner Kamarilla hatte sich Kai für Wertschöpfung und Wohlstand ein Bein ausgerissen. Er hätte Gelegenheit gehabt, das Tollkühne gegen ein allfälliges Benehmen, das dem Geankerten huldigt, aus der Versenkung zu holen. Wie er es bei Kulis Vertreibung versprochen hatte. Doch er wollte wieder der Alte werden. Wieder Master der Show. Wieder fit. So zu bleiben, wie er war, wäre das Überbleibsel von davor gewesen. Wie ein Alter statt wie der Alte. Harakiri.

Außerdem war Schaukelpferd keine Option.

Zum Verwelken verdonnert. Doch Kai will wieder blühen. Was so in der Matrix, auf die sich alle geeinigt haben, nicht vorgesehen ist. Er will sich nicht wieder ins Davor stürzen. Um wieder der erwartete Starke zu sein. Nach der Ausmusterung souverän sein Ding machen, hieße Altersleben nach dem Arbeitsleben. Nicht Ruhestand. Weiter lebendig dabeibleiben. Das Ziel hatte er schon mal. Anders leben? Nicht nur der Rhythmus soll sich ändern. Also länger schlafen und nicht in der Rush-Hour dem eiligen Leben der Wertschöpfer im Weg stehen. Als Weniger hatte er ums Überleben als Master gekämpft. Wie ist das jetzt? Die Richtung hat sich geändert. Davor für die Erhöhung des Bruttosozialprodukts, danach dessen Verzehr. Als Ruheständler soll der Gang zur Rentenkasse reichen. Ruhegeld. Sich mit dieser Rolle zu begnügen, wäre Unterwerfung. Demütig aus der Erscheinung treten. Goethe. Hätte der so weitergemacht? War die Rückkehr in die Kamarilla als Kandidat fürs Überfliegen Unterwerfung? Er war demütig wieder in Erscheinung getreten. Was zählt? Die Haltung oder der Erfolg?

Also Revolte.

Herrschaftszeiten.

KOLLEGEN – KOLLEGINNEN hatten sich eher zurückgehalten – empfingen den schon Totgeglaubten als den mit den zwei Geburtstagen und als Phönix aus der Asche. Denn nur mit den bewährten Überlebenskünsten eines zähen Machers und ihrem Bild vom Feuervogel konnten sie sich sein Wiedererscheinen erklären. Willkommen in den altbewährten Weltbildern. Wieder eingewickelt von dieser Maskerade war Kai ganz warm geworden ums Herz. Noch blickten sie mit ihrem Bild seiner alten Größe auf ihn. Noch hatten sie den Überlebten ja nicht erlebt.

Aber dann.

„Dass du das geschafft hast, alter Knabe." „Kurve wie immer noch gekriegt." „Dein Schutzengel muss schneller geflogen sein als du gefahren bist." Und. Und. Und.

Dabei war nur was schiefgegangen auf der Fahrt von Berlin nach Hamburg. Tollkühn war Kai als Fahrer jedenfalls nicht. Als Dealer gerierte er sich gerne so. Sein Entschluss, wieder der Alte werden zu wollen, war das einzig tollkühne Vorhaben seiner Laufbahn. Im Mittelalter hätten sie den Kopf geschüttelt. Ja toll. Nichts zum Feiern. Kai der Tolle trällerte, um wieder zu prangen.

Toll weiter, Alter.

Alle fragten sich nach einer ersten Besichtigung des Wiedererschienenen dann doch schnell, ob er wohl wieder der Alte werde. Mit unbeholfener Sprache und schleppender Zunge. Er konnte doch noch keinen im Tee haben!? Aus flutschen war fuschen geworden. Das Maschinengewehr Gottes jedenfalls war nicht wiedererschienen.

Davor und danach. Sein Leben wurde geteilt. Und danach war der, über dessen Unfallfolgen das Sméoda lästerte, taktlos aussprach, was keiner sagte, aber alle bemerkten und sich dann so ihre Gedanken machten. Kai nahm die Veränderungen wenig wahr. Und da Sinnieren nie seine Stärke war, Kai machte, behinderten mögliche Einsichten auch nicht erste keimende Illusionen. Die gaben, was er gerne nahm. Der gesunde Menschenverstand hätte sich gegen manche Überlegungen gewehrt, die auf schütteren Simulationen wackelten. Doch als Ökonomist war Kai bereits im Studium vor den Illusionen eines gleichgewichtigen Optimums niedergekniet. Die vernebelten die Andächtigen im Hörsaal wie Weihrauch die gläubigen Pharisäer im Kirchenschiff volldröhnt. Ein Leben mit Matrix konnte so schön sein, wenn die kleinen Zweifel ignoriert wurden. Zweifler hielt er für lebensuntauglich. Abgeschrieben hatte er auch eingesunkene alte Menschen, die nur noch die Hüllen erloschener Lebensgeister seien. Ebenso selbstgefällige

Esoteriker. Die verbrauchten ihr ganzes Potenzial fürs Seligwerden. Beide gehörten zu den Nassauern der Leistungsgesellschaft. Die Matrix bot doch alles, was das Herz begehrt. Leistungsgerechtigkeit, Aufstiegsmöglichkeiten, Anerkennung und Fortschritt. Mit diesen Illusionen konnte er sich wenigstens an etwas orientieren.

Die ihm gestellten Fragen, wie das denn so sei, wenn man dem Tod von der Schippe gesprungen, trafen ihn zu früh. Nicht abgekratzt zu sein, konnte er noch nicht mal richtig aussprechen. Weiter dabei sein war völlig unpathetisch. Und er musste auch passen bei dem Spruch, dass ab jetzt doch jeder Tag im Rest seines Lebens wichtiger sei als in dem davor. Das gelte für jeden Tag im Leben. Mit trübsinniger wie mit jauchzender Lebensgestaltung konnte Kai nichts anfangen. Lebensplanung war Fortschrittsplanung. Alles andere sei Dekoration. Vom Beischlaf bis zum Zölibat.

Ob er das hinter dem Bedeutungsverlust lauernde soziale Sterben ahnte? In der Reha sicherlich nicht. Wenn er dachte, dass er lebe, sagte das nicht mehr als schon der Vitalzeichen-Monitor auf seiner Intensivstation mitgeteilt hatte. In der Reha hatte er dann wieder alleine gegessen und konnte sich auch die Schnürsenkel wieder binden. Überlebensreflexe höherer Lebewesen, also auch schon wieder Kai, erfordern keine entwickelte Hirnleistung. Wieder der Alte werden könnte ein Instinkt gewesen sein. Es bewusst zu nennen, hätte Kais Ansprüche davor und heute an die geistige Durchdringung dieses Wunsches nicht erfüllt. Wenig bis gar nicht hatte er die Vorstellungen seiner Gratulationscour vom Jenseits. Umso mehr hatte er sie vom Diesseits. Zu verhindern, dass er im hier ins Hintertreffen geraten könnte, erforderte mehr als den aufrechten Gang. Da hatte sich nichts gegenüber davor geändert.

Da ist es wieder. Das Ende. Die steinerne Grundstücksbegrenzung in der leichten Senke mit der romantischen Sitzecke bremst Kais abwiegendes Vorankommen. Seine Schritte begleiten Gedankenschritte in die Vergangenheit. In diesem permanenten

Sommer waren alle Gebote verweht worden, wie der nächste Winter bewältigt werde oder überhaupt stürmische Zeiten. Ewig Sommer. Und dann das. Da barst es plötzlich, das bunte Leben. Ratlos die Schönwetter-Kapitäne. Plötzlich vorbei? Hatte da wer am Optimum geschraubt? Ende. Gibt's das? Ist auch in den landläufigen Lebensrhythmen erst fürs Alter vorgesehen. Kein Mensch hat auf dem Schirm, dass das Ende aus heiterem Himmel auf Allgegenwärtigkeit pochen könnte. Kommt auch in seiner Matrix nicht vor. Im Volksglauben als Sensenmann; vor dem sich aber keiner fürchtet. Aus Kais davor und danach wird die Erfahrung einer Generation werden. Die aus Angst vor Endlichkeit nicht wieder zurückfindet in die Welt vor einer Pandemie. Die Ansteckungsgefahr wird eine neue Glaubensfrage. Die von der Ordnung der Matrix nicht beantwortet werden kann. Sie regelt. Markterfordernisse prallen an Lebensgestaltungen. Als sie Kulis Ende als Showmaster geregelt hatte, war der Glaube an die Marktordnung stärker als die Sorge um Kuli, den Knaben und das Kulturgut.

Die steinerne Begrenzung ist keine Klagemauer. Schon auf der Treppe in den Weinkeller war die Erinnerung wieder da, aus einer Schmach einen Sieg gemacht zu haben. Also. Hier ist ein Ort für Kai, einzuhalten, zurückzudenken an bewegte, manchmal stürmische Zeiten. Jetzt Rekapitulieren. Seine körperliche Rehabilitation war zugleich die Rehabilitation der alten Ordnung. Sich gegen diesen abgemachten Flow aufzulehnen, gar tollkühn, hätte die Überweisung an eine auf solche Tollkühnen spezialisierte Einrichtung zur Folge haben können. Seine alten Illusionen, die diesmal davor bleiben müssen, wenn er die neue Tür aufmachen wird, waren einmal Garanten seines Wiederlebens.

IN DER Reha hatte Kai das Grün der umliegenden Wälder angespornt. Dass er so früh verblühen könnte – es war natürlich Sommer – wäre auch gegen die Natur gewesen. Der Rest vom Kai hatte die gleichen Trivialen wie der alte Kai. Noch kein Gedanke, von der Bühne verschwinden zu müssen. Oder zurück an Kuli, von wegen demütig strahlend. Andererseits. Auch kein Gedanke, dass dessen Strahlen keine Demut gewesen sein muss. Oder an den kleinen Kai. Dessen einfältige Empörung. Weitermachen stand an. Viel mehr wäre bei dem alten Kai auch nicht rausgekommen. Er hätte natürlich sagen können, dass jetzt Schluss sei mit dem Vertriebsgeschrei. Hätte. Lebensabschnitte haben immer ein Ende. Doch das Wie ist gestaltbar. Zugegeben, bei Kai gingen die Steuerungsmöglichkeiten nach diesem großen Einschnitt gegen null; doch sie waren ja wieder im Kommen. Er hatte zunächst ausschließlich, später nur noch schließlich in den Denkmustern gedacht, mit denen seine Kollegen ihn tollkühn etikettierten. Für Kai stand die Inbetriebnahme alter Größe im Vordergrund. Alles andere wäre zweckfrei. Schabernack. Sein Zukunftsmodell hatte sich auf die Wiederherstellung des Davor konzentriert.

Wenn er eine neue Tür aufmacht, muss er die Tür hinter sich schließen. Die Tür zur Kamarilla zumachen, hört sich leichter an als es ist. Doch seine ehemalige Arbeitgeberin hatte sie hinter ihm zugeschlagen. Kai jetzt? Heimlich lauschen? Hat er eine neue Tür überhaupt schon ausgekuckt? Nach Ruhesitz will er nicht. Im Durchgang nach Lebensabend steht er grad im Weg. Steht er zwischen den Türen? Er hat die Räuberbande verflucht. Okay. Aber sonst? Im zwischenmenschlichen Beziehungsgeschehen kann er sich den Rat durchaus erklären. Er kennt einige, die den auch besser befolgt hätten. Die meisten aus dem Arbeitsleben Ausgeschiedenen wollen die Tür zum Davor nicht schließen. Solange sie noch keine Neue haben, treiben sie's gerne weiter hinter der alten. Auch nach seinem Unfall wollte Kai die alte Tür offenhalten. Die einzige Tür, die er fest zugehalten hatte, war die Himmelstür. Er wollte auf der Erde bleiben. Wie jetzt. Im Leben bleiben. Dafür hat er verdammt noch mal schon mal gezeigt, wie es ist, wenn er die Glocken wieder zum Klingen bringt. Jetzt ohne

Glocken. Sein Überlebenstraining gegen das Sterben in der Bedeutungslosigkeit hat er nicht vergessen. Wie die Vorhölle nach dem Arbeitsleben. Der Knabe kannte dieses Reservat der Ausgemusterten als Höllenschlund. Wo die Borka-Bande ihr Unwesen treibt. Kindergeschichten, die aufs Alter vorbereiten. Aus der Borka-Bande ist die auf Senioren spezialisierte Mischpoke abgehalfterter Handlanger geworden. Denen die Fische Fahrräder abkaufen sollen.

Für die Bewältigung des Erlebnisses, der Angst, nicht mehr dabei sein zu können, hatte er einen Probelauf. Vorhölle oder eben Höllenschlund. Zum Checken.

Wohin seine Reise gehen soll, weiß Kai noch nicht. Eins ist klar. Zurück ins Davor fällt diesmal aus. Ist auch nicht mehr so das Erfolgsmodell. Die Richtung bis zur Tür ist geregelt. Seitenlinien mit Laufleiste zum Festhalten. Da soll er durch. Nur eine Tür? Typisch alte Ordnung. Die Himmelstür fehlt. Nach seinem Unfall war sie noch im Angebot. Diesmal soll er erstmal in die Vorhölle. Die Echte. Ruhestand. Sind danach mehrere Richtungen? Was kann er vergessen von diesem jahrelangen Sommer als Stürmer für die Matrix? Und woran sollte er auch zukünftig denken? Kann doch nicht alles verkehrt gewesen sein.

Herrschaftszeiten.

WAR KAI schon unsichtbar? Er hatte den großen Jour Fixe mit Niederlassungsleiter Helbenblatt verlassen, ohne dabei gewesen zu sein. Seine lange Abwesenheit war auch die lange Anwesenheit seines Vertreters. Seine Funktion im Unternehmen war weniger ersetzbar als er. Im Stellenbesetzungsplan war Kai auf dieser Funktion noch das gesetzte Männlein. Die Position seines Vertreters, einem Aufstrebenden aus einer untergeordneten Filiale, war allerdings längst neu besetzt; nicht vorübergehend.

Im Jour Fixe präsentierte sein Vertreter. Die Stimmung war gewohnt frostig. Die Kolleginnen und Kollegen produzierten sich alle weiter als die Größten. Ihr Bemühen, im Kreise Minderbemittelter letzteren eine Chance zu geben, durch Verständnis des Contents ihrer Statements die Kaste der Parier vielleicht doch einmal verlassen zu können, war unvermindert engagiert. Davor war Kai das Ganze ziemlich egal, danach nicht mehr. Er wurde nicht wahrgenommen. Auch seine alte Bedeutung als ausgekochte Kanaille nahm eine Auszeit. Seine Papiertiger-Nummern gehörten davor einfach dazu. In der Sache hatten nur Wagemutige versucht, zu maulen. Zum Toben brachte das Publikum regelmäßig seine spracherotische Verpackung inhaltslosen Einerleis. Kai hatte davor gelächelt, wenn sein selbstherrlicher Stil genervt hatte. Das war noch Beachtung! Gönnerhaft, wie er nun mal war, ließ er seine Kontrahenten kühl und seine Kontrahentinnen mit einem Charme, dem er schon früh ein Wangenfältchen verdankte, in dem Gefühl zurück, knapp unter seiner Augenhöhe mit ihm plauschen zu dürfen. Alles weg. Was war schlimmer, als nicht mehr gefürchtet zu werden? Musste er seine Gnadenakte der Zuwendung an die zu ihm Aufblickenden in Kraftakte für Anerkennung von den nun Herabschauenden verbiegen?

Inhaltliche Beiträge kamen alle, in Worten alle, vom Niederlassungsleiter Helbenblatt. Kai die Übelkrähe vermisste Fragen der Kolleginnen und Kollegen, die gewohnheitsmäßig zum Ziel hätten, diesen Wicht aufs Glatteis zu führen. Aber direkt an Kai gar keine Fragen, auch nicht von Helbenblatt?

Das anschließende gemeinsame Mittagessen in der Kantine bestätigte, dass das Interesse an Kais Malheur zurückgegangen war, nachdem er wenig Aufregendes zum Unfallhergang selbst hatte sagen können. Als Opfer im Mittelpunkt zu stehen, war weniger demoralisierend als ignoriert zu werden. Die Tischrunde löste sich auf. Kai hatte sich noch einen Espresso geholt. Nur Püppi war geblieben und schaute verlegen zu, als Helbenblatt ihn im Vorbeigehen gebeten hatte, kurz vor Feierabend auf einen Sprung bei ihm vorbeizukommen.

„Kurz vor Feierabend?"

„Na, wann machen Sie denn Feierabend?"

„Nicht vor sieben, Herr Helbenblatt!"

„Dann kommen Sie doch bitte um fünf."

Dann bist du vielleicht noch fit, Kai. Dein mattes Lauschen im Jour Fixe war unübersehbar.

Von denen aus dem Office kennt Kai jetzt schon nur noch Püppi und notgedrungen Roman, ihr Männlein. Welfhard ist bei einer Investment-Bude am Leipziger Platz. Wenn er sich jetzt anstrengen würde. Doch selbst für die Mischpoke, von der er sich nicht verabschiedet hat, müsste er sich sein Adressbuch vornehmen. Was gabs letzte Woche in der Kantine? War nicht so beeindruckend. Und nicht so wichtig. Also. Nicht übertreiben mit den Erinnerungen. Außer vielleicht Helbenblatt. Und nicht zu vergessen seine Schreckschraube.

KURZ VOR fünf stand Kai im Vorzimmer seines Chefs, dessen Sekretärin schon im Mantel und ihre Handtasche auf dem Tresen. Brachte noch schnell mit ihrem Lippenstift etwas Frische ins Büro. Zwischen den vor und zurück geschürzten Lippen forderte sie ihren Handspiegel auf, doch gleich durchzugehen. Trat zur Seite, nahm die Tasche und entschwand. Kai klopfte kräftig Punkt fünf, hörte schwach ein herein und öffnete schwungvoll die schwere schallisolierte Tür.

„Na, Türen aufmachen können Sie ja schon wieder."

Mit gellendem Gelächter, einem „ich freu mich wirklich, zu sehen, wie es mit Ihnen weiter bergauf geht" kam er hinter seinem Schreibtisch hervor, begab sich gemessenen Schrittes zum Besuchertisch und winkte Kai zu sich.

„Kaffee kann ich leider nicht mehr anbieten."

Sie saßen sich gegenüber. Kai musste an Führung I denken, sein einziges Führungsseminar. Solche frontalen Sitzpositionen hatte der Trainer als problematisch für ein offenes Gespräch auseinandergenommen. Helbenblatt verschränkte die Arme – seine Grundposition auf allen Besprechungen – und streckte die Beine nach vorn; begleitet von einem zufriedenen Grienen. Möglicherweise erinnerte er sich gerade an diesen Trainer. Während Helbenblatt alle seine Führungsseminare durchgriente, fand Kai in dessen Gesicht zwischen kleinen geringschätzenden Mundzuckungen und skeptischen Stirnfalten keinen Anfang. In den unendlich langen Sekunden zwischen den feindseligen Stillständen dieses Mienenspiels fürchtete Kai, dass ihm Schweißperlen auf die Stirn treten. Dem einst abgebrühten Schweiger. Cool bleiben bei Verhandlungen mit Kontrahenten, die auch glaubten, mit allen Wassern gewaschen zu sein, war doch sein Markenzeichen. Was wollte der von ihm? Mehr konnte er nicht denken. Seinen Zustand denkdünn zu nennen, trifft es leider ganz gut. Vorausdenken? Negativ. Ahnen? A Bisserl. Fürchten? Erste Schritte. Mit seinem Gesprächspartner spielen? Illusorisch. Er war eben weniger geworden. Und er wollte wieder mehr sein.

„Sie baten mich, zu Ihnen zu kommen.“

„Warum wohl?“

Du hast zwar überlebt. Bist wieder zurückgekommen. Aber als was? Alte Gäule schickt man auf den Gnadenhof. Aber Pferdchen?

„Mit mir darüber reden, wie ich mich eingearbeitet habe?“

„Fast. Das wird schon. Sie brauchen nur ein bisschen Zeit.“

„Zeit?“

„Ich kenne Sie als schwungvoll. Als quirlig, quicklebendig. Sie sprachen schneller, als die Anderen hören konnten. Immer eine Idee. Manchmal zu viele. Auf fast nichts gab es keine Reaktion von Ihnen.“ Die verschränkten Arme wurden nachgezogen, die gegen Kai gerichteten Beine noch mehr nach vorne gestreckt. „Heute haben Sie sich alles nur angehört. Klar, es war das erste Mal nach langer Zeit. Ich habe Sie beobachtet. Und ich bin ein guter Beobachter. Sie sind noch nicht wieder der Alte. Der hätte aus der Hüfte geschossen und getroffen. Sie haben noch Handicaps."

Kai ging das alles zu schnell. Und es war eben viel.

„Wer Sie nicht kennt, wer Sie heute erlebt hätte, könnte glauben, dass sie schwerfällig sind. Haben Sie überhaupt alles mitbekommen?"

Das war nicht zu viel. Das saß.

„Also, ich meine, konnten sie alles hören?" Helbenblatt verwünschte seinen Treffer. „Sie sind nicht dazwischen gegangen. Ihre Zurückhaltung irritiert. Sind Sie behutsam geworden? Das passt nicht zu Ihnen."

Das war der längste Redebeitrag, den Kai je von seinem Helbenblatt gehört hat; mal abgesehen von Ansagen. Ungewöhnlich auch die tückischen Fragen. Eigentlich nicht sein Stil. Kai war tatsächlich noch nicht der Alte, denn der hätte den Helbenblatt gleich gefragt, was denn so verwerflich sei daran, wenn er zuhört oder behutsam rangeht.

„Was soll ich mit Ihnen anfangen?"

Keiner kann was mit Kai anfangen. Beim Fußball auf der Straße würde er auch als letzter in die Mannschaften gewählt.

„Meine Einstellungen sind die gleichen geblieben, Herr Helbenblatt."

Das reicht aber nicht.

Kais Bekenntnis – wozu eigentlich? – hatte nichts mit Helbenblatts Zweifeln daran zu tun, dass er wieder schwungvoll, quirlig und quicklebendig, wieder der Alte sei.

Klar doch. Fehlanzeige. Luft raus.

Gedanken brauchten eben Ruhe und Zeit. Und das mit der Sprache. Das wusste Kai und er wusste auch, dass hier langsamer besser ist. Allein diese Erkenntnis zeigte, dass es doch bergauf ging.

Kai fürchtete, dass Helbenblatt ihm nichts mehr zutraue. Die Glocken nicht mehr habe, um Kunden zum Abzocken zu läuten. Dass er nicht mehr dabei sei.

„Mensch Kai, hauen Sie rein."

Inzwischen hatten seine taumelnden Rechtfertigungsversuche, die davor schon lange in Stellung gebracht und losgelassen worden wären, Halt gefunden. Dummerweise an einem japanischen Seppuku-Schwert.

„Vernünftige Überlegungen brauchen ein ruhendes Bewusstsein."

Macht der jetzt Harakiri?

„Führen Sie sich nicht auf wie ein alter Mann, Kai."

Tom Waits singt gerade aus ‚Kommienezuspadt' den Song „And we can't be late! Komme nie, komme nie, komme nie zu spadt!" Diese Tugend hat er bis heute nicht aufgegeben. Ist sie damit Teil seiner Persönlichkeit? Was wird mit der Persönlichkeit so im Laufe der Jahre? Helbenblatts Mahnung, er solle sich nicht wie ein alter Mann aufführen, hatte ihm einen Ruck gegeben. Ihn von da an begleitet, bis er wirklich älter war. Der Ausschluss aus der Kamarilla wäre nach dem Unfall sein Ende gewesen. Ist ein Mann, der nicht mehr dabei sein darf, eine andere Persönlichkeit? Er war nicht zu alt zum, sondern zu wenig zum. Aber wie ein Alter? Wärs ein Vorwurf, wenn wie ein junger Mann? Gott oder Hund? War er mal zu jung zum? Außer an der Kinokasse. Als er sich jünger fühlte nach der Trennung von Cruella, für die er danach wie ein alter Mann war, wurde er doch auch keine andere Persönlichkeit. Cruella. Young forever. Sie hatten Schluss gemacht. Sichs leichter gemacht. Miteinander ohne gegeneinander. Die Differenzen sollten keine Divergenzen mehr sein. Sie zeigt weiter unverdrossen, dass Zeit für sie nichts bedeutet. Sie steht für ewige Jugend. Er hat die Endlichkeit in sein Leben geholt. Das Ende seines Arbeitslebens, die Ausmusterung, ist kein Unfall. Das Ende der Jugend ist übrigens auch kein Ende des Lebens, nur des Paradieses. Wieso wird beides behandelt, als ob. Es können Gräben oder Gipfel sein. Mit Chancen auf einen anderen Blick ins Leben. Sogar, um die Richtung zu wechseln. Kai weiß, dass er diese Chancen nicht genutzt hatte. Hat seine Persönlichkeit trotz aller Stürme in Wind und Wetter immer Kurs gehalten?

Bleib locker. Mit diesem feinsinnigen Räsonieren verschleierst du, dass der zurückgekommene Kai nach dem Überflug seine Persönlichkeit auf Kurs gebracht hat, um im Zirkus wieder auftreten zu können.

Das Leben. Große und kleinen Chancen. Auch Risiken sind Chancen. Vertrieb I. Der Umgang mit diesen Lebensereignissen schafft einen Stamm. Wie Baumringe bilden sich Zeitschichten, deren Gehalt sich mit den Jahren erhöht. Die Persönlichkeit wird nicht besser oder schlechter. Sie hat mehr Chancen. Und mehr Fähigkeiten zur Risikobewältigung. Was nicht heißt, ständig über Risiken nachzudenken. Wenn Kai auf einen Berg klettert, denkt er nicht darüber nach, wie er runterfallen könnte, sondern wie er rauf kommt. Alter ist die Chance, das Leben fortzuführen. Die gestiegenen Risiken besser zu bewältigen.

ALS KAI danach im Leben bleiben wollte, wurden neue Zeitschichten hineingegeben. Auf seinem bis dahin aufsteigenden Weg hatte sich ein Spalt aufgetan. Davor lag das Bisher. Auf der anderen Seite, danach das Unbekannte. Auf der anderen Seite hätte kein Bisher mehr sein müssen. Mal abgesehen von wie bisher am Leben bleiben. Er hatte die Chance, über diesen Spalt zu springen in eine Welt unbekannter Gestaltungsmöglichkeiten oder fortzuführen, was eingeschnitten wurde. Der bisher größte Einschnitt, der sein

Leben in davor und danach eingeteilt hat, hatte Kai auf das ver-
kleinert, was Wiedererschienen ist. In der Matrix sah das Überbleibsel die Chance, wieder groß zu werden. Danach sollte wieder
Davor sein. Lieber nicht über den Spalt springen.

Der ausgegorene Antreiber schaut auf sein Glas Rotwein. Das
Wesen eines Weines wird bestimmt vom Duft, von den Ge-
schmacksstoffen, dem Boden, von der Sonne in den Trauben, auch
von Einschnitten wie Frost und Trockenheit. Er hat eine gute Zeit,
dann die beste Zeit zum Trinken. Doch wenn er zu alt ist, kippt er.
Der Wein ist das Ergebnis eines vom Menschen beeinflussten Na-
turprozesses. Wie das Alter. Doch Kai ist kein Wein. Gute Zeiten
haben nichts mit Alter zu tun. Die sogenannten besten Jahre sind
eine männliche Abmachung und mit dem Älterwerden eine durch-
schaubare Genussempfehlung. Kai glaubt auch nicht mehr, dass
der alte Mensch wie ein alter Wein kippt. War Goethe schon ge-
kippt, als er der jugendlichen Ulrike von Levetzow nachstieg? Die
Persönlichkeit des Menschen findet im Alter nicht ihre edelste
Form. Das ist eine Bestechung der Eitelkeit, die den geforderten
Jubel leichter machen soll. Dem Alter, dem Unentrinnbaren eine
würdige Gestalt zu geben, ist eine Chance. Hier hat Goethe allerdings die Beherrschung verloren. Große Künstler mit der großen
Kunst der Gestaltung, insbesondere Männer, organisieren ihre Beziehung zu Frauen selten innerhalb der allgemeinbiederen Seitenlinien. Sei es mit ihren Musen oder Mätressen oder auch ihren Partnerinnen. Die Jugendkultigen hatten im Sturm und Drang einen
ehrenwerten Mann. Trinkt sich das Alter wieder zur Jugend, so ist
es wundervolle Tugend. Toll, wenn der Bock lustgepeitschte Wellen fleischlichen Verlangens wohlformuliert gegen den Schutz-
deich gutbürgerlicher Alters-Ideale klatschen lässt. Hatte Goethe
in seiner Generation innerhalb der Seitenlinien für alte Männer ge-
baggert? Jetzt mal jenseits vom Jugendschutz; für den sich zu der
Zeit noch weniger interessierten als heute.

HELBENBLATT WAR aufgestanden. Das kannte Kai von vielen Meetings mit ihm. Wenn er beherrscht mehrere Wortbeiträge, die ihm offensichtlich gegen den Strich gingen, bis zu Ende anzuhören sich auferlegt hatte, stand er auf, bevor er letztere für nichtig erklärte. Nun aber? Kais vernünftige Überlegungen, für die er ein ruhendes Bewusstsein brauche, waren Harakiri.

„Warum sagen Sie das?"

Kai wartete gedankenlos.

„Ihre Einstellung zweifle ich gar nicht an. Wie ich auch nicht daran zweifle, dass das alles wieder wird. Wenn Sie ein alter Mann wären, sähe ich allerdings schwarz."

Dein Ding mit dem ruhenden Bewusstsein interessiert nicht. Muss auch keiner verstehen. Hier gehts um Leistung.

„Da wirds dann immer weniger. Bei den Alten. Und dann ist Ende. Wenn sich im Alter die Einstellung nicht ändern würde, müssten die armen Kerle ja ständig im Widerspruch zu ihren Möglichkeiten leben."

Helbenblatts Bellen vertonte seine Vorstellung, dass die Alten von der Schaukel fallen. Er ging zu seinem Schreibtisch, setzte sich auf seinen Chefsessel, wippte, stand wieder auf und setzte sich wieder zu Kai.

„Und darum regt es mich auf, wenn Sie sich wie ein alter Mann benehmen."

„Nicht, dass ich Sie nicht verstehe. Alte Männer gehören aufs Altenteil, aber ich bin wieder im Wettbewerb. Die bauen ab und ich baue auf. Alte vergessen. Ich bin fit im Kopf."

Immerhin verteidigst du dich wieder. Ansonsten erfüllst du alle Merkmale alter Männer. Und beachtet wirst du kaum noch. Das mit dem fit im Kopf war auch geflunkert.

„Sie werden schon wieder fit für das, was Sie machen wollen. Ja. Ihr Ehrgeiz ist der alte geblieben. Und weil Sie aufbauen und nicht

34

abbauen, lasse ich Ihnen noch für eine Weile Ihren Vertreter. Sie sagen mir, wenn das nicht mehr sein muss. Okay?"

Helbenblatts Kausal-Salto konnte Kai nicht mitgekriegt haben.

„Also, das kann ich jetzt schon sagen, Herr Helbenblatt."

„Und was ist mit Ihrer eingeschränkten Mobilität?"

Noch einer?

„Ich denke, ich soll mich nicht aufführen wie ein alter Mann."

Kann er auch!

„Vertrauen Sie uns."

Jetzt wurde es brenzlig. Vertrauen war das meistmissbrauchte Wort seiner Arbeitgeberin. Helbenblatt hatte Kai die Rückkehr hinter die Bühne nahegelegt. Probezeit? Kais Widerstand gegen ein betreutes Arbeiten ging ihm gegen den Strich. Aufstehen. Eigentlich fiel ihm nichts mehr ein. Vertrauen. Seine Ansage war mehr als eine persönliche Meinung. Uns. Und machte gute Miene zum bösen Spiel.

„Wir müssen immer ein schlagkräftiges Team bleiben. Frisch ans Werk. Immer hungrig. Terrier, keine Lamas. Sie sagten, dass sich an Ihren Einstellungen nichts geändert hat. War doch so?"

Helbenblatt drang in Kais Augen.

„Sie konnten sich immer auf mich verlassen."

„Dann sind wir uns in diesem Punkt einig. Sie selbst würden nicht zulassen, dass ein Team nicht frisch genug wäre, um das erfolgreichste zu bleiben. Machen Sie für uns eine neue Vertriebsstrategie, die dann unter ihrer Leitung umgesetzt wird. Wenn ich sie genehmigt habe."

Kai hätte jetzt in Ruhe nachdenken müssen. Aber dafür ließ ihm Helbenblatt nicht die Zeit, die er gebraucht hätte. Die ehemals flotten Gedanken hätten ein Synchronisationstempo der neuronalen Netzwerke gebraucht, dass noch nicht wieder auf Touren war. Wenn Sie ein alter Mann wären, sähe ich allerdings schwarz, waren eben noch Helbenblatts Worte. Doch Kai war kein alter Mann, er musste nur wie einer leiden.

Der Kamin bekommt ein Stück Holz und der CD-Player eine neue CD. Alle sind zufrieden. Der Kamin mit dem Buchenholz, der Raumklang mit Keith Jarrett und Kai nun auch damit, dass er wieder rausgekommen ist aus dem Rumpelstilzchen, das gegen seine ehemalige Arbeitgeberin wetterte. Ob er noch an der Stigmatisierung knabbert? Natürlich. Es ist die Diskriminierung, das Kleinmachen, das ihn zermürbt. Die Schmach. Nicht die verlorenen Machtsymbole. Die nur ein bisschen. Es ist die Schadenfreude der Mitstürmer, die das erhöht, was ihm genommen. His nuts, Boys. Tigerchen faucht schon wieder. Wenn die ihm nicht immer schon egal waren. Jetzt sind sie's. Scheinheiliger Neid. Ganz ruhig, Kai. Wer hatte denn geschimpft, dass es den Rentnern zu gut gehe? An Harmonie denken. Wer hatte Kuli erst gekrönt, dann fast verhöhnt? Sei eine Taube. Fast muss er gurren, weil er nicht mehr dieser Alte sein will.

Schon im Gespräch mit Helbenblatt nach dem ersten Jour fixe danach hätte er schnallen können, dass die Regeln seines Erfolgsmodells ihn von der Bühne treiben, wenn. Doch warum soll heute der Kai der Geneigte, der um sein Überleben kämpfen musste, scheel angekuckt werden. Weil er nicht daran dachte, was im Alter aus ihm wird? Davor und danach waren Potenziale zu heben, wofür das alte Schlachtross Skrupellosigkeit – er nannte es seine Einstellung – brauchte. Nur im festen Vertrauen auf die Illusionen und die Ordnung seiner Matrix konnte er wieder gute Ernte einfahren. Mit Schabernack hätte er nicht überlebt. Er war dazu verdammt, da weiter zu machen, wo er davor erfolgreich war. In der Welt der Illusionisten, Ökonomisten und Spekulanten. Nur mit der Perfektionierung des Wettbewerbs nach dem Codex ungleichen Ringens hatte er wieder dabei sein können. Jetzt hat ihm dieser Codex seine Bedeutung genommen. Das ist nicht nur eine geschäftliche Niederlage. Mit seiner Unterwerfung unter die alte Ordnung hatte er den Kotau vor der Matrix gemacht. Die Hüter der Matrix erwarten nach seinem Arbeitsleben, dass er auch ihre altersgerechten Anordnungen anerkennt.

Jedoch, einen Bückling machen möchte Kai nicht im Altersleben.

Trotzig vorm Office im Regen stehen, gekränkt am Gartentor die Räuberbande verfluchen oder weinselig Tom Waits hören ist noch keine Absage an die alten Weltbilder. Kai hat ein paar Jahre dieses Lebens als Bandenmitglied auf dem Buckel und eine Menge rumorenden Klinsch in seinem Rucksack. Als Ex-Spartiat auch das Dekret, diese Gangart gefälligst beizubehalten in einem Ruhestand. Aus Kai, dem abgeschalteten Geneigten, wird nicht plötzlich ein Revolter. Seine Persönlichkeit bildete sich auf dem Boden der alten Ideologie und Ordnung. Und die hat er nicht im Office zurückgelassen. Die Erwartungen sind mitgekommen. Dass Kai seinen Niederlassungsleiter Helbenblatt nach dem Jour Fixe verstanden haben wollte, zeigt eine Eigenart vieler Persönlichkeitsbildungen. Die Identifikation mit den Maßstäben des Erstrebten. Es hätte auch niemand verstanden, wenn Kai den Helbenblatt nicht verstanden hätte. Es ist ohne Belang, ob sie alle immer so drauf waren und deshalb gut zusammenpassten oder ob alle den Vorteil erkannten, so drauf sein zu sollen, wie die, denen sie nacheifern. Und die auch Leckerli auskehrten, wenn ihre Adepten gute Ernte einfuhren. Wes Brot ich ess. Umgekehrt nicht unbedingt. Des Lied konnte Kai auch singen.

Damit ist jetzt Schluss. Aber ob die Sache schon zu Ende ist? Vorbei ist mit der Identifikation nach den Maßstäben des Erstrebten, vulgo Schleimen. Jedoch, wenn er den Aufforderungen an ein gepflegtes Altern widersprechen will, sollte er jetzt das Maul nicht zu weit aufreißen. Abgeschriebene Assets sind nur in der Bilanz eine stille Reserve. Hier ein Kostenfaktor. Und die, die bezahlen, wissen, was sie bestellt haben. Steht so zwar nicht im Generationenvertrag, aber. Was steht im Aufhebungsvertrag? Wes Brot ich ess. Von wegen, Schluss. In seinem Arbeitszimmer liegen noch Unterlagen aus dem Büro. Klarer Regelverstoß. Hatte er unterschrieben. Wo kein Kläger. Zur Sicherheit schaut er den Schrank durch. Erinnerungsstücke braucht er nicht. Und schon hat er eins.

Das Anschreiben wegen der ausgesetzten Sonderzahlung. Des Lied ich sing? Ha! Klemmt im Ordner wie ein Lesezeichen. Weil er es zusammengeknüllt hatte. Diese Erfahrung nach dem großen Einschnitt war nicht direkt mit Sorgen verbunden, die Miete – noch in Charlottenburg – nicht mehr zahlen zu können. Es war das neue Erlebnis, dass auch Einkommen eine versiegende Quelle sein konnte. Sonderzahlung futschikato für das Jahr des Unfalls. In diesem Punkt war er ganz schnell wieder der Alte gewesen. Der da hinwollte, wo auch die Sonderzahlung war.

Jetzt sucht er doch noch weitere Unterlagen. Den Aufhebungsvertrag und solche Sachen packt er in einen separaten Ordner. Alle anderen Dokumente auf einen Stapel. Er muss ja nicht aufhören, ein ordnungsliebender Mensch zu sein. Und dann ist es ja auch ein kleines Trennungsritual. Seufz.

Alles Überflüssige einfach in die Papiertonne? Zu riskant. Der Schredder wäre im Office. Der Kamarilla traut er nicht. Allein aus Neugier würden die nachschauen. Die laufen in der Mühle weiter in diesem unerbittlichen Rhythmus. Könnt ja was bei sein. Kein Wunder, dass sie so blass aussehen. Und dazu noch die Konkurrenz um die Gunst der Frauen. Da ist er auch raus. Kontrahenten müssen nicht mehr aus dem Weg geschlagen werden. Beim Kampf um die berufliche Stellung gings um Geld, Macht und Frauen. Als guter, ergo begehrter Versorger interessant zu sein, war jetzt nicht mehr Ingredienz der Selbstvermarktung. Davor hatte er geklagt, dass ihm dazu noch Macht fehle. Danach hatte er andere Probleme. Also nicht die, die alten Männern gerne. Siehe Dora. Mit der ist Schluss und Ende. Grad nur noch die Morgenlatte. Das Ruhestand zu nennen, wäre sarkastisch.

Bei alten Menschen sollen Geschehnisse aus der Vergangenheit wieder lebhaft werden. Kommt vielleicht noch. Und dann das mit dem Rucksack. Abwarten. Wenn zurückliegende Wahrnehmungen sich in Erinnerung bringen, prägt eine größere Weitsicht seine Gedanken. Hätte ihm früher niemand zugetraut. Also kein Detailschwall mehr. Für die Verarbeitung von Erfahrungen auf möglichst hohem Niveau sind Einzelheiten irrelevant. Sogar störend. Obendrein machen die ihn oft wütend.

Er weicht ab. Überhaupt. Klaren Gedanken war er auch schon mal näher. Was hat dieser Abschied, wars überhaupt ein Abschied? Alles geht durcheinander. Da muss wieder Ordnung rein. Aber erstmal. Diese vertragswidrigen Dokumente müssen weg. Egal auf welchem Niveau. Hier kann nur eine neutrale Person helfen.

Klara.

BERLIN WAR mehr als Kais Central Business District. Und der Central Business District mehr als die Immobilien seiner Kunden. Hatte Kai lange nicht weiter interessiert. Von Helbenblatt hatte er das auch nicht erwartet. Den er als Immobilien-Nerd in Erinnerung behalten hatte, bis. Helbenblatt war einer Verjüngung des Top-Managements zum Opfer gefallen. Er traf ihn bei einem Event für potenzielle Kunden. Wo es die Ausgedienten wiederholt gerne hinter der alten Tür trieben. Der überraschte ihn mit seinem Wissen über die städtebauliche Geschichte Berlins und Anekdoten über das Stadtschloss. Sie hatten sich daraufhin an der Humboldt-Box verabredet. Helbenblatt wollte Kais kulturelles Defizit, „Gewerbeimmobilien sind mehr als steinerne Renditen, mein Lieber", zumindest auf TV-Niveau bringen. Aber. Sagte kurzfristig ab.

Zum Glück stand Kai bereits am Eingang der Box, als ihn Helbenblatts Sinnesänderung übers Mobile erreichte. Sonst hätte das mit dem auf den Kopf stellen, wovon er bis dahin noch keine Vorstellung hatte, anders aufgezogen werden müssen. Da er ohne Beistand die imposante Box mit ihren fünf Etagen nicht bewältigen konnte, schloss er sich einer Führung an. Bemüht, sein städtebauliches und stadthistorisches Handicap ernsthaft zu vermindern. Was, wenn diszipliniert lernsam, jedoch verhindert hätte, der Dame in dem cobaltblauen Mantel ständig hinterher zu starren.

Dieses letzte Hätte in Kais Arbeitsleben hätte. Und der Fortgang der Ereignisse wäre. Die Humorversuche des sicher in der Schweiz sozialisierten Guides erleichterten sein cobaltines Scharwenzeln, das immer hart an der Seitenlinie schrammte. Auf ihm fremdem Terrain. Nicht im Bistro der Clique, dem stylischen AIRPUMP, nicht auf einem Business-Meeting. In der Humboldt-Box hatte es geprickelt. Erst gewissermaßen davor auf der Führung. In ihren Sektgläsern dabei schon mehr. Und danach auf dem Bebelplatz für das Alter ganz schön.

Die Veranstalter hatten die Präsentation mit einem Spendenaufruf beendet, dessen Wirkung zu Gunsten des Humboldt-Forums mit Fingerfood und Getränken erhöht werden sollte. Zuvor waren sich Kai und Klara schon durch die Blicke gelaufen. Wenn der Guide eine Pointe glaubte gemacht zu haben und die beiden sich der distinguierten Heiterkeit nicht anschließen wollten, klangen Augenbündnisse. Am Buffet klimperten Kutterkrabben. Beim Abriss des Palastes ratterte es schon. Auf dem Weg zur Parkgarage wurde Kai mit ihrer unterstützenden Hand auf seinem Arm für das Mitfahr-Angebot gedankt. Sie komme mit den Öffentlichen schon zurecht.

„Aber das mit dem Palast müssen Sie mir noch schnell erklären, Kai."

„Verständnis ist für mich noch keine Solidaritätserklärung."

„Dass Sie den Protest gegen den Abriss verstehen, heißt also nicht, dass Sie nicht gegen den Abriss sind?"

„Ich war immer dafür."

„Sie sind für den Protest und für den Abriss!?"

Jetzt kam nicht, was kommen könnte. Da standen die beiden auf dem Bebelplatz und genierten sich, zum Schöntun ins Operncafé zu gehen.   Das Flirtgeschehen dieser Älteren hat an Contenance gewonnen und an Coolness verloren. Die Zeit hält Chancen bereit, das Leben stilvoller zu gestalten. Und Klara ist darin eine Meisterin.

„Wenn es noch etwas zu tun gibt, werden wir es tun."

Jetzt schon mal die Mobilnummern notieren.
Klippend entschwand ihr Klang über die Kopfsteine.

Im Alter nach vorn schauen? Wäre Kai dann schon anders? Okay, ungewöhnliche Blickrichtung für Ältere. Heißt nicht anders werden. Könnte aber. Der Sehschlitz, der im Helm, dem fürs Vorwärtskommen, optimal für nach vorn. Ohne Arbeit ohne Helm. Würde stören. Von wegen nach vorne. Wo doch die gerne gesehene Blickrichtung für Alte nach hinten. Weil alles andere den geregelten Flow durcheinanderbringen würde. Was im Arbeitsleben zum Gleichgewicht, also nach vorn, führt im Alter zur Beunruhigung. Alte, die nach vorne schauen. Potzblitz. Was dann wieder zu Ungleichgewichten und so weiter.

Püppi und Roman haben unterschiedliche Sichtweisen; ihre Blickrichtung ist die gleiche. Cruella und Kai hatten schon immer verschiedene Betrachtungsweisen und verschiedene Blickwinkel. Viel Nebeneinander. Jungbleiben und Altwerden. Was denn nun? Kai und seine alte Vertriebstruppe verfolgten die gleichen Ziele. Identische Kriterien erleichtern gleichgerichtete Blicke. Die gemeinsamen Maßstäbe schafften Identifikationen. Alle wollten den Return. Helm auf, Visier geschlossen, auf und davon. Manifestes Zielfoto. Klare Perspektiven. Für die Wirkungskraft der Kamarilla sind Erweiterungen des Horizonts verzichtbar. Mit diesem geübten Schmalspurblick reichts nur für Ruhestand. Der auch gewünscht wird.

Gerade hat Kai der Strubbelige allerdings andere Sachen im Kopf. Kein Platz, Anordnungen der Matrix fürs Altern Beachtung zu schenken. Eine andere Welt will erlebt werden. Mit Klaras Augen auf seine Welt zu blicken, könnte sie in einem anderen Licht erscheinen lassen. Schrillen wird schnurren. Sie blinzelt. Er tänzelt. Die beiden spürten gleich das Neue. Klara erleuchtet Kais Faible für schöne Frauen. Kai gewinnt ihre Aufmerksamkeit, weil er dem Modell gesetzter älterer Herr widerspricht. Obwohl er so aussieht. Könnte was werden. Verwegene erste Gedanken. Dürfte an Auseinandersetzungen keinen Mangel geben. Gute Aussichten? Abgestimmte und gleichgezogene Einstellungen und die gleichen Blickwinkel waren einmal Stützpfeiler seiner wiedergewonnenen Größe. Die Welt beginnt sich zu drehen.

IN EINEM Café nahe Monbijou-Park tranken Welfhard Schroederle, damals noch Marketing Assistant einer Investmentboutique am Leipziger Platz, den Kai im AIRPUMP an der Torstraße kennengelernt hatte, und Roman Sturm, seit vielen Jahren in der gleichen Niederlassung unter Helbenblatt ebenfalls Kundenbetreuer, ihre Espressi. Kai war noch im Office. Nach der Ansage von Helbenblatt galt für ihn nur noch eins. Nicht wie ein Alter benehmen. Nicht beim Ausruhen erwischt werden.

„Dann ist er also wieder zurück."

„Damit hatte keiner mehr so richtig gerechnet."

„War ja auch ‘ne böse Überraschung."

„Überraschend ist, dass er überlebt hat."

„Er hats also wieder mal geschafft."

„Jubelt aber nicht."

„Was hat er denn nun vor?"

„Was würdest du machen, wenn dein Chef dich nicht mehr für voll nimmt?"

„Kündigen."

„Und wenn du unsicher wärst, ob der Markt dich noch will, so wie du bist?"

„So alt bin ich noch nicht. Daran denke ich gar nicht."

„Aber Kai bewegt sich nicht."

„Kai? Der? Bei seiner Performance?"

„Du hast ihn noch nicht erlebt. Danach, Welfhard."

„Irgendwelche Verletzungen?"

„Nö. Nur irgendwie bisschen weniger."

Roman illustriert Kais Nicht-Dabeisein auf dem Jour Fixe.

„Also wie – äh – älter geworden?"

„Er sieht besser aus denn je."

„Obwohl spilleriger? Weniger beweglich? Weniger rüstig? Eben alles weniger?"

Also das Gegenteil von mir, hätte Welfhard auch sagen können, als er sich die dunklen Haare mit den Fingern nach hinten glättete und die ergrauten Haaransätze ein Versäumnis des Illusionierens offenbarten.

„Aber das wird ihm Cruella schon austreiben."

„Cruella!? Wie er an diese kämpferische Frau mit den wölfischen schwarzen Haaren und den vollen roten Lippen 'rangekommen ist, werd' ich wohl nie verstehen. Gegensätze sollen sich ja anziehen."

Domina-Studio wäre teurer.

„Dir gelüstest es eben nach anderen Tändeleien."

„Vielleicht hält sie es auch nur deshalb mit ihm aus, weil sie nicht gegen ihn kämpfen muss. Ihr Mantra ist eigentlich eine Kampfansage. Das braucht Energie und kostet Kraft. Vor allem gegen die noch Jüngeren." Meine Frauchen hätte er auch sagen können. „Der ohne Office artige Kai war sicher leicht von ihr zu händeln. Aber wie ein alter Mann? Das ist nichts für sie."

„Wäre sie nicht endlich mal was für dich, Welfhard?"

„Die Schwäche eines Berufskollegen ausnutzen? Mache ich nur am Handelstisch."

„Würdest du ernsthaft umsteigen auf richtige Frauen?"

„Meine Mädels sind auch richtige Frauen. Wenn du weißt, was ich meine."

„Du hast mich aber verstanden!?"

„Cruella ist ein krasses Weibsbild. Mir als Fantasie schon genug."

„Dein Rugby wäre ihr auch zu prollig."

„Würde sie ihn aufpäppeln, Roman?"

„Wenn er wirklich wie ein alter Mann ist, kann sie ihn nicht gebrauchen. Die Göttin der Jugend."

„Sie steht einfach nicht auf alte Hasen." Pruszt. „Wie alt, oder wie jung ist sie eigentlich?"

„Vor seinem Unfall war sie – wer weiß das schon – so alt wie er?"

„Wieso davor?"

„Na, wenn er danach älter geworden ist."

Welfhard Schroederles resigniertes Achselzucken paktierte mit Roman Sturms hämischem Feixen.

„Auschgemuschderd isch vergessa."

„Älter werden heißt nicht gleich ausgemustert werden, Welfhard. Wir arbeiten nicht in deiner Investment-Bude."

„Ich rede von den beiden Täubchen."

„Du meinst, sie will ihn nicht mehr?"

„Sie will einen anschaulichen Mann, Roman."

„Im Office war er unsichtbar."

„Dann muss er sich dringend zeigen. Er weiß doch, wie das geht."

„Irgendwie ist er gerade nicht richtig da."

„Der ist doch nicht der Typ, der sich einfach so auflöst. Quasi verflüchtigt."

„Als ob er sich schämt."

„Wie ein alter Mann."

Noch schwelt das heruntergebrannte Holz. Die flatternde Zugluft vom Schornstein knurrt Kais glimmende Ruhe. Flämmchen hemmen ihr Verlöschen. War er bis zu Klaras Erscheinen der eingeäscherte Überflieger? Was muss das für ein Trugbild von einem Phönix gewesen sein, den die Kollegen – nur Püppi hat immer an ihn als Ritter gedacht – wider Erwarten danach nicht aus ihren Directories streichen mussten. Aber in ihre Appointment Books erst so nach und nach wieder eintrugen. An sein Weiterleben als erfolgreicher Verkäufer hatte keiner mehr geglaubt. Er war als Anstifter über die Leitplanke geflogen und als Blumenkind gelandet. Das gelobhudelt wurde wie zur Bestattung. Von dem keiner erwartet hatte, dass es als Phönix. Sprüche. Püppi vielleicht. Kai hatten seine Illusionen den Glauben erhalten, wieder zu glänzen. Ohne seine Illusionen wäre er am Boden geblieben. Erst heute, im nach dem Danach kommt Kai aus der Asche. Kai der Geneigte war nicht abgekratzt. War demütig in Erscheinung getreten. Kai der Überflieger war eingeäschert. Aber jetzt? Klara. Seine Maßstäbe fürs Weiterleben haben sich verändert. Aufgehende Sonne. Sein Feuervogel. Nichts mehr mit Asche. Die aufgehende Sonne ist Klara.

Mit dem wieder ausreichenden Geschäftserfolg – oder war es mit dem Alter? – ist er ruhiger geworden. Mit Helbenblatt hätte er fast über Kultur gesprochen. Der hat nach seinem Ausscheiden nicht die Clique gewechselt, aber die Themen. Mal abgesehen von es hinter der Tür treiben. Doch dann. Klara. Sie ist mehr als ein Themenwechsel. Sie ist ein Weltenwechsel. Die Erste, mit der er sich verbinden will. Noch wird gesäuselt. Und gleich verbunden mit einem Gefühl von Vertrauen und Erneuerung. Vertrauen war einfach da, schon in der Box. Vertrautheit hat nun eine Chance. Und dann ist da etwas Neues. Kein War-schon-mal in neuem Gewand. Bei ihr kann er die Ideologie der Matrix und ihre Ordnung für wunderbare Momente verlassen. Die Kraft eines Augenscheins hat entzündet, was davor Leuchtfeuer bei der ein oder anderen Perle nicht entflammen konnten. Eine himmlische Entdeckung. Außercliquisch.

Der erste Eindruck war bei den beiden ihre Erscheinung. Klaras Attraktivität, ihre Ausstrahlung füllte die Box. Seine Blickstarre war der erste Schritt zu einem erweiterten Sichtfeld. Ihre Erscheinung drängte sein Interesse an den Exponaten durch sie auf die Ausstellungsstücke. Eine Königin adelte den Jahrmarkt. Die Annäherung hat sich seit dem ersten Gedankenaustausch in der Box durch reine Vorstellungskraft in eine Anmut vermehrt, deren Zartheit nicht durch hektische Anmache aus dem Frühling gerissen werden darf. Wo doch das Heranwachsende sprießt. Was noch verwehrt, mit fernmündlichen Gedankenflügen das Knispeln zu stören. Anders, als vom alten Macher erwartet, wird er zurückhaltend und behutsam das Kribbeln bewahren.

Klara hatte seine Maskeraden im Zirkus nicht erlebt. Was könnte er ihr erzählen? Wären geschönte Räuberpistolen befangen? Erst mal einen Kaffee. Er bleibt mit seinen Gedanken vor der Espresso-Maschine nicht allein. Klaras Antworten müssen ausbleiben, da ihr Geist in seinem Haus noch keine Gelegenheit hatte, sich zu erkennen zu geben. Daher deklamiert Cruella ihre alte Litanei eines Lebens ohne die Kamarilla erneut. Sie hatte seine befangenen Fiktionen, wieder auftreten zu wollen als Clown, schon einmal ausgepfiffen.

NACH SEINEM Gespräch mit Helbenblatt war er etwas zerknittert nach Hause gefahren. Das zu der Zeit noch in Charlottenburg lag. Überraschend wartete Cruella auf ihn. Vor dem Haus sah er ihren auberginefarbenen HH-CD 1234 mit offenem Dach. Zu ihrem zweiten Vornamen hatte sie ein gebrochenes Verhältnis. Nicht, weil Dal die einzige Verbindung zu ihrem Vater in Istanbul war, sondern die Erinnerung an Hänseleien in der Mode-Hochschule Hamburg. Einige Kommilitoninnen entblödeten sich wieder und wieder, ihr wow, wau-wau hinterherzurufen. Angefangen hatte es, als sie mit einer selbst entworfenen aufregenden Bluse im Leopardenlook und passend gemusterten Seidenstrümpfen ihre erste Semesterarbeit unter diesem Vornamen Dal – hätte ein Label werden können – vorstellte. Da pisperte zum ersten Mal das wow, wau-wau aus den hinteren Rängen. Leoparden bellen doch nicht. Diese Belustigungen hatten ihr den Wunsch, eine führende Mode-Designerin werden zu wollen, nicht vermiesen können; wohl aber den Glauben an Modedesignerinnen.

Sein Sakko hatte er im Flur nicht an den Ständer hängen können. Dort fläzte sich ihre flamingofarbene Stola, deren Fussel seinem

Kaschmir nicht zu nahekommen sollten. Als er den lichten Raum betrat, sah er seine Freundin mit einem Prosecco-Aperol auf dem Balkon.

„Endlich da?"

Dass Cruella just zu Kais Zerknitterung, seiner Infragestellung in der Kamarilla, also zu Ehren der Enteierung – his nuts, Boys – eines Kampfstieres von Hamburg nach Berlin gekommen war, passte ihm gar nicht. Er wollte ihr das Ganze erst darlegen, wenn er selber wusste, wie. Dass sie ihn ausgerechnet jetzt besuchen musste. Er brauchte für alles noch mehr Zeit. Dass mit dem alten Mann eben.

„Kann ich mich schnell noch umziehen?"

„Wenn du mich vorher noch verwöhnst."

Verwegen wippte sie mit dem leeren Glas.

Kai dackelte.

„Schön, dass du vorbeigekommen bist."

Wangen-Bi, greift ihr Glas.

„Ganz so geschäftsmäßig habe ich dich nicht erwartet."

„Muss unbedingt duschen."

Besorgt ihr einen, das Zerknitterte semi-professionell kaschierend.

„Überleg dir schon mal, wie du mir das erklärst," tschilpte sie dem ins Bad Flüchtenden hinterher.

Konnte sie die Sache mit der drohenden Verbannung von der Bühne meinen? Sie hatten sich nach seiner Entlassung aus der Reha noch seltener gesprochen als ohnehin schon. So eine Fern-Beziehung hat eine die auseinandertreibenden Kräfte beschleunigende Dynamik. Wenn sie nicht als Beziehungsmodell die Seltenheit des Miteinander zum Retter des Arrangements macht. Da sie keinen gemeinsamen Lebensplan hatten, mussten sie bei Veränderungen der Rahmenbedingungen nur die Usancen des Miteinander verändern. Mit allen Wassern gewaschen wäre Kai ihrer Frage entspannt. Jetzt lieber ausweichen. Bis er unter dem einen Wasserstrahl seine Ausflüchte sortiert hatte.

Cruella pflegte ihr Selbstbild, wenn Kai auf ihren Events als eloquenter Biedermann den Vermutungen der Besucherschar an ihren Partner einen Streich spielte. Hatten sie einen Pinguin erwartet? Und dann. Diese Powerfrau hätte wirklich was Anderes verdient, war unisono das Urteil aller gescheiterten Freier. Die mit dem Freien schon alles geliefert hatten, was Cruella bei Kai fehlte. Die Damenschar feixte, dass ihr manierlicher Erfolg am Männermarkt – Kai – mehr über ihre Reize mitteile als ihr manieriert Gespreiztes. Sie muss auch schon geduscht haben. Das Wasser aus dem Boiler wurde schon kühler. Nicht wie ein alter Mann benehmen. Das war des Pudels Kern. Und nun? Nicht mit allen Wassern gewaschen und in einem kleinkarierten Bademantel holte sich Kai einen kühlen Weißen, einen zweiten Stuhl, cheers, ihre geschäftsmäßigeren Ansprüche ignorierend.

„Das Dach deines TT ist noch offen."

„Ich weiß."

„Wann bist du gekommen?"

„Kurz vor dir."

Kai schaute zum gegenüberliegenden Balkon.

„Bald wird Herr Nachbar wieder draußen Gitarre spielen."

„Nun sag schon."

„Was?"

„Was du vorhast?"

„Wie? Vor? Was soll ich vorhaben?"

„Willst du wieder bei Helpstatt?"

„Helbenblatt."

„Betongold schieben?"

„Was denn sonst?"

„Schau dich an, Kai. Du siehst wieder ganz normal aus. Aber wenn du redest, wenn du dich bewegst."

„Weiß ich."

„Na also. Das solltest du nicht ignorieren."

„Tue ich auch nicht. Was sollte ich denn tun?"

„Akzeptier, dass deine Zeit als Schlachtross vorbei ist."

„Gehts noch als Schaukelpferd?"

„Was soll denn diese blöde Frage?"

„Für mehr reichts ja wohl nicht mehr."

„Ich will dir ein Angebot machen, Kai. An den Kai, der mal ein Schlachtross war. Und was machst du?"

Dass Kai rasch dazwischen ging, war überraschend von wegen Reaktion und überhaupt. Und beweist erneut, dass Überlebensreflexe nicht vom Großhirn gesteuert werden. Was auch die blöde Frage mit dem Schaukelpferd erklärt.

„Alle wollen mich in irgendwas Betreutes stecken."

„Das hat bei mir etwas mit Verantwortung zu tun."

„Bist du jetzt für mich verantwortlich?"

„Nein, aber ich bilde mir ein Urteil darüber, was gut und was schlecht ist für dich. Für uns."

„Darf ich noch allein auf die Schaukel?"

„Aber nicht runterfallen."

Diese Unterhaltung wäre ein Scharmützel geworden, wenn. Bei Kai funktionierte Kinder-Ich an Erwachsenen-Ich deutlich besser als Kleinhirn an Großhirn. Mildernde Umstände. Cruellas Attitüde der Bevormundung auf hohem Ross im Kittel der Fürsorge scheiterte an Kais Eitelkeit. Was das Großhirn noch nicht auf die Reihe kriegte, übernahm der beleidigte Dünkel.

„Da komme ich extra von Hamburg hierher, um mit dir über deine Zukunft als behinderter."

„Danke, dann doch lieber wie ein alter Mann."

„Du benimmst dich grad wie ein Kind."

Cruella war empfindsam genug, um zu erkennen, dass Kai erkannt hatte. Sie hatte den Knacks des Gehandicapten über seinem Kindskopf gehisst. Der dann doch lieber gleich wie ein Alter. Die wurden zwar im Unterschied zum lädierten jungen Mann so schnell nicht wieder fit, wenn von der Schaukel. Wenn überhaupt. Es war eben nichts mehr wie immer. Was sie an Verbindendem noch hatten, fröstelte unter dem stahlblauen Firmament.

Da wie-ein-alter-Mann ein erhöhtes Bedürfnis zur Einhaltung sicherheitsrelevanter Standards hat, legte Kai großen Wert darauf, dass Cruella mit vier Prosecco-Aperol nicht mehr Auto fuhr, das Cabrio-Dach schloss und im Gästezimmer die Nacht verbrachte. Getrennt haben sie sich, weil der kleiner werdende Sockel ihre Tartüfferie nicht mehr tragen konnte. Kein gemeinsamer Lebensplan hätte auch zum gemeinsamen Älterwerden nichts vorgesehen. Älter werden einfach so? Wäre bei Kai kein Thema gewesen. Bei Cruella? Vertrauen in seine Rehabilitation als Jungmann hatte sie nicht. Helbenblatt konnte er zurückgewinnen. Weil die Spartiaten an die gleichen Illusionen glaubten. Cruella hatte eigene.

KIEKEN

Kai der Beherrschte ist bereit. Wieder gelungen der Espresso. Was einem doch alles durch den Kopf geht, während schlafwandlerische Ausübungen die Halterung reinigen, das Wasser nachfüllen, erhitzen, Bohnen mahlen, das Sieb reinigen, mit dem Stampfer das Pulver zusammendrücken, den Wassertank entlüften, eine vorgewärmte Tasse unter den Siebträger stellen, mit dem Handhebel den Druck auf das Pulver. Der freudig zischelnde Bohnentrunk in die Tasse, letzte Tropfen die Crema, das verheißende Labsal unter die Nase. Angenehme Bitternoten, schokoladige Anklänge. Harmonie und Genuss bescheren Wonne.

Die Anmut dieser Kaffeekunst überträgt ihre Kraft auf Menschen, die ihr mit innerer Anteilnahme Zeit schenken. Die Kaffeemaschine im Office macht Café Creme, Café Latte, Cappuccino und eben Espresso; zwischen einem Call und einem Meeting. Schnell. Der Ehrgeiz treibt. In der Matrix ist Genuss bäh. Innehalten Fürwitz. Damit ist Schluss. Ihre Macht allerdings spürt Kai noch. Zwar kein Jagen mehr, kein Drängen, kein Scheuchen. Aber, ja was denn?

Außerdem fehlt das Rampenlicht.

Auf die Kaffeezubereitung des Arbeitslebens zu verzichten und der Kaffeekunst des Alterslebens Zeit zu schenken, ist nur eine Petitesse. Der beste Kaffee kann Teil des Wettbewerbs oder eine Liebeserklärung sein. Das Menscheln erst macht aus der Fertigung Zank oder seiner Schaffung Kunst. Schikane oder Güte, Ärger oder Freude, Handgemenge oder Umarmung, Missachtung oder Rat. Ob Kaffeezubereitung im Rhythmus der Renditeanforderungen oder Kaffeekunst im Leben der Angliederung. Erst das Menscheln hinterlässt Spuren. Diese Spuren verweilen in den Zeitschichten, die vom Arbeitsleben mitgenommen werden ins Schluss machen damit.

Abschied nehmen vom Arbeitsleben ist kein Programmwechsel, sondern die Auseinandersetzung einer noch unbekannten Zukunft mit diesem zu verlassenden Teil des Lebens. Kai muss kennen, wovon er Abschied nehmen will. Was hat er liebgewonnen? Wo hat er gehofft, wo spekuliert? Alte Irrwege und Trugbilder kann er erst ausmisten, wenn sie unverhüllt. Um sein frommes Gutdünken mit den Betörungen der Matrix vor der Tür lassen zu können. Sich gegen ihre Konventionen aufbäumen heißt, im Widerspruch zu leben. Der Gefahr trotzen, als mürrischer Alter gesteinigt zu werden.

Gefahren lauerten bereits, als er das Paradies verlassen hat. Sterben und Erneuern rangen miteinander kurz nach der Landung. Cruella will mit ihrem Ausbedingen des Alters dem Tod widersprechen. Kai erneuert sein Leben, da er den Tod zugelassen hat. Er kann sie verstehen, doch er ist nicht bei ihr. Das ist wie beim Abriss des Palastes. Den Tod zu leugnen will er aus dem Leben verbannen, aber er hat Verständnis dafür, ihn verhindern zu wollen. Zum Leben gehört, das Ende zu beherrschen. Damit das Ende nicht das Leben beherrscht.

DAS GESPRÄCH mit Cruella in seiner alten Wohnung war, obwohl sie Schluss gemacht hatten, nicht ihr Letztes. Die Zeit danach kann auch Restzeit genannt werden. Schluss machen wurde auf dem Charlottenburger Balkon entschieden, aber auf der Terrasse seines neuen Hauses gehütet. Sie trafen sich nicht, um erneut zu zerreden, was eh schon kaputt war. Offiziell trafen sie sich weiter, weil ihre Ansprüche an Schluss mit Eintracht nicht zuließen, den Trennungsdramen anderer Paare nachzueifern.

,Offiziell' ist gut.

Um dann feststellen zu müssen, dass sie in ihren Gesprächen mit Pfeilen schossen, die dem Vergangenen nur die Erinnerungen versauten. Und sie in dieser Restzeit, also der Zeit zwischen Schluss und dem Ganzen ein Ende machen, viel Zeit damit vergeudeten, alte Überraschungen und Hoffnungen zu teilen. In ihren und in seinen Teil. Diese Restzeit hatte Kai vorbereitet auf eine andere. Die des Alterslebens. Der Zeit zwischen Schluss mit Brotarbeit und der geforderten Ruhe ein Ende machen. Dem Tod.

Die Restzeit von Kai und Cruella enthüllte, dass ein mögliches Ende nie Teil ihres gemeinsamen Lebens war. Die Möglichkeit eines Endes hatte sie überrascht, als sie Schluss gemacht hatten mit ihrer Tartüfferie. Gelübde bis ans Ende ihrer Tage waren unverfügbar. Als sie Schluss gemacht hatten, holte sie das Versäumnis ein, mit der Erlaubnis eines Endes den Weg freizumachen für die Zukunft. Hätten sie ihr Leben nicht nach Gutdünken laufen lassen, sondern ihm ein Ziel gesetzt, hätte das Ende dabei sein müssen.

Was unterscheidet das Ende einer Beziehung vom Tod?

Wieder öfter ist Cruella bei ihm auf einen Sprung und eine Tasse Espresso vor der Rückfahrt nach Hamburg, seitdem Dora, Kais letzte Illusion, sich nicht mehr blicken lässt. Ansonsten sehen sie sich gelegentlich auf Partys mit Püppi und Roman, Welfhard und seiner Bewundrerin oder Begleiterin; was er eben immer so hat. Sowie mit anderen aus der Clique vom dicken Bankdirektor aus Hamburg bis zur feschen Personal Trainerin aus Püppis Fitness-Center. Und einigen aus seiner alten Kamarilla, die sich jetzt ohne ihn das Hüten der Matrix herausnehmen. Die können keinen Ochsen gebrauchen. Mal abgesehen von Püppi. Also nicht, dass. Aber für sie ist er noch der Alte. Was sie verbindet, kann durch diese kleine Operation nicht getrennt werden. Und natürlich Cruella, wo mittlerweile niemand mehr behaupten würde, zu wissen, ob nun oder ob nicht. Zumal anschauliche Liebeleien auch zu Zeiten, als noch, nie zu ihren Inszenierungen gehört hatten.

Nicht so seine Verbindung zur Kamarilla. Die Berührungspunkte mit denen werden weiter weniger. Ihre Illusionen sind nicht mehr die Fähnchen, unter denen sie Anhänglichkeit posaunen. Die und Kai messen sich nicht mehr mit den gleichen Maßstäben. Der Blick auf die Welt ist immer seltener der gleiche. Seine Übereinkunft über die akzeptierte Ordnung der Matrix wird bröckelig. Kai tritt schon einen Schritt zurück, wenn Claqueure mit ihrer Ideologie, die mal seine war, um die Ecke tönen. Hält aber die Klappe. Braucht wohl Hilfe beim Abschied.

DAS GESELLIGE Beisammensein nach Abschluss der jährlichen Boni-Runden hatte Helbenblatt immer gerne geschmückt mit gemahntem Corpsgeist. Die rostigen Phrasen des Freudengeheules schlappten. Ausschweifende Unersättlichkeit der Drücker und Hasardeure wurde offiziell verabscheut und klammheimlich beneidet. Sméoda war nicht sprachlos, sondern überflüssig. Die obligatorisch zufrieden dreinschauenden Zweiten beklatschten missmutig die Sieger. Die die Bedeutsamkeit ihrer Würdigung reserviert ertrugen.

„Und das ist mir heute besonders wichtig, Kolleginnen und Kollegen. Wir sind erfolgreich, weil jede, weil jeder von uns sein Bestes gibt. Das aber tun viele. Wir sind zusammen nochmal mehr, together we are strong. Was Einzelne nicht erreichen, erreichen wir als starkes Team."

Helbenblatt gab sein Bestes.

„Ich kanns nicht mehr hören."

Roman Sturm wandte sich an Cruella, der er bei Schroederle unerwünscht ins Poussieren funkte.

„Musst du mir nicht sagen, Roman."

Und drehte ihr Antlitz rasch gen Lagerfeuer. Roman sprach zu den Flammen, ob sie denn noch an diesen Mist glaubten?

„Schaut euch Kai heute an. Der hatte früher mehr Erfolg, aber war er früher wirklich besser? Früher gab es nur ihn. Wir waren ihm egal. Doch heute würde nur er sich über Helbenblatts Teamgeist-Gefasel freuen."

Welfhard war vom Bierzapfen zurück.

„Er hat früher mehr verkauft. Das ist, was zählt."

„Du hattest am Lautesten an ihm gezweifelt. Er wäre nicht mehr so leistungsfähig. Weniger lebendig eigentlich. Eben alles weniger hast du gesagt. Ich erinnere mich daran noch gut, weil du einen Espresso kipptest und ich dachte, weniger sei manchmal auch mehr."

Und auf ex die Frischgezapften.

„Vielleicht ist er als Mensch ehrbarer geworden, Roman. Aber als Schurke war er ein besserer Verkäufer."

Cruella machte keine Anstalten, die Leistungskurve ihres Ex zu kommentieren. Auch nicht sein leidenschaftslos moralisches oder impulsiv geschäftliches Rückgrat. Vom Schlachtross zum ehrbaren Klepper eben. Winkte Püppi zu sich, die auf der anderen Seite des Lagerfeuers in den Holzscheiten stocherte. Versonnen wirkte. Wie in Erinnerungen.

„Die behaupten grad, dass Kai ehrbar geworden sei."

„Fürwahr ein braver Mann." Sie kommt mit ihrem Augenaufschlag rüber. „Ja. Und noch wackrer ist er geworden. Sprich, Roman?"

„Du wolltest ihn immer als anmutigen Ritter sehen."

„Entzücken böt' selbst einem Gotte der süss'sten Freuden Aufenthalt."

Roman kannte das von Püppi. Unverständliches Rezitieren, wenn sie noch in Erinnerungen versunken. Cruella schaute sie angewidert an.

„Ich habe ihn ja so wie Püppi nie erlebt." Unterhaltungen, in denen Befindlichkeit oder gar Entzücken auf der Lauer lagen, versuchte Welfhard noch aus dem Weg zu gehen. „Mich hat nur gewundert, dass er nach seinem Kopf-Ding generell mehr zugehört hat. Das war nicht mehr der Kai, den ich kannte. Der hatte auf den Tisch gehauen. Jetzt schleicht er gemächlich zum Signing. Dass das dann nichts wird, da sollten wir uns nicht wundern." Zu Roman, so ficke man keine Kunden.

„Vielleicht hat er jetzt weniger Testosteron?"

Cruella sah wieder zu Roman, der sie auffällig nicht anschaute. Bemerkte Welfhards Grinsen, in dem ein jahrhundertealter Konflikt mit Kai lodern musste.

„Der doch im Alter sinkt, oder?"

Roman sah es Welfhard an. Schon in ihrem Gespräch am Monbijou-Park nach Kais Wiedererscheinen hatte der befürchtet, dass Kais Weniger zu weniger Verkaufserfolg führen werde.

„Kann eigentlich nicht sein. Ich sage nur Dora."

Das konnte jetzt knifflig werden. Sein Blick floh zu Romans Nicht-Blick. Cruella stand im Blickpunkt.

„Na, das Experiment spricht doch eher für ältere Männer, die mit einer Jüngeren noch mal vorführen wollen, dass sie es noch draufhaben."

„Vielleicht sind Kai jetzt andere Dinge wichtiger als schnelle Autos, schnelle Abschlüsse oder flotte Bienen."

Püppi.

„Aber flott soll es weiter sein, oder?"

Das mit dem auffälligen Nicht-Blick zu Cruella nach dem Wörtchen Dora machte eine vernünftige Debatte über die Dinge, die eigentlich unter Männer gehören, etwas holprig.

„Er haut keinen mehr um, wenn er erst abwägt, statt gleich den Deckel drauf zu machen. Kai hat keine Power mehr."

„Jedenfalls keine für Kunden. Keine für männlichen Kunden."
Rechnung ohne die Wirtin. Roman und Welfhard signalisierten
Cruella, dass das Thema. Ihre Blicke hatten einen neuen Punkt.
Kai kam bestgelaunt über die Wiese angestrahlt.
„Oh. Allein?!"
Zwei männliche Augenpaare verzweifelten an einem strahlenden
Himmel.
„High. Konnte mich noch nicht mal mehr umziehen nach dem
letzten Termin."
Kai berührte Cruella und Püppi beiläufig an den Oberarmen und
die Kollegen klatschten die Rechten.
„Wir sprachen gerade darüber, ab wann ihr weniger Testosteron
habt."
„Mir hat immer schon gefallen, dass in Cruellas Beisein" – Wan-
gentätschler – „nicht mehr nur über die Arbeit geschnackt wird,
sondern über Themen, die uns wirklich bewegen."

Chauvi, da ist alles wie immer.

Die Überraschung insbesondere für Roman und Welfhard, dass
Kai auf dem Weg zum gefürchteten Plauderer fortgeschrittener
war, als sie es, noch immer gefangen von ihrem ersten Schrecken,
jetzt erwartet hätten, war fast so groß wie Cruellas Empörung, dass
der sie antatschte wie ein stupides Girl.
„Was meinst du? Geht die Lust, bevor die Rente kommt?"
„Ich hoffe nicht. Weder noch eigentlich."
Allgemeines Stirnrunzeln.
„Du hoffst?"
„Wenn es soweit ist, mache ich Meldung. Kann aber noch dau-
ern."
Die Kollegen waren erleichtert. In mehrfacher Hinsicht. Cruella
hatte erkennbar gedämmert, dass es genug war und sie stolzierte
zu einer Gruppe Frauen, die sie, die extra Angereiste, herzlichst

umarmten. Püppi folgte ihr zögernd. Für die verbliebenen Kollegen wäre das Gespräch frei zum fachfremden Simpeln unter Männern. Wenn Kai nicht noch Geschäftliches signalisiert hätte.

„Also nicht nur im Zwirn, Kai?"

„Ich war auf einer Arbeitgeber-Veranstaltung zur Situation der Renten."

„Und? Kriegen wir noch was? Müssen wir bis zum Umfallen arbeiten?"

„Wir müssen erstmal zahlen."

Dieser Warnhinweis erhöhte die Aufmerksamkeit und schloss den Kreis. Die verschworene Vertriebsgemeinschaft hatte den Schreck der unter den Erwartungen liegenden Prämien und der über den Befürchtungen liegenden steuerlichen Belastungen noch in den Knochen. Der von Helbenblatt zuckersüß beschworene Zusammenhalt hatte nicht nur Roman genervt. Ein verlässliches Feindbild konnte wieder entspannen.

„Erzähl. Aber machs kurz."

„Die Überschrift ist, dass die Füllhornpolitik unserer Regierung zu unseren Lasten geht."

„Das ist doch undemokratisch."

„Die garantieren ein Rentenniveau, das nur über Steuersubventionen – wieder unser Geld – finanziert werden kann. Und wenn dann noch eine Mütterrente dazukäme. Katastrophe."

„Die alten Leute werden immer mehr. Die trinken auf Malle unser Bier und denken an ihr altes Deutschland nur bei der Wahl."

„Jedenfalls nicht an unsere Zukunft."

„Kai, also, wenn ich an meine Eltern denke, die kommen grade so klar."

„Wie alt sind die?"

„Beide schon ewig auf Rente."

„Schon ewig? Da haben wir das nächste Problem. Ein Anstieg der Lebenserwartung um ein Jahr erfordert ein späteres Renteneintrittsalter um acht Monate, wenn der Zuschuss aus unseren Steuern nicht noch weiter steigen soll."

„Meine Eltern waren froh, es bis zur Rente geschafft zu haben."
„Unsere Belastung würde selbst dann steigen, wenn die länger arbeiten würden."
„Und nun? Kai?"
„Das ganze System des Sozialstaates muss dem frischen Wind der Marktwirtschaft ausgesetzt werden."
„Das ist mit den Stimmen der Alten eine Illusion, Kai."
„Wir müssen verhindern, dass die Alten uns auffressen!"

Houston, wir haben ein Problem.

Seine morgendliche erste Tasse Kaffee nach dem Duschen und vor dem Gang zum Briefkasten. Kurzer Blick in die Zeitung von gestern. Ein Interview mit dem Rentenexperten Börsch-Supan. Der segnet die Katstrophenstimmung des alten Kai der Geneigte im Wesentlichen ab. Das System der Sozialversicherungen ist noch nicht kollabiert. Trotz Mütterrente. Die Rentner haben die junge Generation – ihre Altersversorger – noch nicht aufgefressen. Kai danach war schlimmer als der alte Kai, der davor. Heute wundert ihn, dass sogar Roman erschrak. Der blutleere Welfhard, der eine gewisse Routine darin hatte, in seiner Investmentbude fast täglich darüber hinwegzukommen, wie Finanzjongleure leidenschaftslos Vermögen vernichten, war in Kais Entsetzen erst gar nicht eingestiegen.

Den alten Kai trieb nicht die Sorge um die Rente. Die Sorge um seine Zukunft war es. Wieder dabei zu sein bei den Marktschreiern. Bei denen, die Erfolg im Wettbewerb hatten. Dabei sein bei denen, die wussten, wie. Die seinerzeit beginnende Rentendebatte, gar die Diskussion um ein Demographieproblem, hatte nur Experten interessiert. Und eben abgekochte Sympathisanten. Dabei sein bei diesen Freiheitskämpfern. Für Freiheit von Kapitalmarktbeschränkungen, Rentengerechtigkeit und Solidarität. Hatte ihn sein Überlebenskampf, der ihn zum Plagiator für frischen Wind machte, entfernt von dem Plauderer des Ausgleichs, der er davor war? Von Püppis Kai, dem Ritter der süss'sten Freuden. Illusionen hatten ihn angestachelt, zum kühlen Vollstrecker ordoliberaler Chimären zu werden. Er konnte davor so lange sein Ding als Macher machen, wie er in dem immerwährenden Sommer keinem weh tun musste. Glaubte er jedenfalls. Und nebenbei auf den einschlägigen Geselligkeiten Verständnis für die Rechte der Niemande zum Besten geben. Er denkt schmunzelnd an die kleinen Scharmützel in der Clique. Spielkram. Und die harte Linie im Job. Hatte den Ertrag seiner Arbeitgeberin erhöht. Das mit den Glocken. Schiffsgeläut. War doch alles klar auf der Andrea Doria.

Das Interview über die Rentendebatte erschreckt Kai den Beherrschten. Fröstelnde Erinnerungen an diesen hitzigen Sommer. In dem er ein glühender Antreiber war. Nun von der Bühne gestoßen friert er im eisigen Wind der ihm von ihm widerfahrenen Ungerechtigkeiten. Er will diesen Kai zurückrufen. Will nochmal mit sich reden. Will sein kaltschnäuziges Bündnis mit hohlen Formeln brechen. Seine Fragen richten sich nun an Kai, das Bandenmitglied. Das erst mit Verlassen der Bühne den Schneid hat, die alten Weltbilder über Bord zu werfen. Mit denen er sich schon zuvor nicht mehr recht wohl fühlte; aber man weiß ja nie. Als Kai Plausibilitäten zu vermissen begann, das Drama begann. Lange hatte er hanebüchene Ungereimtheiten standhaft ignoriert. Um nicht zuzulassen, dass andere Blickwinkel das Bewährte infrage stellen. Die geänderten Sichtweisen gingen einher mit dem Lockern der Fesseln, die Beharren genannt werden. Seine heimlichen Zweifel haben etwas Bigottes, solange die Loyalität zur Matrix standhält. Geht sie flöten, könnte der Damm gegen die befürchtete Unzufriedenheit brechen. Dann versteht keiner, dass er die alte Ordnung auf den Kopf stellen will.

„Was ist denn mit dem plötzlich los?"

Altersschwachsinn.

AUF DEN Gartenpartys mit erweiterter Clique rund um Finanz-
dienstleistungen, wozu die jeweiligen Partnerinnen oder Partner
gehörten, brüstete sich die Herde ob der Vielfalt und Bandbereite
der akkreditierten Darsteller*innen. Dora hätten sie nicht bemerkt,
wenn. Doras Fehlen bemerkten sie nur, weil Cruella ihren Frauen
das Paarungsverhalten von alternden Männern wiederholt verpo-
sematuckelte. Die sich in den besten Jahren wähnen und keinen
anderen Weg sähen, ihr Älterwerden zu retuschieren. Die Göttin
der Jugend war zu irdisch. Also musste sie von ihrem größer werdenden Abstand zu den Jungfrauen ablenken. Und auf den größer
werdenden zu den alternden Männern hinweisen.
„Ist er heute nicht dabei, Cruella?"
„Wer? Kai?"
„Ich vergaß. Ihr seid doch schon länger auseinander. Oder?"
„Auseinander hat eine formale und eine emotionale Seite."
„Hat der etwa?"
„Weiß ichs?"
Keine der anwesenden Damen konnte weder mit der letzten noch
mit der vorletzten Frage irgendetwas anfangen. Doch allen war
klar, dass Cruella übel mitgespielt worden sein muss. Und die Par-
lierende schraubte zur Mahnenden.
„Kennst du sie?"
„Ein junges Ding. Mehr will ich gar nicht wissen."
„Noch jünger als du?"
„Vielleicht war ich ihm nicht mehr jung genug."
„Will er Welfhard zeigen, dass?"
„Vielleicht bin ich überhaupt zu viel."
Rauchwaren mied Cruella. Nikotin verenge die Blutgefäße. Es
gelangten weniger Nährstoffe und weniger Sauerstoff in die Haut-
zellen. Die Haut werde fahl und faltig. Und altere. Überdies seien
da noch die üblen freien Radikalen. Zur Exposition ihrer Despera-
tion bat sie die Frau des dicken Bankdirektors um eine.
„Da hat er aber lange durchgehalten. Oder hatte das mit seinem?"

„Es hat ihn natürlich geschwächt." Hüsteln. „Ansonsten. Auf mich hätte er sich jedenfalls verlassen können. Jungfrauen sind eben keine Frauen." Und alte Gäule seien keine Hengste. Und die Schraube schraubte.

„Da ist er ja."

„Gib mir doch bitte noch eine."

„Hat er sie nicht mitgebracht, weil?"

„Darauf hätte er keine Rücksicht nehmen müssen."

„Der Typ war auch nichts für dich. Sei froh, dass du ihn los bist."

Dass Frau Direktor als Hamburgerin diese entschiedene Kenntnis des Typs Kai hatte, könnte damit zusammenhängen, dass sie mit ihrem Gatten, der hamburgischen Variante des harten Vertrieblers und vor allem des älter werdenden Mannes einschlägige Erfahrungen gemacht hatte.

„Wann machen eigentlich Männer die Erfahrung, dass es sie unattraktiv macht, mit so jungen Dingern rumzumachen?"

Püppi war sich jetzt nicht ganz sicher, ob ihr Roman von den Damen schon dazu gezählt wurde. Er färbte sich noch nicht die Haare. Kritische Blicke zu den vom Ergrauen bedrohten Schläfen gehörten allerdings schon zum Morgenritual. Ihm drohten noch nicht Welfhards Versäumnisse des Illusionierens. Dessen nicht rechtzeitig retuschierter ins lichtschwarze neigende Nachwuchs sagte mehr als tausend Gefärbte. Doch Romans Sorge, dem Naturprozess nicht zu entkommen, hatte als Falte bereits Platz genommen zwischen seinen blauen Augen. Von den Doppeldeutigkeiten, die eigentlich Eindeutigkeiten waren, konnte er nicht viel mitbekommen haben. Sein Interesse an immer neuen frisch Gezapften hatte seine ganze Konzentration gefordert. Romans Lebensbejahung kannte viele Freuden. Hellhörig wurde er, als Cruellas Hand auf Püppis Schulter Platz genommen hatte, sie betont langsam den Kopf wog, eine weitere Zigarette nahm und sprach, dass Püppi alle Voraussetzungen habe, die Frau zu sein, die Tannhäuser verd. Verd war verdammt zu spät. Sie bemerkte diese affektierte Stänkerei erst, als der Stuss ihre Zunge schon verlassen und Püppis Augen ihr Tannhäuser verd verschlungen hatten. In B-Serien des privaten Fernsehens ist an dieser Stelle eine Werbepause, im B-Leben entweder eine Ohnmacht oder eine Rettung. Roman schnappte sich die Frau, die Tannhäuser sich verdammt noch mal immer gewünscht hätte und zog sie zu dem, den anzuhimmeln Püppi bisher versäumt hatte.

„Die Frau meiner Träume kennsu ja schon. Wassu noch nich weiss, Kai. Bissihr Traumann."

Dass Verlegenheiten die Szene wechseln, die Hauptdarsteller jedoch identisch bleiben, war auf den Gartenpartys von Helbenblatts nicht vorgesehen, aber geduldet. Cruella eilte auch schon hinterher, um Roman auf seinen hohen Alkoholspiegel.

„Sorry Roman, Püppi ist keine Puppe. Sie ist deine Freundin, aber nicht dein Spielzeug."

„Jetzt wissu mir ewas suu intim, Crülla."

„Hallet ein. Roman iss einfach stolz, so eine tolle Frau su haben."

Kai, der große und leicht beschickert noch größere Moderator lenkte ein und Cruella, die mit dem uncoolen Seufzer ihrem kleinen – kleinen? – Lapsus – Lapsus? – erst richtig Schmackes gegeben hatte, lenkte mit.

„Vergessen wir das Ganze, Püppi. Was gefällt dir denn so an Roman?"

„Der Roman, der geht mit mir immer in ein Wellness-Hotel im Spreewald."

„Und?"

„Wir machen einfach so viel zusammen. Die Fashion Week letztens. Dann die Beauty-Farm in Warnemünde. Die Markthalle 9."

„Außer sie schmilss vor Der Gesabte Schem."

„Und eben Wellness im Spreewald. Was soll ich noch sagen?"

„Und da sinn wir unner uns."

„Unter uns?"

„Junge Leute. Menschn, dieas Lem nochenießen könn."

Püppi streichelt ihrem Roman über die Wange.

„Genießen. Ja, Liebster."

Cruella war dieser Angriff auf ihre Jugend jetzt zu viel. Ihre Erleichterung, aus dem selbst gefaselten Schlamassel herausgekommen zu sein, war vergessen. Erniedrigungen ihres Geschlechts von solchen Unholden machen sie noch wütender, seit die Jungfrauen immer jünger wurden. Und für so ein blödes Ding in die Bresche gesprungen zu sein, durfte Püppi nicht persönlich nehmen. Diese Püppis waren genauso ihre Gegnerinnen wie alternde Männer. Auf dieser Gartenparty hatte sie die Frauen verteidigt, nicht die Püppis. Wenn ältere Herren eine Frau zum Objekt machten, dann. Wenn sie ihre Persönlichkeit verachteten. Das hier war jetzt genug. Nach ihrer Missratenen war es auch eine gute Gelegenheit, wieder mit Geltung zu blenden. Sie trat zu den Helbenblatts, um sich in diesem Wiederglanz zu verabschieden. Nicht ohne ihre flamingofarbene Stola zufällig um Püppis Ohren zu hauen.

„Vielen Dank, dass ich dabei sein durfte."

„Du verlässt uns schon?"

Welfhard hatte seinen Small-Talk unterbrochen.

„Ich gehe jetzt nach Hause."

„Und Kai?"

„Frag ihn selbst."

Betretenes Dreinschauen. Nicht alle.

„Nicht alle Frauen sind so anpassungsfähig wie Püppi."

Püppis Blick, wenn ihr Pandagedächtnis.

Der Stolz der Gästeschar über ihre Mannigfaltigkeit wurde nicht getrübt durch die erleichterte Verabschiedung jüngerer Paare. Das dadurch erhöhte Durchschnittsalter der Verbliebenen fokussierte das klatschende Palaver auf die Allüren der Yuppie-Generation. Die in diesem Kreis gerne gesehen waren. Nach dem ersten Akt auch gerne beim Gehen.

„Wir haben den Acker wieder fruchtbar gemacht. Und die…?" - „Die sind auf der Blumenwiese zur Welt gekommen." - „Haben wir ihnen nicht selbst beigebracht, dass sie der Mittelpunkt sind?"

- „Traumtänzer." - „Ich, ich, ich." - „Die denken eben an die Zukunft." - „An ihre." - „Warte, bis sie dir auch noch deine Rente kürzen."

Die Letzten standen am Lagerfeuer und warfen letzte Holzstücke hinein. Kai, Roman und Welfhard sich noch ein paar Biere. Welfhard mokierte sich noch einmal über die sogenannten Jungen, die im Spreewald unter sich Wellness machen wollten. Die Göttin hätte er gerne noch aufgemuntert.

„Ich traf in der Sauna einen alten Kunden aus der New-Economy. Der hatte mit uns Riesen-Deals gemacht. Geld wie Stroh. Und jetzt? Alles weg. Bankrott. Sauna war der letzte Luxus. Mit dem Lamborghini anne Börse und jetzt mit der Tram inne Sauna."

„Und nun?"

„Hass auf die Rentner."

„Weilie seine Sorn nich ham?"

„Weil er neidisch ist."

Der Frühling verführt die Märzenbecher. Schneeglöckchen blühen und die Narzissen drängeln unter der Erdkruste. Der Tag beginnt mit Weiterschlafen. Der schönste Moment beim Aufwachen ist das Einschlafen. Statt üblicherweise frühmorgens Aufstehen. Wenns eigentlich zur Arbeit gegangen wäre. Das ist jetzt von den Nicht-wie-Immer einer der Lustvollen. Auch wenn diesen Augenblick nur der oder die noch eine Weile hat, der oder die noch weiß, wie es ist, in aller Herrgottsfrühe aufstehen zu müssen. Schlimmer ist das mit dem Feierabend. Schon-wieder-kein-Feierabend wird erst weniger werden, wenn das Davor nicht mehr das Danach trübt. Und Kai wird auch nicht mehr in Urlaub fahren können. Er wird nur noch woanders sein. Zur Arbeit gehen. Davor. Nicht zur Arbeit gehen. Danach. Das Prinzip kennt er. Davor. Danach. Erneut wird das Leben geteilt. Was mit mehr Zeitschichten mehr vernünftige Überlegungen erwarten lässt. Sein stichelnder Mittelfinger.

Die Spreewälder Wellness-Schar, die unter sich sein will, wechselt in der Freizeit den Leistungsgehorsam. Bleiben Teil des Wirtschaftskreislaufes. Sie erholen sich und tun dennoch etwas für den gesellschaftlichen Wohlstand. Zu dem Kai der Faulenzer nichts mehr beiträgt. Ihm soll es reichen, stundenlang auf der Couch oder der Wiese zu liegen. Fürs Wirtschaftswachstum bringt solch ein erquickliches Nichtstun natürlich rein gar nichts. Vielleicht wollen die Bannerträger des Bruttosozialmarsches auch deshalb unter sich. Davor. Die alten Genüsslinge. Danach.

Alter zur Schau stellen ist arrogant. Nehmt Rücksicht.

Was prägt die Generationen? Das Motto der Leistungsabgabe? Drei Varianten sind im Angebot. Just for fun. Hau rein. Sonst reichts nicht. Oder das Maß der Unerschrockenheit beim Wohlstandsverzehr? Ausschweifend, genussfrei oder lukullisch. Die Lebenseinstellung? Erobern, schaffen oder bewahren. In Kais Kamarilla wurde die Nach-Nachkriegsgeneration, die darauf hingewiesen hatte, dass sie zu arbeiten habe, um zu leben, auf Rente geschickt. Denen reichts. Also nicht die Rente. Die Sinnsucher, die arbeiten um zu leben, schicken bald die Workaholics in Ruhestand. In einem Altersleben gäben die ja keine. Und sehen nicht ein, dass diejenigen Rente kriegen, die nur gelebt haben, um zu arbeiten. Wo ihr Leben doch keinen Sinn mehr haben dürfte jetzt, wo sie das nicht mehr tun. Das müssten – ganz objektiv mal – die wirklich überzeugten Ruheständler, erst recht die Vorruheständler dieser Generation doch einsehen. Schließlich konnten die sich, solange sie noch geistig fit waren, überhaupt nicht vorstellen, aus einem anderen Grunde zu leben, als um zu arbeiten? Kein Wunder, dass die Hipster kein Verständnis für die haben, die nicht mehr arbeiten und trotzdem leben wollen. Warum bitte schön dürfen die dann den Wohlstand verzehren, auf den sie nur Anspruch, wenn zuvor geschaffen. Nicht mit heute völlig nutzlosen Kassettenrecordern. Oder so. Das Machen und Tun, das Schaffen der Hipster ist keine Brotarbeit, denn sie schaffen nicht zwecks Broterwerbes, sondern erfüllen eine Mission. Ihre Lebensform verkörpert sich in der Arbeit. Ruhestand ist in diesem Lebensstil nicht vorgesehen. Irgendwo dazwischen die Yuppies. Weder Fisch noch Fleisch. Trend-Veganer. Das ist alles nicht in Ordnung mit der alten Ordnung. Die eine Unordnung ist.

Zusammengehalten haben diese Generationen und die Mannigfaltigkeit ihrer Arbeits- und Lebensgrundsätze die Regeln der Matrix. Weshalb es praktikabel ist, wenn die Ruheständler sie weiter befolgen. Die gute alte Unordnung. Das Miteinander dieser Unordnungshüter auf Gartenpartys, bei Small-Talks am Handelstisch und auf Meetings, beim Bier nach dem Squash oder mit aufgeblasenen Backen im AIRPUMP funktioniert nur, weil den Gedankeninzest ein Pakt beglückt. Leckst du mich, leck ich dich.

DER TOBTE im ICE. Hamburg war ein verlorenes Wochenende. Cruellas Szene hatte sich ins Zeug gelegt. Kai die Hanseaten genervt verlassen. I am absolutely shocked by this affair. Sheela – wie auch immer die gerne heißen – und Cruella wollten irgendwas am Weltengeschehen nicht verstehen. Auf der Rückfahrt wollte Kai wieder Ruhe finden. Zug überfüllt. Außer Kai im Abteil ein Modebewusster, eine Überarbeitete und ein Erfolg Illustrierender. Sleeve-Tattoo, Designer-Hornbrille, CICERO. Glatze, Bubikopf, Vollbart. Alle drei very communicative.

„Ein Oriental könnte mir auch gefallen. Aber selbst ein Old School ist bei uns kein kluger Karriere-Move."

Seitenwechsel.

„Tolle Brille, die Sie haben."

„Aus Bambus. War gerade bei einem Start-up. Wir fördern die."

„Wenn ich mich da mal einmischen darf. Wer fördert sowas?"

Loriot könnte sie nicht besser kucken lassen.

„Verdienen die damit Geld?"

„Wer zu Indie-Festivals reist, muss es ja irgendwo herhaben."

„Und es macht Sinn."

„Geld darf man aber nicht vergessen."
„Sind Sie nicht manchmal in unserem Studio?"
„Und Sie von der Sportredaktion?"
„Das wird eine schöne Reise."
Grad über die Elbe. Erst über die Elbe. Kai war verzweifelt.

In den nächsten Tagen wird Klara zurück sein. Eine Frau, mit der sich Kai einfach nur freut, wenn er sie wiederhat. Obwohl er sie noch gar nicht hat. Sie haben sich in der Humboldt-Box einfach so. Vielleicht hat es etwas damit zu tun, dass Kai zum Ende seines Vertriebsstürmens auch privat entspannter akquirierte. Oder aber vergessen hatte, Klara mit Hard Selling abzuschrecken. Aber nicht, dass der gute Ton des pointierten Gewäschs aus schallenden Unterbrechungen besteht. Also nicht zutexten. Kai, den die Scheinheiligkeit des Party-Parlierens nicht weiter angeödet hatte, solange er mit seinen Bonmots nicht alleine gelassen wurde, ist nicht gewohnt, dass jeder Satz einen Sinn ergibt. Schnell ist er eingefangen von Klaras wohlerzogener Aufrichtigkeit. Seine zündbereiten Leuchtfeuer hat sie ihm schon genommen. Klassische Balzrituale nicht zugelassen. Er war, was er war. Ein Gealterter. Sei, der du bist? Das kann doch nicht wahr sein. Jahrelang war er der, der er sein wollen sollte. Ob im Job oder im Bett. Cruella hatte in der Clique großen Wert daraufgelegt, dass seine Eselei mit Dora eine typische Männer-Chose, und da Dora jünger war, eine typische Angst-vorm-Alter Männer-Chose gewesen sei. Seine Maulaffen hatten das Ding mit Dora als starke Akquisition belauert. Was wird denn von Männern im Altersleben balzmäßig erwartet? Treten an die Stelle der Regeln des Erfolgs im Beruf und beim Anmachen jetzt die Vorschriften für Ruhe im Alter? Oder auf Goethe machen? Was erwartet die Gesellschaft? Die Gesellschaft. Hat was von der unsichtbaren Hand im Wirtschaftskreislauf. Invisible hand, boys. Yet again! Ist die Gesellschaft die Bagage der noch im wirtschaftlichen und gesellschaftlichen Leistungsstreben betriebsamen Weiblein und Männlein? Zählen die Stillgelegten dazu, wenn sie deren Ordnung auch im ergebenst angenommenen Ruhestand anflehen? Weil das ja eine gewisse Loyalität zum Ausdruck bringt. Wer ist die Nicht-Gesellschaft, wenn die Gesellschaft nur die Leistungserbringer und ihre Claqueure sind? Streng genommen die Unnützen, die nicht mehr anrufen, was Einträgliche & Co. gläubig leben.

Die Außercliquische hat ihm der Himmel geschickt. Dass sie weiß, was sie denkt und fühlt, dürfte Kai eigentlich schon verstanden haben. Bei Cruella hatte ihm das auch gefallen. Doch es wurde immer anstrengender. Aus Ringelspielen wurden Positionskämpfe. Haben Ansichten die Manege gewechselt? Vom Ring auf die Lichtung. Vom Strapazieren zum Sinnen? Klara reicht ihm die Hand. Sie hat sich über noch nichts beschwert. Das konnte er nur bemerken, weil es signifikant gefehlt hat. Vielleicht ist Kai da auch ein bisschen überempfindlich geworden, aber das wäre Dora nie passiert. Die hatte immer was, was nicht so lief, wie es für sie laufen sollte. Allein ihre Beschwerden nicht zu befürworten, trug den Keim des Offs schon in sich. Nur nebenbei. Ist auch eine neue Entdeckung, dass er eine Unverfrorenheit erst bemerkt, weil sie jetzt fehlt. Und dann die Abwesenheit dieser ganzen sophisticated Comments aus der Clique oder Cruellas Szene. Dass die ihm mal fehlen dürfen, darauf hat er sich schon lange gefreut. Zeiten ohne Geistesverrenkungen, ohne Heucheleien und kleine Gemeinheiten. Kai und Klara verkünden nicht im Wetteifer. Sie umgarnen sich. Aber die Hauptsache kommt noch. Bevor die Tür zum Parkhaus zufiel, hatte er noch mal zurückgeschaut. Nach vorn zu ihr. Und da stand sie. Und sie winkte.

Sind das schon Erinnerungen? Die an die Vergangenheit und die an die Zukunft teilen gerade seinen Tag. Davor macht sich noch ziemlich breit. Danach treibt erste Knospen. Ist ja auch Frühling. Neues im Werden. Das Heranreifende sprießt.

Frühstück. Schrippe mit Käse und Ei, fünf Minuten, innen weich, festes Eiweiß, dazu natürlich starker schwarzer Kaffee, die letzte Schrippe mit Marmelade. Ruhepol am Wochenende. Seit vielen Jahren. Nicht erst im Altersleben. Nicht Routinen unterscheiden Kai den Starken von Kai dem Alten. Freut sich Kai auf die Zeit dazwischen oder wartet er auf die nächste?

DEN TISCH hatte Kai noch nicht abgeräumt, als es klingelte.
„Guten Morgen." Türüllüü.
„Komm rein." Aufmunternd.
„Ich stör doch nicht?" Tatattaa.
„Leider hab' ich schon gefrühstückt." Zögernd.
„Ich auch." Häpäppää.
„Wäre gleich bei dir vorbeigekommen." Beschwichtigend.

Peinlich.

„Jetzt bin ich ja da." Tätättää.
„Wie wärs mit einem Kaffee?" Anregend.
„Oh ja, deine Kaffees sind ja immer soo gut." Patattaa.
Doras Auftritte waren unvorhersehbar. Dass sie gekommen war, bedeutete alles. Kai harrte immer wieder auf Nichts, was in ihrer Konnexion allerdings als Mysterium hungern musste. Sie konnte eine verzaubernde Ausstrahlung fingieren, wenn. Versunkene Begeisterung, rätselhafte Verzückung und abgründige Beschimpfungen pflasterten ihren Weg. Daraus Konsequenzen abzusehen, blieb dem im Risiko-Handling untalentierter Immobilien-Schergen bewanderten aber im Ausweichen vor beziehungsunfähigen Frauen ungeschickten Kai versagt. Der warme Tag gestattete, dass sich Dora mit ihrem Kaffee auf der Terrasse zierte. Sie saß mit hochgezogenen Beinen auf der Bank, die Unterarme auf den nackten Knien und äugte kokett über ihre Tasse. Alles wirkte so friedlich. Wenn nur nicht dieses Scharren in der Luft läge. Das mal-so-und-mal-nicht-so - Pflaster war von ihren drahtigen Ansprüchen schon

arg verkratzt. An die Spuren eines Verständnisses, das den vielen Missverständnissen vorausgegangen war, konnten sich die beiden nicht mehr erinnern. Bei Missverständnissen kam es grundsätzlich zum Off, nach stürmischen Wiederbegegnungen, der von Kai wenig geliebte Begriff vögeln trifft den Vorgang am Ehesten, war dann wieder On. Die Beziehung fand im Himmel und in der Hölle statt. Auf dem Steg und in den Vulkanen. Mit Drachenfeuer und Kölnisch Wasser. Auf der Erde wurde nur eingekauft und sauber gemacht oder der Rasen gemäht. Rechnerisch also im grünen Bereich.

Muss man nicht kalkulieren. Der Altersunterschied. Noch Fragen?

„Warum machst du dir keinen Kaffee? Willst du mich alleine trinken lassen?"

Dora hatte Kai nie an eine seiner anderen Partnerinnen erinnert. Also, so viele waren es nun auch wieder nicht. Und beachtenswert erst seit seinem Abschied von dem Gleichmaß eines Biedermanns, der das Kamasutra für ein nepalesisches Lastentier gehalten hatte. Der Altersunterschied war zwischen den beiden nie ein Thema. Sein Blutdruck, seine Pulswellengeschwindigkeit, sein Gewicht, die genetische Veranlagung für Schlaganfall und Diabetes, schlicht sein biologisches Alter. Das war entscheidend. Macht und Moneten war hier die Dekoration. Kai als verfügbarer Rollenspieler okay, als Gesprächspartner auch, wobei, da gab es dann schon Einschränkungen. Als Tänzer eine Katastrophe. Also alles in Allem eine filigrane Angelegenheit, die durch rammeln zwar nicht stabilisiert, aber wieder On wurde.

Seine Wiederherstellung als Beziehungstrottel beziehungsweise Relationship-Manager wuchs hinsichtlich der Krisenbewältigung bei spontanen Animositäten und Disharmonien über den alten Kai hinaus. Beim älter werden im Hü und Hott und On und Off hat er viel Zeit verbraucht. Natürlich auch; das soll ja auch weniger werden. Er war pragmatisch genug, Hausse und Baisse ihrer Systole und Diastole als zyklische Bewegung. Zwischen den Gleichgewichten. An die – wie im Ökonomismus – geglaubt werden musste. Kai hätte seinem gesundeten Menschenverstand trauen können. Wenn nicht eben dieser Ökonomismus, sein Glaube an wird schon weitere Überlegungen ausschloss. Fragen stellten sich, doch seine Zuversicht, dass der Eigennutz die Erfüllung der Bedürfnisse sicher und das Gleichgewicht wieder herstelle, legten sie wieder flach. Kai profitierte von seinem Grundwissen über Auf- und Abschwung. Er konnte ein Lied davon singen, dass zwischenmenschliche Disparitäten von Offerte und Bedürfnis nur angebotsorientiert wieder hingebogen werden konnten. Hierbei half ihm, dass diese Fordernde dem motorischen Miteinander aufgeschlossen gegenüberlag. Es schmeichelte ihm, als ihr rausrutschte, er habe wohl doch eine gute Beckenbodenmuskulatur. Das hat ihn ein bisschen zuversichtlich gemacht, denn so war nach gewöhnlich dramatischen Offertüren im Tamtam des Himmel-Hölle-Rhythmus die technische Voraussetzung für ein On gegeben. Aber eine Medaille hat bekanntlich zwei Seiten. Die Naturprozesse seines Beckenbodens als zuständig für seinen Beitrag zum On wurden zum potenziellen Killer in ihrem Projekt.

Alles vorbei mit Himmel und Hölle? Wieso denkt er jetzt an diese Frau? Alles hat seine Zeit. Schlechte Zeiten gibt es. Bremer Stadtmusikanten. Etwas Besseres als den Tod. Wenn Klara jetzt mithören könnte. Lieber nicht. Das Miteinander von Kai und Dora auf ein formidables Sexualgeschehen zu reduzieren, würde Doras Gefühlswelt missachten und Kais Beckenboden glorifizieren. Auch Cruellas kritische Einstellung zum Sexualverhalten der in die Jahre gekommen Männer sollte nicht auf ihre Statements zur Midlife-Krise oder eben zu den Ängsten alternder Männer reduziert werden.

Sie verehren übrigens beide, Cruella und Dora, Goethe als Schriftsteller.

Dass sie ihm jetzt doch wieder durch den Kopf gehen. Erst Cruella vor der Espresso-Maschine. Dann Dora. Dann wieder

Cruella. Erinnerungen verdrängen noch Erwartungen. Klara könnte. Aber sie hat noch nicht.

Am Wochenende fehlt Kai, was immer fehlen wird. Nächste Woche keine To Do's, keine Meetings, keine Deals. Die alte Ordnung versperrt noch die Sicht auf das geheimnisvolle Neue. Wo das Altersleben noch träge, fläzen sich die Erinnerungen an das Vergangene. Nochmal kurz vor die Tür? Ist sie wirklich schon geschlossen? Wenigstens mal zurückschauen ins Arbeitsleben? Da er seine Ex-Kolleginnen und Kollegen – außer Püppi – nicht mochte, werden auch sie ihn wohl nicht vermissen. Wieso er die jetzt? Im Arbeitsleben war ihm egal, ob die ihn erwarten. Auch, wie die ihn sehen. Nicht, dass die bangen. Haben die etwa alte Rechnungen?

Das erste längere Gespräch mit Helbenblatt hat Kai nicht vergessen. Führen Sie sich nicht auf wie ein alter Mann. Dagegen konnte er etwas machen. Nicht so gegen dessen Nachfolger, Job Title Branch Manager, der ihm die fehlende Performance unter die Nase gehalten hatte. Der ihn übrigens noch vor dem letzten Sturm zum Sales Team Leader beförderte. Ein aus dem Ei gepellter Hipster. Die bieten weniger Angriffsfläche. Das Zerrbild der Illusionisten von der ewigen Jugend ist dort der Weichzeichner vom gestählten Olympioniken. Deren Methode des Alterns würde Kai mal interessieren. Zumal Ruhestand bei denen ja eigentlich nicht vorkommt. Leben ist arbeiten oder musizieren oder. Diese Lebensform zeigt tückisch ihre Kunstfertigkeit. Das Altersleben haben die schon, bevor. Ohne alt geworden zu sein. Während die Yuppies ewige Jugend vorgaukeln und schließlich die Äußerlichkeit von Vampiren retuschieren müssen, entziehen sich die Hipster dem Ideal kosmetischer Schönheitsblüte. Wozu auch? Sie kennen vermutlich die Tradition des antiken Spartas, wo die erfolgreichsten Spartiaten statt zu Ausgestoßenen zu den einflussreichen Geronten gemacht wurden. Jedenfalls benehmen sie sich so. Und sehen auch immer so aus.

Kai ist kein Geront. Hat er gelebt, um zu arbeiten? War sein Leben nur Arbeitsleben? Der Mantel mit Hut. Jetzt lebt er, um zu Klara. Nur zum Wohlsein. Keine windgeschützte Partnerschaft zur Aufrechterhaltung allzeitiger Produktionsbereitschaft. Was gestattet die alte Unordnung den Alten noch an Liebesvergnügen? Die unterstellt doch, dass ohne Brotarbeit überhaupt alles und generell ohne. Außer zur Senkung der Betreuungskosten, wenn. Ob Dora ihn jetzt, wo er nicht mehr offiziell wohlstandsbildend, also rein theoretisch? Selbst Püppi. Obwohl. Den Gebrauchswert eines Menschen bestimmt Püppi nicht nach dessen Wertschöpfungsbeitrag. Sie glaubt noch an Ritter.

Den wohlstandsbildenden Stützen der Gesellschaft stehen meinungs- und ordnungsbildende Unter-Stützen zur Seite. Verwalter, Philosophen, Berater und Juristen hängen an den Wertschaffenden. Ob Feldwebel-like oder schmeichlerisch. Sie bilden, belustigen oder bevormunden. Eines haben sie gemeinsam. Sie werden wohl gebraucht. Sonst würden sie ja nicht bezahlt. Sie leben daher qua Auftrag. Und nicht auf Kosten der Brotarbeiter*innen. Bis sie alt sind. Dann leben die Ausgemusterten auf Kosten der jüngeren Generation. Bei Künstlern nicht unbedingt. Den Unter-Stützen gehts besser. Allerdings. Weder Berater noch Juristen haben auch nur einen Cent zum Wohlstand beigetragen, sondern diesen um ihr Honorar vermindert. Was sie für einen Beitrag zur Wertschöpfung halten, ist der Verbrauch von Werten, zu deren Schaffung sie durch Belustigung oder Besserwisserei beigetragen. Manchmal auch durch geistige Erbauung. Künstler machen im Unterschied zu den Erstgenannten nur Freude.

Der Wert eines Menschen bestimmt sich von der Antike bis heute durch seine Fähigkeit, die Bestellkräftigen zufrieden zu stellen. Nicht durch wohlgesinnte Nachbarn oder so. Bei Kais Jahresprämie errechnete diesen Wert eine Rechenmatrize der Kamarilla. Kai ackerte für seinen Wert, als er für alle wertlos war. Außer für

Püppi. Der Rentenanspruch ist kein Wert. Eine kalkulierte Apanage. Rentner haben keinen Wert. Solange die alte Unordnung auch über das Alter herrscht, solange heißt Ausscheiden aus dem Arbeitsleben, aus dem Leben zu verschwinden.

Wird dann auf Cruellas Brotarbeits-Zeit keine Zeit mehr folgen?

GEGEN DAS Sterben hatte Kai der Geneigte angekämpft. Vorm Sterben hatte er mehr Angst als vor dem Tod. Er hatte verhindert, zu existieren, ohne zum Leben zu gehören. Das war sein Sieg. Er hatte spekuliert, ohne zu durchschauen, was er da eigentlich macht. Dass es nicht darauf ankommt, lange zu leben. Sondern wie lange ein Mensch lebt. Die Sterblichkeit war dem Mystischen schon immer näher als dem täglichen Leben. Vielleicht will deshalb keiner so alt werden. Alt wie ein Baum möchte ich werden hatte nur als Lied Erfolg. Um zu erfahren, wer denn wirklich so alt werden will, sollten die gefragt werden, die fast so alt sind.

Lange hatte sein Leben zwischen den Seitenlinien keine Lebendigkeit. Eher wurde sie vorgegaukelt. Mehr oder weniger professionell. Erneuerung und Widerspruch hatte er bei den Hallodris aus Cruellas Szene kopfschüttelnd für Schabernack gehalten. Wenn die mit Anspielungen und Mehrdeutigkeiten zwischen Hü und Hot hüpften. Doch ohne Erneuerung und Widerspruch gibts keine Veränderung.

Wer hatte bestimmt, was schrullig, was Schabernack und was vernünftig ist? Die angeblichen Wertschöpfer erwarteten von den ausgestoßenen Alten, dass sie ihnen bei der gesellschaftlichen Entwicklung nicht in die Quere kommen. Zur Beruhigung erhielt ihre Eitelkeit immer eine Anerkennung. Souveränität, Gelassenheit und Weisheit sind natürlich prima Prädikate für die Illusion. Wenn schon nicht, dann wenigstens.

RUMPELN

Kai der Silbertiger prüft. Aus des Geneigten schon ist des Ausgemusterten noch geworden. Wer bin ich? Noch? Eine der Selbstfindung zugewandte Suche über Veränderungen seines Wesens hat keinen Platz in Kais Verortungen. Lieber nutzt er die Zeit, dazu zu gehören. Da ist er dann immer wirklich gewesen. Wozu noch Selbstverwirklichen? Da, wo er mal wirklich war, ist er jetzt nicht mehr. Also. Wie sehen die ihn? Noch. Und ist noch was zurückgeblieben aus der Arbeitswelt? Was hat er mitgenommen? Was will er behalten? Ist er seiner Schwärmerei für Abziehbilder treu geblieben? Auch wenn er alten Illusionen inzwischen den Laufpass gegeben hat. Bei reflektierenden Inaugenscheinnahmen – allein die Worte – verliert er den Überblick. Nun ist nichts mehr mit Wertschöpfung. Vom Finanzjongleur zum Zaungast. Verwurzelt im Gewerbegebiet davor. Entwurzelt im Gnadenhof für ausgediente Antreiber danach. Von Danach rüber schauen ist nicht wie Davor dabei sein.

Außerdem will er nicht schon wieder im Regen stehen.

Die warmen Farben der Herbstsonne schönen die zunehmende Kälte. Bäume und Büsche in Kais Garten haben die Wasseraufnahme über die Wurzeln fast eingestellt. Erste zarte Verfärbungen kündigen die bald bunten Herbstfarben an. Die schlummernde Kraft der Wurzeln wird holterdiepolter nach dieser Entschlackung im nächsten Frühling die Büsche gestärkt mit zarten grünen Knospen schmücken. Der Herbst folgt unmittelbar auf den Frühling. Einem anstrengenden Frühling. In dem vergangenen Sommer mit immer unberechenbareren klimatischen Störungen, der Dotcom-Blase, der Finanzkrise – Corona-Ratlosigkeit wurde noch weniger erwartet als der Tod – war keine Zeit für Frühjahrsputz. Der umso strapaziöser, je länger er unterlassen. Kai darf jetzt räsonieren, Herr Helbenblatt. Darüber, dass lange Zeit immer wieder immer mehr gute Ernte keinen Schlendrian duldete. Der strahlende Himmel über dem entschlossenen Sommer verspottete Besonnenheit. Offene Wetten an den spekulativen Märkten und der Renditehunger der vagabundierenden Kapitale die Sonntagsruhe. Der natürliche Lebensrhythmus, wozu die Jahreszeiten gehören, wurde marktuntauglich. Wie die zahlreichen Behinderungen der Kundenzufriedenheit bei der Deutschen Bahn und ihre schwache Rendite eben wegen dieser marktuntauglichen Jahreszeiten beweisen.

Frühjahrsputz bis in den Herbst. Hört sich an wie ewige Motorwäsche. Spätestens jetzt, wo ein quasi ewig schnurrender Renner aus dem Takt geraten war und einiger Ballast von Bord geworfen werden musste, zahlt sich aus, wenn die Eine oder der Andere nicht nur das Seepferdchen hat. Jahrelang hart am Wind hatte niemand über ein Leben und Arbeiten über Bord nachdenken müssen. Da kam auch einiges zusammen an eingefahrenen Abläufen, die – immer nur draußen an Deck – nun eingerostet sind. Es war vor lauter Machen auch weniger nachgedacht worden.

Auch Kai möchte teilnehmen an einem sich aufrappeln des Lebens nach dem über Bord gehen und wieder aufsteigen. Phönix aus den Gummibärchen. Kais Bedeutung hatte sich gestützt auf eine vorteilhafte Kollaboration von Status im Unternehmen und dem, was die Menschen von ihm wahrnahmen. Kais Persönlichkeit hat sich auf diesem fruchtbaren Boden entwickelt und gestärkt. Nach Gnadenhof ist ihm gar nicht. Zum Kassenwart in irgendeinem Verein oder zum ehrenamtlichen Charity-Banditen hat er keinen Antrieb. Ob es klappen wird mit dem Altersleben? Gegen die alte Unordnung aus dem Arbeitsleben?

Kai der Silbertiger sucht alten Mist von Neuem zu unterscheiden. Nicht sein eigentliches oder wahres Ich danach. Veränderungen dieses Ich würde er vermutlich nicht wahrnehmen. Aber er bemerkt, wie seine Umgebung auf ihn reagiert. So war seiner Clique zuerst aufgefallen, dass sich in Kais Wahrnehmung – noch in den Bahnen der alten Unrdnung – Fragen einschlichen. Gewissheiten wichen Unsicherheiten. Den eingespielten Flow bekrittelt er nicht erst, seitdem er daran nicht mehr teilnehmen darf. Oder seit Klara mit ihrem Blinzeln.

WENN IHR Arbeitsleben zu Ende sein könnte. Was hatten die gemacht, die auf der Bühne blieben, obwohl? Ein Bänkelsänger seiner Jugend war noch nicht abgetreten, als der im Admiralpalast seine Fans aufrappelte. Er war eine Illusion des alten Barden. Kuli war verschwunden. Der Gesalbte Schelm konnte ihn nicht ersetzen. Er hatte ihn nur vertrieben. Der alte Bänkelsänger war auch verschwunden, seine wiedererschienene Illusion täuschte die Fans. Kai der Geneigte hätte auch verschwinden können, wenn er nach dem Unfall wie ein alter Mann ergebenst aus der Erscheinung getreten wäre. Doch er hatte erfolgreich widerstanden. Warum hatte er den alten Bänkelsänger sehen wollen? Er hatte weder ihn noch sich wiedererkannt. Alle, die auf früher machen, verleugnen, dass danach nicht davor ist. Kai hatte es erstmals auf diesem Konzert gespürt. In der Pause hatte er gespitzfindigt, dass alte Erinnerungen nicht wie Impfungen immer wieder aufgefrischt werden müssten, um nicht an Alter zu erkranken.

Die Teilnahme am kulturellen Treiben dient im Arbeitsleben, soweit die daran Interessierten nicht selbst an der Produktion beteiligt sind, dem Ausgleich zu den Flows der Brotarbeit oder der Ermunterung. Natürlich auch der Selbst-Inszenierung. Die Genusssucht treibt allein die Kunstinteressierten. Im Altersleben ist die Teilnahme zwecklos, wenn nicht. Was auch das Feuerfangen entspannter macht. Vielleicht sogar freie Liebe, also Liebestreiben frei von Championship. Freie Liebe in der alten Unordnung ist Ausscheidungskampf in den Diensten der Illusionen. Und wenn ein Ochse einen Stier. Auweia. Deshalb sollen die Alten wohl Ruhe bewahren.

Kai, der von Cruella als Kulturbanause geneckt und von Püppi für seine Teilnahme am Opernball beneidet wurde, nutzte diese Besuche zur Eroberung. Kunden und Damen. Sein diesbezügliches Jagdfieber davor ist danach nicht mehr wettbewerbsorientiert. Die für die Kundengewinnung verbrauchte Energie ist nicht verlustig gegangen. Ganz im Gegenteil, der Rückgang des Triebes, Kunden zu ficken, hat sein Interesse an diesen Kunden erhöht. Er müsste Helbenblatt und Dora eigentlich danken, dass dessen aufrichtiger Unmut für sein Gebaren und ihre frohlockende Misshandlung seines Beckenbodens ihn wieder auf den rechten Weg. Wenn er zuhört oder zurückhaltend bleibt oder behutsam rangeht.

Ist ja wohl auch altersgerechter.

Auf dem Esstisch liegt die Berliner Programmzeitschrift, die Kai durchgesehen haben will, bevor er sich mit Klara. Da er sie nicht mit einem gezielten Vorschlag überfallen will, siehe behutsam rangehen, und da ihr Besuch in der Humboldt-Box nicht abschließend Auskunft über ihr Kunstinteresse gab, siehe zuhören, wäre es sinnvoll, gut vorbereitet in ein offenes Gespräch zu gehen. So ganz will Kai der Alterslebende den alten Kai wohl nicht loswerden. Berlin hat so einiges zu bieten. Gemeinsam spazieren gehen? Zu riskant. Von wegen mit der Tür ins Haus fallen. Einfach fragen, zu unprofessionell. Kai hat im lässigen Anbaggern einfach keine Erfahrung.

Aus seiner Ratlosigkeit reist ihn ein weiteres Konzert des alten Bänkelsängers. Und reizt, Pascal anzurufen.

„Es ist doch na, wie lange her, dass wir uns? Wars im Französischen Dom?"

„Als die Kirche der Politik."

„Als die alten Kirchenmäuse den Politschelmen vergebens ihre alljährlichen Weisheiten verkünden wollten."

„Hoffen die Alten, dass ihnen wenigstens da die Jungen zuhören?"

„Aber deshalb rufst du nicht an."

Sowohl die Wiederbegegnungen als auch die Verabschiedungen der beiden folgen seit Jahren einem festen Ablauf. Da sie nie geplant sind, gehören sowohl überraschte Begrüßungen als auch eingeübte Abschiedserklärungen von wegen Wiedersehen, denen in der Regel nichts folgt, zum Ritual. Miteinander sprechen am Telefon ist eher ungewöhnlich.

„Unser alter Bänkelsänger ist wieder in der Stadt."

„Soweit ich mich erinnere, warst du in der Pause verschwunden."

„Ich hatte ihn nicht wiedererkannt. Und über mich war ich überrascht."

„Ich höre einfach gerne unsere alten Heldensänger. Von ihm hatte ich sogar ein Plakat über meinem Bett."

„Heldengesänge sind unsterblich. Unser Bänkelsänger ist einfach älter geworden, Pascal. Er hat sich aber nicht verändert. Aber die Zeiten haben sich geändert. Ich glaube, es ist zu Ende."

„Du als Ökonomist weißt doch besser als ich, dass es erst vorbei ist, wenn es keinen Markt mehr gibt."

„Er gefällt mir aber nicht, bloß weil er noch einen Markt hat."

Pascal, dessen berufliche Laufbahn erst mit der gesetzlich geregelten Rente in das Stadium eintreten soll, in das der etwas jüngere Kai gerade abgeschoben wurde, tummelt sich seit vielen Jahren in der Projektförderung Musik der Berliner Senatsverwaltung. Sein

Steckenpferd ist das sogenannte Starphänomen. Die Rahmenbedingungen, unter denen ein Künstler zum Star wird. Den alten Künstlern, so Pascal, drohe das Erlöschen als Star. Vermögen sei kein Trost für den Bedeutungsverlust.

„Dass er für dich keine Bedeutung mehr hat, würde ihn hart treffen, Kai."

„Wer bin ich denn schon?"

„Du bist ihm egal, aber du als Besucher warst einmal Teil seines Marktes." Weshalb es überhaupt nur funktioniere. Die Kais seien eine Zielgruppe und als Markt interessant. Und natürlich, wenn sie für die Nachfrage nach des Bänkelsängers Produkt sein Einkommen verbessern.

Musste Kuli aus der Erscheinung treten, weil seine Show, diese Show mit ihm, keinen Markt mehr hatte? Die letzten Konzerte betagter Musiker ziehen doch immer noch zahlreiche Besucher an. Sie sind Akteure eines Marktes, den Kuli scheinbar nicht mehr hatte.

„Alles, was Künstler tun, muss einen Markt bedienen. Nicht viel anders als bei euch, Kai."

„Dann hatte Kuli also gar keine Chance mehr."

„Den durftest du Knirps kucken?"

„Großes Privileg."

„Würdest du es eintauschen gegen die, die du heute hast?"

„Vorbei damit."

„Gehts dir jetzt wie mir?"

„Schön wärs."

„Das passt jetzt nicht in mein Bild von deiner Welt."

„Du kennst nicht die Umstrukturierungen bei uns. Ich denke nicht mehr an Privilegien. Ich knapse an der Demütigung, verscheucht worden zu sein."

„Wie sagt man bei euch? Vorzeitig in den Ruhestand versetzt?"

„Von wegen versetzt. Weggeschickt. Ich will an Ruhestand immer noch nicht denken. Unruhestand ist auch nur ein trügerischer Euphemismus."

„Denk lieber an die vielen schönen Dinge, die du bisher nicht machen konntest. Aber jetzt könntest."

„Die verhassten Zwänge, die Berichtstermine, der Verkaufsdruck, das Machtgehabe. Die sind jetzt wie Geliebte, die mich verlassen haben."

„Ich freue mich, bald nicht mehr machen zu müssen, was du vermisst, kaum dass es weg ist."

„Wer von uns hat denn je über den Stillstand nachgedacht, der uns erwartet, Pascal? Ich hatte mich immer über das Hamsterrad beschwert. Und jetzt?"

„Lieber Hamsterrad als Unruhestand?"

„Von dem, was alle Unruhestand nennen, habe ich keine Vorstellung. Aber eine Ahnung, dass mir da auch die Decke auf den Kopf fallen könnte. Je näher das Ende kam, umso weniger habe ich darüber nachgedacht, was stattdessen kommt."

„Hast du dich denn nicht vorbereitet?"

„Vorbereitet!?" Herausgepresst mit einem Schauder, als ob Pascal die vorauseilende Einbalsamierung erwartet hätte. „Ich rasiere mich ja auch nicht im Voraus." Kais Persönlichkeit war gestützt vom Korsett für vehemente Stürmer. Seine Stellenbeschreibung charakterisierte blutleere Haudegen. „Du fragst nach vorbereitet. Ich weiß, was es heißt, plötzlich nicht mehr dabei zu sein."

„Du warst wer, Kai. Wieso sollst du plötzlich nicht mehr wer sein?"

„Es ist etwas anderes, ob du Einfluss hast oder ob du annehmen musst. Ob du kochst oder auf Sättigung wartest. Ob du sagst, wo es lang geht oder ob du da schleichen musst, wo du noch geduldet bist."

Auf welchem Markt ist Kai noch Akteur? Von Charity bis Snoezelen. Alles Märkte ohne Märkte zu sein. Aus die Maus. Aus mit wichtig. Das Problem ist nicht neu. Schon der alte Cicero hatte seinen alten Cato über den Abschied, da wars die Macht, schimpfen lassen. Alle schimpfen, wenn sie aufgeben müssen, was sie nicht aufgeben wollen. Vor allem nicht sich. Und dann das Neue.

Das Unbekannte. Wie beim Change-Management. Doch über Gewinner und Verlierer entscheiden im Alter nicht die Skills auf den Zeitschichten. Die machen das Handicap. Das geht Kai gegen den Strich. Vielleicht sollte er aufstehen. Hat Helbenblatt doch auch immer gemacht. Mit dem Telefon in der Hand, Pascal holt sich derweil ein Bier aus dem Kühlschrank, faucht der alte Tiger vor den Terrassentüren.

„So lange haben wir noch nie telefoniert."

„Männer werden im Alter weibischer. Daher."

„Willst du mir jetzt Angst machen?"

„Alles Wissenschaft. Die Östrogene der Frau gehen runter. Testosteron bei uns auch. Die Relation bei Männlein und Weiblein verändert sich."

„Du willst mir also doch Angst machen."

„Sieh es als Chance. Wir werden öfter auf der Erde sein, Pascal."

„Öfter auf der Erde?"

„Immer nur Himmel und Hölle. Das ist nichts mehr für mich."

„Wenn du mir jetzt bitte sagen würdest, was du mir sagen möchtest."

„Auch mit vielen Zeitschichten kann man noch mopsfidel sein. Aber nur auf der Erde."

„Face to face kann man mit dir vernünftiger reden."

„Ich ruf dich wieder an, wenn ich mich beruhigt habe."

KAI HATTE an einem dieser Meetings teilgenommen, die unter seiner Leitung sowohl weniger Teilnehmer als auch weniger Nebenkriegsschauplätze als auch weniger Zeitfresser, dafür mehr neue Meilensteine, Entscheidungen, To Do's und Aufgabenverteilungen gehabt hätten. Kaum war die für die stümperhafte Agenda festgelegte Zeit abgelaufen, forderte sein Körper dringend Bier. Sich das jetzt vorzustellen, machte die Zeit von Schluss für ihn bis Ende für alle noch unerträglicher. Endlich. Er schloss sich kopfschüttelnd den nun jammernden Schwätzern an. Im Bistro der Clique saßen Püppi und Roman mit ihren Sporttaschen. Sie sahen ihn schon beim Reinkommen und bevor er sich gleich an den Tresen gesetzt hätte, lachte Roman.

„Du siehst aus, als müsstest du gleich."

„Roman!"

Das konnte nur Püppi. Der eindeutig tadelnde Ausruf verließ das unschuldige Gesicht mit der kleinen Nase und den großen Augen unzweideutig mit der Botschaft, dass von ihr keine Gefahr ausgehe. Roman hatte verstanden, legte seine kräftige Hand auf ihren zarten Unterarm und vollendete „einen Wutausbruch kriegen."

Kai setzte sich zu den beiden und zum Klang von Atemlos vernichtete er den Moderator. Der Barkeeper brachte ihm wie üblich ein großes Bier und einen Wodka. Nochmal das Gleiche und bevor die drei anstoßen konnten, stellte Kai seine ersten leeren Gläser auf den Tisch.

„Du solltest dich im Fitness-Studio austoben. Schau auf uns."

Romans Augen präsentierten den sportiven Körper seiner Partnerin und seine flache Hand klopfte auf trainierte Bauchmuskeln.

„Roman stemmt schon ganz schön was weg. Ich mache lieber Pilates."

„Warum machst du da nicht mit, Kai?"

„Ich fahre lieber Fahrrad und gehe spazieren."

„Wenn du das versuchst, Kai, dann ist das zwar besser als nichts, aber richtig fit ist was anderes."

„Wann könnt ihr das denn alles machen?"

„Wofür leben wir denn?" Püppi schaut Kai erstaunt an. „Wir wollen es uns doch gut gehen lassen. Fit. Geistig. Körperlich. Wir werden ja alle nicht jünger."

„Sollte ich daran jetzt schon denken?"

„Schau sie dir doch an, die alten Säcke, die ihre Eier nur noch im Spiegel sehen können."

„Na, ich weiß nicht." Püppi verlegen. „Aber ich glaube auch, dass dicke Menschen irgendwie die Kontrolle über ihr Leben verloren haben."

„Aber in Jogginghosen ist das doch auch so." Kai hatte sein drittes Bier getrunken. „Passt das? Thick and fit? "

„Auch wenn es sich reimt. Wie sagt ihr, Kai? It doesn't match. "

„Dick möchte ich nicht werden."

„Dann tu was. Dicker werden ist eine Botschaft. Ich scheitere."

„Wie oft macht ihr das?"

„Montags, mittwochs und manchmal auch am Wochende, außer da ist ein tolles Event. Wenn wir nicht tanzen gehen. Oder Der Gesalbte Schelm meine Püppi verzückt."

Die zu Roman strahlte.

Die Illusion ewiger Jugend päppelt nur die Märkte für gut gestylte Alte. Irgendwie Ressourcenmissbrauch.

Es gefiel Kai an den beiden, dass sie ihre Disziplin eben nicht im Büro zurücklassen. Waren die Fitness-Ziele schon Lebensaufgaben? Sagten die Regeln ihnen auch, wie sie sein wollen sollten? Wie den gestählten Selbstdarstellern in dem Meeting? Erst mal beruhigen. Vor dem Bistro war in einem kleinen Park eine Bank. Mit Blick auf einen kleinen Spielplatz. Klein tut jetzt gut. Kleine Kinder! Beruhigen? Wenigstens ablenken. Die Kleinen stritten sich. Kennt er. Frische Eindrücke. Und vertrugen sich? Rätselhaft. Da wurde geheult und gelacht. Keine Ahnung, worum es da ging. Förmchen? Schäufelchen? Sinn hatte das alles wohl nicht. Viel Durcheinander um Nichts? Und wenn die Muttis heute Abend fragten, was sie gemacht haben? Gespielt. Und er? Meeting. Auweia.

Disziplin. Kai glaubt sich von den alten Regeln des Erfolges verabschieden zu können. Doch nicht von den Grundsätzen, die ihm persönlich wichtig sind. Pünktlichkeit, Verlässlichkeit und Deutlichkeit. Das ist er und so will er auch bleiben. Püppi und Roman mit ihren Sporttaschen hatten ihr Fitnessprogramm durchgetaktet wie ihre Verkaufsprogramme. Jetzt will er das ernster nehmen mit der Fitness, ohne gleich einen Fahrplan aufzustellen. Er schlägt auch schon immer öfter in populärmedizinischen Fachblättern nach. Wenn früher mal was weh tat an den Muskeln oder Knochen, kam da Vitalat drauf. Ende Gelände. Heute werden gleich vorbeugende Maßnahmen gegen Kalkschulter oder Sehnenriss erkundet.

Die Jungs aus der Rockszene turnen in seinem Alter noch munter auf der Bühne. Gehts denen besser so? Alles für die Erscheinung? Statt sich auf ihren Fincas an den Pool zu legen? Die müssen doch nicht mehr. Noch ein paar Jahre arbeiten wäre auch für Kai nicht wegen des Geldes. Ein Fitness-Programm hätte nichts daran geändert, dass er rausgeflogen ist. Sein Alter stand in der Personalakte, nicht sein Fitness-Level. Warum also machen Püppi und Roman mit ihren Sporttaschen diesen ganzen Wahnsinn? Wir werden ja nicht jünger. Klar Püppi. Ist sie noch jung, wenn sie Pilates nicht mehr dreimal die Woche machen kann? Oder sie vorm Treppensteigen der Aufzug lockt. Wenn trotz aller Mittelchen und Turnübungen der Rollator wichtiger als der Stepper? Denken die bei ihrer Fitness mehr ans Leben oder ans Sterben? Verkündet diese ganze Anti-Aging-Religion ihre Todeserwartung? Erst verscheuchen die ihn aus seinem Korsett und dann soll er ohne Halt was gegen das Alter tun. Weil alle das Ende nicht sehen wollen.

Ungläubig und langsam diesen Gedanken nachsuchend spult Kai wieder vor den Terrassentüren. Der Silbertiger wird den alten Tiger schon wieder runterholen. Da steht sein Fahrrad, das er jetzt häufiger benutzen wird. Nicht, dass er Bewegung oder Fitnesstraining nicht wichtig oder – letzteres – okay findet. Nur bei dieser Lebensart ist er weniger enthusiastisch. Die Bedingungen modernen Lifestyles erfüllt er wahrscheinlich nicht. Bedingungen? Modern? Seine Werte und Ziele? Lebensstil? Könnt schon sein. Und wenn schon. Konsumverhalten? Gehört auch ein Fitness-Center dazu? Fit für diesen Markt will er gar nicht sein. Will da auch nicht bejubelt werden. Wie ein Rock-Star. Andererseits. Wie sehen ihn die Anderen? Kai, der aus dem Office entfernt wurde, will weiter beachtet werden. Das Licht ist noch an. Halt stopp. Irgendwie hatte er mal mehr Haltung beim Auftritt. Mehr Licht. Ein Ziel eben. Altersleben ist kein Ziel. Ruhestand ist Verfall. Altersleben ist Erneuerung. Und braucht Widerstandskraft, wenn er als mürrischer Alter gesteinigt werden wird.

Ein alter Rockstar wankt weinend von der Bühne, weil sein Können schwächer ist als das Wollen. Er habe seine Stimme komplett verloren, jammert er. Den würdevollen Abgang hatte er sich anders vorgestellt. Aufrecht. Jung bleiben müssen ist eine subtile Maßregelung. Kais verhaltene Abwehr, als Püppi und Roman mit ihren Sporttaschen ihn ins Fitness-Studio holen wollten, hatte bei sich selbst keinen rechten Rückhalt. Darum druckste er auch eher rum. Sind Bodybuilding und Wellness die unerlässliche Bedingung, um wieder im Paradies dabei sein zu können? Das Paradies ist die Jugend und Alter die Vorhölle. Das Himmel-Hölle-Ding hatte er doch aufgegeben. Auf der Erde ist es so schön.

„Hier Erde."

Pascal. Kai muss natürlich an Klara denken. Die Außercliquische von der Erde.

„Hab mich wieder beruhigt."

„Apropos. Ist so ein Leben ohne Wehrgemeinschaft beunruhigend?"

Zur Unterscheidung von den verpönten Drückerkolonnen hatte Kai seine Kamarilla gerne mit einem bildungsbürgerlichen Mäntelchen gekleidet. Alles Stratiótes, vulgo Soldaten. Wehrgemeinschaft hat er noch nie gehört. Gefällt ihm.

„Meiner Wehrgemeinschaft?"

„Ihr in der Welt des Habens seid Streiter."

„Und in welcher Welt lebst du?"

„In der Welt des Seins. Wir kämpfen nicht. Selbstentfaltung ist unser Begehr. Ohne eure Regeln, eure Krankheiten und eure Aggressionen könnten wir glücklich sein."

„Rührend. Hat das einen Markt?"

„Warts ab, Kai. Wenn das Streben nach Profit, wenn ihr keinen Wohlstand mehr schafft, bleibt nur das Sein."

„Bist du jetzt auch bei den Spiritualisten?"

„Ihr könnt euch nicht vorstellen, dass eure Welt plötzlich nicht mehr weiterkann. Dass das weiterwursteln seine Selbstverständlichkeit verliert. Dass eure Wertschöpfung die Grätsche macht."

„Aber dann haben wir ja noch euch. Aus der Welt des Seins."

„Wenn es in der Welt des Habens drunter und drüber geht, müssen wir wohl die Macht übernehmen."

„Jetzt soll ich mich wohl fürchten?"

„Mach dir keine Hoffnungen. Du glaubst doch wohl nicht, dass es nun vorbei ist mit den Regeln des Habens? Bloß, weil du im Ruhestand bist."

„Ich kann doch jetzt machen, was ich will. Ich bin eigentlich auch in der Welt des Seins."

„Da sind sie ja wieder. Deine Illusionen."

„Lasst ihr mich nicht rein?"

„Die Welt des Habens lässt dich nicht raus." Die Rechte seien jetzt freigestellt, die Pflichten angeordnet. Die Welten seien eng verwoben. In der Wehrgemeinschaft sei alles klar. In der Kunstszene schon nicht mehr. Die Inszenierung des eigenen Lebens nach der Lohnarbeit sei kein Seitenwechsel. Annehmlichkeiten würden weiter von Seitenlinien in Schach gehalten. Den angeordneten Wechsel von der Lohnarbeit in den Ruhestand – jetzt ist Ruhe – zu verweigern, sei die Missachtung dieser Regeln. Das sei so nicht vorgesehen. Auch nicht, dass die bewährten Trugbilder des Lebens im Rentenalter eine Verschönerung erhalten. Die Welt des Habens schicke ihn schließlich auf Rente. Und nicht nach Eldorado.

„Bin ich auch schon draufgekommen. Vor Illusionen musst du mich nicht mehr bewahren." Auch nicht, dass die bewährten Trugbilder des Lebens im Rentenalter eine Verschönerung erhalten. Da sei er ganz realistisch.

„Warts ab, Kai. Illusionen sind auch Drogen, um die Härten zu ertragen."

„Für vernünftige Überlegungen habe ich jetzt ein ruhendes Bewusstsein."

Ohrwurm? Da sich Pascal mit hier Erde gemeldet hatte, lässt er diesen zwischen angetäuschtem Tiefsinn und aufgemotztem Oberflach pendelnden Satz erstmal runterkommen.

„Hast du dich etwa verändert seit?"

„Illusionen waren Zwänge. Um das zu erkennen, musste ich Tempo rausnehmen."

„Also brauchst du sie jetzt nicht mehr?"

„Ich brauchte sie einmal dringend, um wieder dabei sein zu können."

„Bei deinen Gauklern?"

„Um wieder Beifall zu bekommen."

Pascal mag Kai. Sie sind immer zusammengeblieben. Doch die Galaxie der Matrix war Pascal zu makaber.

„Brauchst du von denen immer noch Beifall?"

„Er fehlt mir."

„Das ist nur der erste Anschein. Lass neue Erfahrungen doch erstmal auf dich wirken." Als Ruheständler könne er die Ereignisse beobachten, ehe er handelt. „Meinetwegen sogar mit deinem ruhenden Bewußtsein."

„Ich hätte mich deshalb beinahe schon mal verabschieden müssen."

„War das dein Harakiri? Als du es erzähltest, hatte ich verstanden, dass du sehr aufgebracht warst. Über dich."

„Heute weiß ich. Mein Weniger nach meinem Unfall. Das wars eigentlich."

„Wie ich da jetzt draufkomme? Wie geht's eigentlich Cruella?"

„Immer noch. Wir uns danach nicht mehr so wie davor."

„Vereinbar? Dennoch?"

„Endlichkeit gegen Zeit."

Dass Sätze mit Prädikat die Verständigung erleichtern, trifft im Allgemeinen zu. Da es sich hier um für Pascal verständliche Antworten auf dessen Fragen handelt, kann Kai darauf verzichten. Pascal weiß Bescheid.

Kai weiß um die Endlichkeit, Cruella verleugnet die Zeit. Oder wie Püppi. „Solange ich jung bin, muss ich nicht an den Tod denken." Dies ist vielleicht die größte Differenz zur Lebensauffassung von Cruella, dem Bollwerk zwischen Jugend und Alter. Wenn sie den Kampf gegen die Zeit verloren sieht, wird der Sieg des Alterns als Niederlage ihr Gesicht stempeln. Das soziale Sterben als älter Gewordene könnte ihrem Leben ein Ende machen.

IHRE BEMÜHT sportive Leichtigkeit wurde erschwert durch das eingefrorene Lächeln, mit dem sie die Stufen der Alten Nationalgalerie herunter stöckelte. Welfhard schaute über die Brüstung. Ihm war strahlend eine feine Flotte gefolgt. Er blass und ernst. Sein schwarzschwarzes Haar wehte dazu unpassend frisch.

„Ich melde mich wegen des Termins."

Purzelte über den Sims.

„Gerne, aber bald, ich möchte da dringend hin."

„Passt es am Wochenende?" - „Le Weekend nous sommes au Sebun, Uelfar."

„Da bin ich auch Segeln. Nicht o Wannsee."

Cruella war am Wendepodest stehengeblieben.

„Oder wir machens da."

„Da ist er erst später. Ich glaube in den Dammtorhallen. Mir zu spät."

„Nun warte doch."

Sie ignorierte die Flöte.

„I ‘m in a hurry, Welfare."

Machte schnell ein Selfie mit ihm als Background, hüpfte die restlichen Stufen runter und stöckelte zum Lustgarten. Wo Kai den Hals reckte.

„Hat Welfhard 'ne neue Braut?"

„Weiß mans? Jedenfalls wäre es erstmals 'ne Erwachsene. Aus Fronkreisch."

„Neues Beuteschema?"

„Vielleicht schnallt er ja auch mal, dass er mit Jungfrauen nicht jung bleibt."

„Jungbleiben ist doch euer beider Mantra."

„Ich glaube dran. Er hatte nur gehofft, dass seine Jungfrauen ihm dabei helfen könnten."

„Hui."

„Altwerden ist ein Scheißspiel. Ich weiß das, Kai. Mein Geburtsjahr kann ich nicht verändern. Aber ich glaube daran, dass unsere Neugier, dass wir noch etwas bewegen wollen und dass unsere Gesundheit uns schützen kann. Wenn uns nicht der Himmel auf den Kopf fällt. Auch das ist die Natur. Natur ist Scheiße."

Vielleicht trägt sie deshalb Farben, die da nicht vorkommen. Wie bei Spülmitteln. Oder bei der Leuchtreklame am Piccadilly Circus.

„Welfhard weiß schon, was er tut."

„Weiß das der mit dem Liebchen auch?"

Kais Liaison mit Dora war für Cruella der untrügliche Beweis, dass er nach ihr mal ein Frauchen brauchte; und dann eben Midlife-Crisis und so.

„Gehen wir gleich ins BASEMENT?" Jetzt nur nicht wieder das Thema.

„Seid ihr noch zusammen?" Hartnäckig.

„Grad ja."

„Macht dich das jünger? So 'n dauerndes hin und her?"

„Eher nicht."

„Nach deinem Unfall. Ob sie da die Richtige?"

„Danach war eigentlich das Alte gerade richtig." Blöde Doppeldeutigkeit. Ärgerte ihn.

„Ist das Neue denn alt genug." Sie konnte es nicht lassen.

„Probieren geht über Studieren."

Dieser inhaltsschwache Platzhalter hatte viel Wahrheit. Kai war nicht darauf vorbereitet, Neues zu wagen. Für planbare Luftsprünge in kartografierten Sphären war er bestens ausgerüstet. Mit Dora war über die Seitenlinie. Er war in einen kalten Wasserfall gesprungen. Und davor nur in vorgewärmten Pools.

„Illusionen, Illusionen, sind das schönste auf der Welt. Illusionen, Illusionen sind das, was uns am Leben hält."

„Auf das nächste Mal bereite ich mich besser vor."

„Willst du Welfhard an Erfahrungen mit Jungfrauen überbieten?"

Sein versuchter Sarkasmus war Cruellas Wendigkeit nicht gewachsen. Jetzt zuzugeben, dass das mit Dora eben passiert sei, wäre wieder eines seiner Harakiris. Da hat er ja Übung. Also ging er den bewährten Weg. Erst verblüffen und dann auf die Fresse.

„Dass mit Dora musste ich mal haben. Jetzt werde ich wieder älter."

D ass der Tod zum Leben gehört, ermuntert Kai. In der Zeit zwischen Schluss mit Arbeitsleben und Ende des Alterslebens kann der Tod ihn nicht bedrohen. Das Alter muss keine Maske tragen. Auch der Tod muss nicht versteckt werden. Es wird mehr an ihn gedacht. Doch das Bild vom Alter als der Vorhölle des Todes ist des Teufels. Und lukratives Terrain für die Borka-Bande.

Wenn nach dem Arbeitsleben ein Alterslebens. Also kein Ruhestand mehr ist, muss das Leben im Alter auch anders geordnet werden. Wusste Pascal, wonach er fragte, als er wissen wollte, ob Kai sich vorbereitet habe? Ja worauf denn, bitte schön? Auf den Stillstand nach der Verscheuchung? In ihrem Gespräch noch ziemlich aufgeregt nach dem raus aus der Bastion fehlte Kai sein bei Helbenblatt selbstmörderischer, aber jetzt weiser Satz von den vernünftigen Überlegungen, für die man ein ruhendes Bewusstsein brauche. In dem Gespräch mit Pascal war Kai wieder kurz der alte Tiger. Doch nicht Überreizung, sondern Ruhe bringt Bewegung in die Sache. Der Frühling hatte aufgefrischt und Kai hatte den hartnäckigen Sommer geputzt. Jetzt kann er sich wieder auf alle Jahreszeiten vorbereiten. Um das Leben auf den Kopf zu stellen, muss er nur richtigrum denken. Vernünftige Überlegungen 2.0. Das Nach-Unfall-Erlebnis, der Schreck, die Hilflosigkeit, dass das Image verloren und der Ruf verstummt, war Kais Übung zur Abwehr des Bedeutungsverlustes nach dem Arbeitsleben. Sein Röhren als Kai der Geneigte setzte auf die Wirksamkeit der alten Regeln. Vortrieb ohne Anzukommen. Jetzt Aufräumen. Dringend. Klar Schiff machen. Dann kann er mit seinen Zeitschichten zeigen, was eine Harke ist.

Ein wichtiger Schritt der Einstimmung auf ein Altersleben ist die Konfrontation der Verherrlichung des Arbeitslebens mit einer noch unbekannten Zukunft. Den Sprung wagen. Nicht dorthin schielen, wo er grad ausgebucht worden ist. Wie bisher ist als Illusion aufgedeckt und verworfen. Jetzt ein Leben zu führen, das der erwarteten Altersberuhigung eine Nase macht, ist nicht nur die Absage, ein Narr zu werden bei der Seifenoper des gebremsten Schaums; die eh nur von Vergänglichkeit und Verfall ablenken soll. Nein zu sagen zu der Aufforderung, gefälligst mitzuspielen bei dem aufgesetzten Theaterzirkus von Optimismus und guter Laune. Kais erster Schritt von der Brotarbeit ins Altersleben ist die Verneinung der alten Unordnung. Das macht Stimmung.

Seine Kaffeekunst ist ihm wichtiger als das Kaffeemachen im Office. Nur dafür hätte er aber nicht die Leben gewechselt. Überhaupt. Altersleben heißt ja nicht, aus dem Ruhestand das Beste zu machen. Nur zu verweigern, was die Regie der Matrix erwartet, ist Alterstrotz. Was will er noch, was will er nicht mehr? Durchlüften im Kopf. Es den Bäumen abkucken, die von den kräftigen Herbstwinden die Blätter in die Lüfte wehen lassen. Der Ballast des langen Sommers ist über Bord. Weshalb dem Frühling sogleich der Herbst folgte. Sommerpause.

Die alte Unordnung verschmäht Außenseiter. Die Matrix zu verpönen, ist Missachtung ihrer entwertenden Regeln. Doch erst dieser Bruch gibt das Signal für ein Leben ohne ihre Fesseln. Da Kai Ruhestand à la Matrix verweigert, ist er dann ausgemustert und doch nicht alt? Gibt's das? Nicht-Alt, wenn er nicht-ruhesteht? Was gilt noch? Hieß alt nicht abgestellt in der Empfangshalle zum Sterben mit allem Pipapo, Empfang der üblichen Leiden, Fresse halten und so weiter? Wenn er den Naturprozess ebenso souverän bewältigt wie die Stigmatisierung als Außenseiter, schrulliger Alter und so. Was dann? Dann ist er gerüstet. Ordnung statt alter Unordnung braucht mehr als ein Dementi. Das Denken aller Generationen muss auf den Kopf gestellt werden.

ZWISCHEN HAMBURG und Berlin hatten sich in Ludwigslust die Aussichten eines generationenübergreifenden Gedankeninzests verzweigt. CICERO hatte über die Wanderschaft der Farbpigmentierung aufgeklärt. Green7 und Blue15, Blasenkrebs schon vor dem Alter. Sleeve-Tatoo über die Arbeitsbelastung der Beamtinnen gefrotzelt. Lebenslanger Vorruhestand. Vollbart klagte über Bubikopf und ihre uninformierte Haltung zur Presse. Da wären die im Altersheim ja mehr im Thema. Für die Communicatives war schöne Reise passé. Kai hatte jetzt endlich seine Ruhe. Bis Wittenberge. Leider hatte Glatze ein wunderbares Einfamilienhaus mit Garten an der Elbe. Das sei der ideale Alterssitz. Und Bambusbrille konnte daraufhin beim letzten Rom-Urlaub mit ihrer Frau – Glatze glotzt – einen Bus deswegen nicht besteigen, weil der mit Greisen überfüllt gewesen sei. Kai war in den Speisewagen gegangen. Vielleicht war da Ruhe vor den Alten. Die als Leiden das Leben der Leistungsträger – die Frau von Bubikopf war ja nicht dabei – zu beherrschen schienen.

Weil sie die nicht im Griff hatten.

Pascal will mit Kai zu KISS, die die Berliner Waldbühne rocken wollen. Nach dessen tadelsüchtiger Frage, ob Kai sich denn nicht vorbereitet habe auf den Ruhestand, wohl ein Versuchsballon mit lebenskräftigen Absichten. Auch wenn Kai bekanntlich jedem Tohuwabohu mit Altersabwehr-Nummern reserviert gegenübersteht.

„Du konntest dir doch unter Unruhestand nichts vorstellen, Kai."

„Willst du mir damit jetzt zeigen, was das sein soll?"

„Die Negation des Ruhestands wärs natürlich nicht. Aber eine Aufmunterung."

„Unruhestand. Allein das Wort bestätigt die Frechheit der geforderten Ruhe."

„Ein Hard-Rock-Konzert wäre eine Stärkung für deine zweite Abwehr eines drohenden Verlöschens."

„Die Konzerte gealterter Rocker sind morbider Jubel, Pascal."

„Aber viele von uns sind dabei."

„Bei unserem Bänkelsänger waren auch viele von uns dabei. Da habe ich erstmals verdrängt, dass ich bald dazu gehöre."

Was zeigt, dass auch das Altern wie die unsichtbare Hand der Gleichgewichts-Gläubigen erst sein Wesen, dann sein Unwesen treibt. So wie Kai sein Älterwerden immer erst bemerkt, wenn er Gleichaltrige nach längerer Zeit wiedersieht. So war es ihm ergangen, als der alte Bänkelsänger seine Fans mit Erinnerungen impfen wollte.

„Nu aber, Kai. KISS sind Rock-Legenden."

„Geschminkte Götzen des Jugendwahns."

„Sieh es einmal anders. Wenn du dich auf ein Leben nach der Lohnarbeit vorbereiten willst, musst du deine Widerstandsfähigkeit erhöhen. Und wirst dabei eine Menge Spaß haben."

„Beim Hard-Rock?"

„Bei einem Konzert mit einer ordentlichen Portion Krisen- und Endzeitstimmung wird aller Hang zu postmoderner Erschlaffung weggegroovt."

„Wer die erträgt, hält auch das aus?"

„Nochmal. Willst du der ewigen Jugend der Bullerbü-Welt einen Streich spielen?"

„Ich will da nicht mitspielen. Mach ich aber, wenn ich denen den Gefallen tue. Noch dazu, wo ich doch kein Hard-Rock-Fan bin."

„Veränderung. Schon mal gehört. Oder schon aufgegeben? Verbiete dir doch nicht diesen Spaß, bloß weil."

„Ich war auch noch nie bei einem deutschen Männerchor."

„Dann würde auch ich dich für einen verschrobenen Alten halten."

„Also Scheiterhaufen."

„Durchkreuz ihre Verfügungen."

„Und du meinst, wenn ich zu KISS gehe, wäre das so?"

„Lieber gehärteter Alter als alter Dickkopf."

Kai missbilligt die Bestimmungen der alten Unordnung an Ruheständler. Erwartungen an ein Altersleben kann es nicht geben, da ein solches in den Flows, die nach dem Arbeitsleben gelten sollen, nicht vorgesehen ist. Alte auf der Schaukel mit ihren Enkeln sind fürsorgliche Großeltern; ohne Enkel schrullig. Schaukelnde ohne Alibi lösen bestenfalls Mitleid aus. Alte auf Rockkonzerten?

„Ich bin noch lange kein Griesgram, bloß weil ich nicht mitmache beim Gewünschten."

„Du sollst es dir gönnen, weil du es willst. Nicht, weil du es wollen sollst."

„Es bleibt ein Knicks vor deren Kommandos."

„Du sollst hingehen, um dich zu stärken. Tod, Verderben und Zusammenbruch können dir dann nichts mehr anhaben. Du zeigst dem Armageddon den Stinkefinger."

„Und dir. Ich gestatte mir ein bis heute verzichtbares Erlebnis."

DAS JÜNGSTE Gericht war der größte gemeinsame Unterschied zwischen Kai und Pascal. Sie waren gemeinsam und zugleich mit unterschiedlichen Blickwinkeln drin in diesem Film. So wie sie auch den Neuen Deutschen Film gemeinsam kuckten. Während

Kai im Autorenkino mit despektierlichen Anspielungen nicht gespart hatte, musste Pascal nach Armageddon in der Kneipe sein Kopfschütteln beenden, weil er sein Bier sonst nicht hätte trinken können.

„Schaurig. Aber als Spiegelbild vom Unglück deiner Matrix eine starke Aussage."

D a die gute Laune als eine verpflichtende Gepflogenheit auch auf Welfhard Schroederles Gartenpartys Kai die Stimmung oft vermiest und er dann seine Miese verbreitete, ist Cruella zuvor bei ihm vorbeigefahren. Er solle gefälligst die Wünsche des Geburtstagskindes respektieren.

„Unsere Leistungsgesellschaft diskriminiert die schlechte Laune, Cruella."

„Bloß, weil schlechte Laune deine bevorzugte Unart wird, muss diese Selbstbeweihräucherung nicht zum diesjährigen Trauerkloß auf Welfhards Geburtstagsparty werden."

„Ich wollt ja bloß darauf hinweisen, dass die Leistungsgesellschaft produktive Seiten hat, die du verleugnest."

„Bist du jetzt schlecht auf die Leistungsgesellschaft zu sprechen, weil sie dich nicht mehr braucht?"

„Zugegeben, nach den Regeln der Leistungsgesellschaft, genauer unserer Form des Wirtschaftens, was nicht dasselbe ist."

„Ist Klugscheißen die Rache nutzloser alter Männer?"

„Ihr solltet unseren erzieherischen Impetus mehr honorieren."

„Schicke Umschreibung für Schulmeistern mit schlechter Laune."

„Beruhig dich, Cruella. Ich werde Welfhard seine Geburtstagsparty nicht vergällen. Wie die mir meine Stimmung mit ihrer Inszenierten. Aber über schlechte Laune als Motor des Fortschritts müssen wir nochmal reden."

„Willst du jetzt alles auf den Kopf stellen?"

„Wer weiß."

Cruella geht mit einem ordentlich restzärtlichen Blick auf ihren Ex-Kai zu. Und hält sich zurück, ihre mit markanten Ringen beschwerte Rechte auf seiner Schulter.

„Lass uns fahren."

„Ohne schlechte Laune würde die Menschheit immer noch mit zwei Steinen Feuer machen und die Welt für eine Scheibe halten."

„Hoffentlich kriegen wir den Fortschritt ohne dich noch hin."

Sie fahren mit Cruellas neuem TT – perlweiß – zu Welfhard.

„Kannst du dich noch an seinen Runden letztes Jahr erinnern, Cruella?"

„So lala. Was meinst du?"

„Weil er da die schlechte Laune hatte?"

„Vielleicht hattest du ja deshalb keine."

Fast hätte sie gelächelt.

DIE CLIQUE war ein Jahr davor zu Welfhards rundem Geburtstag komplett gekommen und – ungewöhnlich – pünktlich zum gemeinsamen Anstoßen. War es die Ehrfurcht vor einem Mann, der einen Meilenstein im Leben? Die besten Jahre. Kommen oder vorbei? Welfhard, aufgesetzt frohlockend, hatte die erste Flasche Champagner geöffnet, Kelche verteilt, die ersten blöden Bemerkungen zu diesem Alter empfangen. Er parierte nach dem geläufigen Ritus. Witzelte. Kaum hörbar, dass sein Frauchen leider auf dem Kindergeburtstag ihrer besten Freundin sei. Mit starker Stimme „als Hermann Hesse in meinem Alter war, hätte er nach seinem eigenen Gedicht hier gar nicht mehr teilnehmen dürfen. Aber was hat ihn gerettet? Einmal noch am Ende will ich so ein Kind mir fangen, ein Frauchen will ich an mich drücken."

Sein Blick hatte Cruella gesucht, die zu Kais Überraschung tatsächlich ein wenig errötete. Alle waren bemüht, alsdann Welfhards trübsinniges Seelenamt als Laune eines runden Leistungskindes zu ignorieren. Nur Roman versuchte, das Gift mit einem Gift zu vertreiben. Jetzt wüssten alle, dass man tot wäre, wenn einem in Welf-hards Alter nichts wehtue. Ein entgegenkommendes fast Feixen über des Witzes Bart verwehte. Mit und bei Fingerfood und Cham-pagner vergnügten sich Alt und Jung. Nur das Geburtstagskind litt an seiner Schmerzfreiheit.

„In der Fabrik in Altona spielte jüngst ein wirklich alter Mann einen wunderbaren Blues. Du bist noch zu jung dafür, Welfhard."

Cruella, die Einfühlsame, war mit ihrem Glas Champagner und ihrem charmantesten Lächeln unter sein Antlitz getreten. Und ret-tete eine Träne vor dem Absturz. Den sich verzweifelt öffnenden Mund vor weiterem Blödsinn.

„Du musst dich nicht erklären."

Ihr Zeigefinger gab seine Lippen wieder frei.

„Hätte nie gedacht, dass Hermann Hesse mir die Freude nimmt."

„Vielleicht ist der Kindergeburtstag deiner Jung."

„Sprich es ruhig aus."

„Schon bitter, oder? Der noch Wichtigere."

„Es ändert sich grad eine Menge."

Erröten. Cruella. Schon wieder.

„Wir sollten uns wieder im deine Gäste kümmern."

Wir also wieder zu denen. Die mit Fingerspitzengefühl, gepfleg-ter Freude und einem Optimismus, den sie von alten Menschen er-warten, Welfhards schlechter Laune die Ehre gaben. Dieser alte Zocker. Nein. Dieser abgekochte Zocker. Alt wurde zum Nichts auf diesem Runden. Nicht-Alt machte sich breit. Die Zeit wurde verdrängt. Welfhards Seelenamt war Cruellas Triumph. Gaben sich alle so viel Mühe, weil sie es nicht glauben wollten, dass die Zeit auch sie einholen könnte. Ihre Verbundenheit war keinem Mitgefühl, sondern einem heimlichen Hoffnungsschimmer ge-schuldet. Kai empfand eine gewisse Rührung über das Ausmaß an Weichmut. Cruellas Frohlocken fiel aus dem Rahmen. Welfhard glich das aber wieder aus. Sein Glaube, sich einmal noch am Ende so ein Kind zu fangen, säte die Illusion, noch zwei Jahre zu leben.

Die Gäste dudeln nach den üblichen Updates ihren Glauben, dass die jüngere Generation von ihren Leistungspotenzialen profitiere. Alt, das beim Runden nicht anwesend sein sollte, ist als Manko allgegenwärtig. Nicht-Alt strotzt vor Statur. Romans Freude, mit Püppi unter uns im Spreewald wellnessen zu können, wird abtuend paradiert. An der Spitze dieser Bewegung steht Cruella. War noch bei Welfhards Rundem die Anteilnahme an einem Meilenstein des Lebens wohl ausreichend Anlass, die wachsenden Sicherheitslücken des restlichen Lebens – Welfhards Hesse lässt grüßen – auszusperren, so beherrscht heute abkanzelndes Palaver – schau mich doch an – die Gemengelage. Ermutigung bewegt die Gemüter. Wo ein Jahr zuvor kleine Hoffnungsschimmer große Schläge ins Kontor waren. Die Clique wird nicht vollständig, mindestens die Hälfte kommt verspätet, das Witzeln über Geburtstage Älterer weicht der Verkündung von Püppi und Roman mit ihren Sporttaschen, eine Tour auf den Nanga-Parbat machen zu wollen. Kai ist sich nicht sicher, ob erst nach den von Dora angedrohten Abenteuern solche Touren etwas Unwirkliches umhüllt. Fun for Me und Remmidemmi statt Schauinsland und Ostseestrand. Die Jungen seien da unter sich. Wie bei der Wellness im Spreewald. Mittlerweile geht Kai beim Skifahren auch Jungstürmerinnen und ihren invisible boys aus der Schusslinie. Schielt auf komfortable Unterkünfte in Old Europe. Fast hätte er eine Kreuzfahrt gebucht. Kais Versuch, den Besuch eines Hard-Rock-Konzertes den 8000ern entgegenzustellen, macht ihn zum Außenseiter. Nicht mehr richtig dabei zu sein weckt Erinnerungen. Von dieser Geburtstagsparty fährt Kai der Einsame mit dem Taxi nach Hause. Cruella bleibt perlweiß.

Sein Missgeschick, sich wie ein alter Mann zu benehmen, hat wieder Welfhard übernommen. Der vom Mittelpunkt auf seinem Runden zum Sonderling geworden ist. Schon das erneute Frohlocken, dass er kein Frauchen mit Kindergeburtstag mehr habe, klang im Kontext des ein Jahr zurückliegenden Seelenamtes wie ein abfälliger Abschied von seinem alten Leben. Cruella spricht seitdem auch nicht mehr von Jungfrauen. Was sie ihm gesagt hatte, als er etwas bedrückt zur Seite gegangen ist, hat Kai nur gesehen. So in den Arm nehmen? Welfhard? Und seine Freude über ihre Pashmina-Stola. Also nicht, dass Welfhard nicht vertraut wäre mit geschäftsmäßigen Komplimenten. Dieser Anblick weckte die Verwunderung der Clique, auch der Hamburger Szene. Cruellas Ablehnung dieses Gigolos hatte alle überzeugt. Und nun? So ganz trauten sie ihren Updates nicht mehr.

SIE HATTE das Dach noch nicht geöffnet, bevor sie den schon älteren auberginefarbenen TT starten könnte. Das runde Geburtstagskind unterbrach sein Seelenamt und lief über den Weg hinter dem kleinen Garten seines Stadthauses auf die Straße. Zu ihr. Um ihr noch etwas zuflüstern zu können. Noch während sie den Gurt schloss, konnte er ihre Tür öffnen. Und sich an ihr Ohr beugen. Cruella zog ihre Nasen zueinander und legte ihre Hände auf seine kräftigen Schultern. Die unter dem Form-T-Shirt.

„Heute ist dein Runder, Welfhard. Ich würde mich wundern, wenn du da nicht über dein Leben nachdenken würdest."

„Du warst die Einzige, die mich verstanden hat. Und Hermann Hesse."

„Vielleicht. Ist auch egal. Bleib einfach so."

Dabei strich sie mit der flachen Hand, die leicht stotterte, über seine Brustmuskeln.

„Danke, Cruella."

Schloss die TT-Türe.

„Du kriegst das hin, Welfhard. Wir kriegen das hin. Was ist schon die Zeit?"

Startete den Motor. Erhob die Hand. Fuhr los. Die Hand blieb oben. Sie winkte nicht.

Dieses Bündnis versteht Kai nicht. Zugegeben, Menschen verstehen zu wollen, also zu verstehen jenseits ihrer nutzengetriebenen Entscheidungen, wäre ein neuer Zug an ihm. Haben sich Cruella und Welfhard gegen die Zeit verbündet? Sie retuschieren den Naturprozess. Teilen den Irrglauben, dass Sisyphos es geschafft hätte, wenn er nicht allein gewesen wäre. Ewige Jugend fordert Unsterblichkeit. Wollen die Illusionistinnen und ihre Leuchter jung erlöschen? Der Gesalbte Schelm wird zum Vampir. Sie können nicht über ein Altersleben nachdenken, da sie dann die Zeit akzeptieren würden. Wer das Altern verneint, schließt vor der Zukunft die Augen.

Kai sagt ja zum Alter. Aber nein zum Weniger. Die Sache mit dem Handicap, Herr Helbenblatt, ist doch wohl erledigt? Als Geneigter hatte er getan, was getan werden konnte. Aber jetzt? Da wirds dann echt immer weniger. Mehr nur mit dem Alter. Und dann sei Ende, hatte Helbenblatt gesagt. Eine Zukunft als Weniger? Wie sieht die Zukunft dann aus? Die könnte doch gerade eher mehr sein. Und ist – wenn auch nur fernmündlich – wieder verfügbar.

„Bellfam."

„Hier Kai. Sind Sie es, Klara?"

„Hey! Ja."

„Sind ja schon ein paar Tage her seit unserem. Na, seit wir uns in der Humboldt-Box."

Die Meisterin des stilvollen Flirtgeschehens erinnert sich.

„Palast und Protest haben sich ja inzwischen erledigt."

„Es gibt noch genügend abzuschaffen. Und natürlich anzuschaffen."

„Ça va?"

„Ich bin ja jetzt frei von der Arbeit."

Kais Ansprüche an ein Warming Up sind noch nicht frei von der Arbeit.

„Schon erste Ideen?"

„Hänge grad noch einer Party nach."

„Nachhängen?"

„Mir schien, ich gehöre da nicht mehr richtig hin."

„Woran haben Sie das denn erkannt?"

„Wenig Resonanz."

„Worauf?"

„Kann ich so genau nicht sagen. Vielleicht hatte ich mich auch unklar ausgedrückt."

„Hatten Sie wieder Verständnis für Unverständnis?"

„Alle wollten auf den Nanga-Parbat und ich wollte auf ein Rockkonzert."

„Klingt nach Kai, dem Außenseiter."

„Ich möchte aber trotzdem auf ein Rockkonzert."

Kai betreibt gerade hochkonzentriert einen Art Multi-Challenge-Flirtversuch. Der Genuss dieser Stimme besetzt völlig andere Sinne als der Small-Talk beansprucht. Auf beiden Gebieten brauchts grad Spitzenleistungen. Das ist wie bei der ersten Begegnung. Da waren es die ersten Blicke. Hier sind es die ersten Töne. Und dann will er ja mit ganzen Sätzen glänzen.

„Na, dann erzählen Sie mal."

„Demnächst spielt Kiss in der Waldbühne."

„Ich höre."

Auf dem Weg von der Coolness zur Contenance hält das Älterwerden mehr Chancen denn je bereit. Theoretisch. Doch entschieden wird aufm Platz. Kai bei der Arbeit.

„Was sagen Sie dazu?"

Als Reaktion darauf, dass sie höre, geschickt täppisch. Als er sich noch wie ein alter Mann benommen hatte, hätte er Pascals Einlassung zum Armageddon runtergeplappert.

„Ich sagte es ihnen schon. Vor dem Parkhaus."

„Helfen Sie mir?"

Offenes Kerlchen? Kein Alles-Kenner? Klaras erster Gedanke. Sie erinnert ihn dann, wenn es noch etwas zu tun gebe, würden wir es tun.

In der Humboldt-Box gings leichter.

„Na, ich wusste ja gar nicht, ob Ihnen das gefallen würde."
„Weiß ich auch noch nicht, aber es interessiert mich."
„Was hören Sie denn sonst?"
„Klassik, Blues, Pop-Musik der 80er. Fast alles. Nicht Helene Fischer und auch nicht die Fischer-Chöre."
„Hard-Rock?"
Ist sie nun außercliquisch?
„Hard-Rock ist nicht mein täglich Brot. Aber."
„Ein Freund erzählte mir, dass viele Hard-Rocker Klassiker zitieren."
„Heavy Metal und Klassik-Liebhaber haben identische psychologische Profile."
„Sind aber sehr unterschiedlich alt, oder?"
„Eine andere Gemeinsamkeit finde ich wichtiger. Überdurchschnittlich begabte Jugendliche hören überdurchschnittlich oft Heavy Metal."
„Also alte und junge überdurchschnittliche Begabte?"

Das Spiel mit dem Okkulten ist abartig. Satanische Mächte. Aus Spaß wird teuflischer Ernst. Von wegen begabt. Und das in dem Alter.

„Sie sahen in der Box eher nach Operette aus. Langeweile?"
„Ein alter Freund kam drauf. Der ist im weitesten Sinn aus der Branche. Sie scheinen auch damit zu tun zu haben?"
„Im allerweitesten Sinne."
Kai scannt bereits die Möglichkeiten geweihter Kultureller durch, als Klara ihn aufklärt, dass sie in einem Verband für Veranstaltungen zuständig sei. Dazu gehörten Veranstaltungen und Reisen für Alt und Jung.
„Was darf ich mir darunter vorstellen?"
„Alles, was Alt und Jung zusammenbringt."
„Was Oma und Opa mit Enkel und Enkelin machen können?"
„Zum Beispiel."
„Und die dazwischen?"

„Steigern das Bruttosozialprodukt."

„Können die Anderen zusammen auf ein Rockkonzert?"

„Fast ein Übergang."

„Ich würde da wirklich gerne mit Ihnen hingehen. Sie können auch Ihre Enkel mitbringen."

Diese stürmische Akquise ist Kai. Klara Bellfam, eine aparte Frau mit Charme, stilvoll und das leibhaftige Gegenteil von distinguiert öffnet das Türchen für Annäherungen lieber selbst. Und Kai hat ja noch keine Ahnung, ob zu dem gepflegten Äußeren nicht auch gepflegte Vorfreuden auf ein formvollendetes Schwärmen gehören.

„Nicht übertreiben, Kai."

„Äh, wie? Übertreiben?"

„Meine Familienverhältnisse wollte ich Ihnen nicht gleich auf die Nase binden."

„Sorry, das lag mir jetzt völlig fern."

„Wir müssen ja nicht gleich die ganze Familie mitnehmen. Ich habe auch keine Enkel."

Die Lässigkeit, mit der sie ihn foppt, nährt keine Illusionen, lässt aber ahnen, dass weder Pfauenräder noch Luftnummern bei ihr etwas verloren haben. Das Flirren flirtender Zeitschichten ist frei von Angriff und Verteidigung, wenn Frotzeleien nur dekorativ sind. Doch jetzt drängt gewaltig Kais Neugier. Die Außercliquische zum Abendessen einladen? Das Neue entblättern?

„Warum stehen diese Rock-Legenden noch auf der Bühne? Geld brauchen die doch nicht mehr."

„Sie wollen weiter bejubelt werden. Spüren, wie gut sie noch sind."

Dass da auch Pflege am eigenen Denkmal eine Rolle spielen könnte, liegt Kai auf der Zunge. Wird aber aufgehalten von der Mahnung, dass er selbst gerne seins pflegen würde, es aber nicht kann, weil er nichts hinterlassen hat, was auf einen Sockel gestellt würde. Das Arbeitsleben hat dafür nicht gereicht.

„Übrigens. Auf unseren Veranstaltungen reservieren wir für die reiferen Besucher extra abgetrennte Plätze. Sie können dann auf die Toilette gehen, ohne Angst zu haben, Ihre Plätze zu verlieren."
„Und die Enkel, die sie dabeihaben?"
„Halten durch."
„Also besorge ich Karten für uns und Pascal und wer sonst noch mitwill."
„Im VIP-Bereich?"

VIPs Very Incontinent Persons.

EIGENTLICH WOLLTEN Kai und Cruella nach dem Film im Astor mit der U-Bahn Richtung Nollendorfplatz. Gemütliches Abendessen. Nach Kino- oder Theaterbesuchen immer wieder gerne. Eine Gruppe älterer Menschen hatte den Kleinbus bereits verlassen und war zur alten Verkehrskanzel am Joachimsthaler Platz geschlurft, als aus der U-Bahn-Station Kurfürstendamm eine gleichgroße Gruppe tönender Frauen und Männer genau zu dieser Stelle des Platzes blies. Die Jung-Alten, bekannt von Positionskämpfen beim Öffnen einer zweiten Kasse im Supermarkt, gaben den Alt-Alten unmissverständlich zu verstehen, dass Gebrechlichkeit kein Platzrecht konstituiere. Dass überhaupt die Anwesenheit gehbehinderter Greise an einem öffentlich genutzten Platz bereits eine Zumutung sei. Die Freigelände ihrer Altenheime seien vermutlich auch auf ihre Kosten in Schuss gehalten worden und blieben jetzt ungenutzt. Dort könnten sie gefahrlos hinter ihrem Rollator her schlurfen.

Warum waren die so aufgebracht? Die konnten doch in keiner Info-Veranstaltung der Jungen Liberalen aufgeheizt worden sein. Dafür waren sie schon zu alt. Cruella schaute eher genervt dem Pöbeln zu. Einwände hatte sie nicht. In Hamburg hätte das mehr Stil. Kai dem Geneigten war der Appetit vergangen. Nach den Stänkereien wolle er nicht mehr. Die Alten verletzen brauchte er noch nicht.

Klaras Hinweis auf die VIP-Plätze stiftet bei Kai, was er mit Stirnrunzeln zum Ausdruck bringt. Es sei doch paradox, dabei sein zu wollen und sich dann abzusondern. Am Telefon kann Klara hören, dass er nicht über Frauenparkplätze sprechen wolle. Da gäbe es gute Gründe. Aber für Alte? Es würde die Ausgrenzung unterstreichen. Und besondere Anforderungen sehe er auch nicht.

„Keine besonderen Anforderungen?"

„Solange Alte nicht den Schutz wie Frauen benötigen. Solche eben."

„Und wenn sie nicht mehr so gut gehen können, die Alten? Und auch sonst."

„Okay. Das wären aber besondere Anforderungen. Dann haben sie ja auch einen Behinderten-Ausweis."

„Also geht es nicht um alt, sondern."

„Ein Handicap kann jeder haben."

„Handicap?"

„Wenn ich ein Handicap hätte, brauchte ich einen. Aber ich habe keins."

Dünnes Eis, Kai. Gut, dass Helbenblatt und Cruella nicht Mäuschen spielen können.

„Was ist denn ein Handicap? Übrigens, vergrößerte Prostata gilt nicht."

„Na, Rollstuhl. Oder blind."

„Warum sagen Sie Handicap und nicht Menschen mit Behinderung?"

„Das klingt abwertend. Handicap ist neutraler."

„Ich habe übrigens ein ziemlich hohes Handicap. Haben Sie auch ein Handicap?"

„Ich spiele kein Golf."

„Mein Handicap sagt, welches Defizit ich gegenüber den sehr guten Spielern habe."

Übertragen vom Golf hätten Alte also ein Handicap, wenn sie ein Defizit gegenüber den Fitness-Freaks haben, urteilt Kai. Sind sie deshalb Menschen mit Behinderung?

„Ich habe so gesehen auch ein Handicap."

„Beim 100-Meter-Lauf oder auch?"

„Das ist wieder eine Frage der Konventionen, Klara. Wer definiert die Benchmarks? Sind es olympische Werte, Durchschnitts-Schlagzahlen oder die Leistungsbeurteilung?"

„Ich machs mir da leichter, Kai. Die Ampeln in Berlin heißen Rentnerfallen. Das sagt doch alles. Wer die schafft, bleibt dabei."

„Also sitzen wir nicht im VIP-Bereich."

Kai hat seine Neugier im Zaum gehalten. Über ein weiteres Handicap konnten sie nicht sprechen. Lässig zu baggern. Sein Schutzengel muss im Laufe des Telefonats aufmerksamer geworden sein. Öfter mal die Klappe halten. Allerdings wären zwischen den Tonspuren weitere Hinweise für eine zu erwartende Belebung des Miteinander im Wintergarten des Literaturhauses vernehmbar.

VERHANDLUNGEN ODER Verkaufsgespräche waren für Kai mal zum Jubeln und mal zum Jaulen. Er wählte einen neutralen Ort, wenn der Kunde noch ein Neutrum war, bei Kundinnen riskierte er eine Ambiente-Vorauswahl. Nicht gerade Hollywood-Kiez, aber auch nicht frisch gespritzte Molkerei. Das Ergebnis der Besprechungen hatte keinen Einfluss auf seine weitere Wahl der jeweiligen Lokalität. In der Bibliothek des Einstein war er immer gern. Manchmal war der Ort dann immerhin noch der Trost für das dort gescheiterte Geschäft. Das Literaturhaus war die Lokalität eines zwischenmenschlichen Flops. Tat dem Ort aber keinen Abbruch.

Cruella – die räumliche Trennung verminderte die Loyalität zwischen den Begegnungen – war mit zwei Hamburger Freundinnen auf Segel-Juchhe im Mittelmeer. Der Markt war also unbewacht.

Die Dame kann keine von den elf Menschen gewesen sein, die sich täglich auf Paschi.com verlieben. Vielleicht war sie so sehr eine Dame, weil sie wie Kai direkt aus dem Büro noch offiziell drapiert und dann ohne Warming Up mit ihren Ausführungen begann. Kai kam nicht dazu, mögliche Erwartungen an einen Mann mit John-Crocket-Krawatte zu enttäuschen. Egal jetzt. Kai der Retorten-Romantiker hatte die Partnersuche als einen digitalisierten Prozess begonnen und als desaströses analoges Follow up in Erinnerung behalten. Da hätten sie auch über eine Wohnungsbesichtigung konferieren können. Fehlte nur, dass sie nach seiner Schufa gefragt hätte.

Und dann. Kai schweifte bereits ab. Während die Sahneschnitte über profiles, strengths and weaknesses dozierte, dachte er an die piefige Liebe seiner Eltern. Von der Partnerin mit Niveau hörte er Mumpitz über die ideale prozentuale Verteilung von Care-Arbeit. Er rechnete derweil nach, ob er sich wirklich in sechs Monaten seit der Heirat seiner Eltern für die Geburt fit gemacht haben konnte.

Ihre Visitenkarte hatte sie wieder eingesteckt.

L ieber ein bisschen zu früh. Der reservierte Tisch muss noch zurecht gemacht werden. Vor kurzem hatte er hier Orte des Erinnerns entdeckt. Die Bezirksbürgermeisterin, assistiert von den Künstlerinnen einer Plastik im Bayrischen Viertel, hatte ihn mit der Nase auf sein jahrelanges Siechtum als Kulturbanause gestupst. Kais Nachholbedarf, die Stadt jenseits seines ehemaligen Business kennenzulernen, hatte einen kleinen Anstoß bekommen. In der Box.

„Schön, dass wir uns hier verabredet haben."

„Sind Sie öfter hier, Klara?"

„Leider nicht. Doch dann müsste ich auch sagen, leider gibt es so viele andere schöne Orte in Berlin."

„Haben Sie Lieblingsplätze?"

„Viele."

„Wie lange leben Sie schon in Berlin?"

„Endlich wieder."

„Und davor?"

„In Paris."

„In Paris! Wow. Was haben Sie denn da gemacht?"

„Das Pariser Leben durchstöbert."

„Ich wurde dort einmal durch Museen getrieben?" Erhobene Klara-Augenbrauen. „Egal."

„Freunde gefunden, meine Sprachkenntnisse verbessert. Aber nur Gelegenheitsjobs gekriegt."

„Deshalb wieder zurückgekommen?"

Klara erzählt das eine und das andere von dem, was sie zurückgelassen hat in Paris.

„Und dann wieder Berlin?"

„Paris konnte mir nicht geben, was ich in Berlin wieder erwarte."

„Berlin hat etwas, was sie in Paris nicht kriegen?"

„Wir werden älter. Dann möchte ich da sein, wo ich nicht alleine sein muss und zuhause sein kann."

„Paris war kein Zuhause?"

„Ich habe dort einen alten Mann zurückgelassen."

Dass mit der Werbepause auf Helbenblatts Gartenparty kann Kais Innehalten hier nicht überspielen. Er bemerkt, dass Klara sein Erstaunen erkannt hat. Und mit einem wunderzarten Frag-schon-Blinzeln ihr Kinn auf die Hände stützt. Nach dem zurückhaltenden Kokettieren in der Humboldt-Box ist das für ihn eine neue Erfahrung. Und auch das Handicap-Tätscheln konnte ihn nicht vorbereiten. Ihre Offenbarung vor der Bestellung muss er erstmal sacken lassen. Sowas kennt er nicht. Sie hat ihm die Hand gereicht. Ist sie intuitiv verbindlich? Uncliquisch jedenfalls.

„Alten Mann verloren?"

„Mein Mann hat mich beim Altern überholt. Er wich aus, wenn etwas Neues auf ihn zukam. Vielleicht war ich irgendwann für ihn auch etwas Neues."

„War es trotzdem schön?"

„Comme ci, comme ça. "

„Dann reden wir über das Schöne."

Aus dem Glas Wein wird ein Aperitif für ein kleines Abendessen. Kai erfährt, dass Klara vor ihrem Paris-Ausflug, so nennt sie diese Jahre ihres Älterwerdens dort, immer in Berlin gelebt habe.

„Na, das ist ja ein richtiges Pfund. Sie könnten mir davon was abgeben."

„Wenn Sie zuhören können."

„Bin der geborene Zuhörer."

Kai hängt sich die Latte ganz schön hoch.

„Dieses Haus übrigens, als Einzelhaus, war nur möglich, weil es kurz vor der notwendigen dichteren Bebauung in Berlin schon stand. Spätklassizismus."

„Sie für ihn wie etwas Neues?"

„Geht Ihre Neugier vor das geborene Zuhören?"

„Bitte um Vergebung. Ich höre."

„Die Industrialisierung hatte sowohl die dichtere Bebauung als auch eine erste Landflucht zur Folge. Das hier ist immer schon ein Kleinod gewesen."

„Ich höre Ihnen gerne zu."

„Auch deshalb bin ich zurückgekommen nach Berlin. Also wegen meiner vielen Lieblingsplätze."

„Aber Paris ist doch eine fantastische Stadt."

„Das alleine reicht aber nicht, um dort zuhause sein zu können."

Kai setzt sich etwas zurück. Äugt – fast könnte es charmieren sein – durch sein Glas zu Klara. Sekunden vergehen.

„Ich sagte doch. Ich bin der geborene Zuhörer."

„Wenn im geschäftigen Paris ihr Leben phlegmatisch zu werden droht. Rückschritte statt Auffrischung, Demeurer statt Renouvèlement. Ich möchte lieber in Berlin alt werden."

„Offen gestanden, Ihr Berlin habe ich kaum erlebt."

„Was ist Ihr Berlin?"

„Im Geschäftsviertel gearbeitet und im Speckgürtel wohnen. Aufregung gabs nur, wenn die Geschäfte einbrachen. Oder im Ort das Dorffest."

„Meinem Mann würde es reichen. Wenn das alles in Paris wäre."

Ihrem Mann ist Kai näher, als sie denkt. Was der Gute arbeitsmäßig angestellt hat, will Kai gar nicht wissen. Beide haben die Regeln ihres Geschäfts beherrscht, regelmäßig Überstunden gemacht, der Frau ab und zu Blumen mitgebracht und waren immer up to date. Sie waren aufregend nur im Job und immer auf Kurs. Einmal nur war Kai seiner Zeit vorausgeeilt. Als er sich wie ein alter Mann benommen hatte und deshalb fast von Helbenblatt geschasst worden wäre.

„Haallo." Klara blinzelt. „Hat Sie das Zuhören müde gemacht?"
„Träumerisch."

„Kenn ich. Vorbei. Paris war ein Ausflug. Keine Jugendsünde. Obwohl. Jetzt träum ich wieder von der Zukunft."

„Hat Paris nicht mehr Zukunft? Es ist doch lebendiger als Berlin."

„Es geht um das Leben, nicht um die Städte. So, wie ich mit meinem Mann gelebt habe, will ich nicht altern. Ob da oder hier. Ohne Erneuerung und Unvereinbarkeiten ist es überall ermüdend. Er ist aufgetreten wie ein unpässlicher Grandseigneur."

War Kai auch so einer?

„Mich nicht wie ein alter Mann zu benehmen, hat mein Chef auch mal von mir verlangt."

„Haben Sie pariert?"

„Eigentlich."

Das Wörtchen eigentlich verrät einen meist halbherzigen Einwand. Vielleicht sollte er jetzt, ehe er in den Fußstapfen von Klaras Mann zurückgelassen wird, eigentlich aus dem Weg nehmen und diese Frau in den Arm. Bevor sie ihren Irrtum bemerkt. Sich jetzt wie ein charmanter Alter benehmen, ist auch keine Lösung.

„Jetzt sind wir beim Altern. Wir wollten doch über was Schönes reden."

„Sagen Sie mal was Schönes. Gerne auch zum Alter."

Klara schaut Kai an, als ob sie darauf wartet, dass er jetzt rote Ohren kriegt. Was sicher auch passieren wird, da er gerade daran denkt, dass Klara eine schöne Frau ist. Mit einem Gesicht, in das

das Leben und die Einstellung zum Weiterleben faszinierende Linien gezeichnet hat. Was Schönes zum Alter. Kann sie haben. Ihm entfleucht das Wörtchen καλός, das mehr bedeute als unser schön. Es meine nicht hübsch oder flott. Und seine dezent geröteten Wangen signalisieren, dass er sich da hat hinreißen lassen. Below the line, boys.

„Die ersten Alten sind die in der Werbung schon angekommen".
Soll eigentlich helfen.
„Wir sind eine Zielgruppe geworden."
„Nicht nur für die Werbung, Klara."
Hilft aber nicht.

So Zweideutigkeiten haben was Spätpubertäres.

„Ich mag Komplimente, Kai. Die nicht aus dem Lehrbuch für Komplimente sind. Manchmal sind Ihre unausgesprochen. Dreist ist mehr was für Draufgänger. Sind Sie einer?"

Deine Erfolgsgeheimnisse im Vertrieb kannst du jetzt eh vergessen.

Hats der Stürmer vergeigt?
„Was gefällt ihnen an der Werbung mit den Älteren?"
„Ich schaue mir gerne schicke Ältere an."

Frauen. Alter.

„Die schicken Alten machen es denen mit Handicap noch schwerer, Kai. Ihr Mangel gegenüber den gewünschten Alten schreit ihnen auf diesen Bildern entgegen."
„Naja, aber es zeigt doch auch, dass Alter und Schönheit Gefährten bleiben können."
„Dafür brauche ich keine Batterie von Anti-Aging-Waffen und Sie kein Motorrad. Oder haben Sie etwa schon eins?"
Kai hätte tatsächlich gern eins.
„Ist ein Motorrad ein Anti-Aging-Mittel?"

„Wenn es der Lebendigkeit hilft, ist es was Tolles. Wie ich auch nichts gegen Cremes habe. Mich stört nur, wenn mir eingeredet wird, nur zum Leben dazuzugehören, wenn ich ein Motorrad habe oder ein Gesicht aus der Kiste mit Anti-Anti-Anti."

„Drückt die Werbung mit älteren Menschen nicht auch ein positives Gefühl für das Altern aus?"

„Die Werbung mit den schicken Alten wirbt nicht für schickes Altern, sondern für das Model der unalten Sirenen und ihren Verführern."

Unalt? Klaras Anblick gibt ihm eine erste Erklärung. Klara ist schick, sie ist eine attraktive Frau, eine Schöne. Ihr Gesicht ist fein und hell. Das Gesicht einer glücklich älter Gewordenen. Aber unalt? Bestimmt hat er so eine schöne ältere Frau schon mal auf irgendeinem Plakat oder in irgendeinem Film gesehen. Eben sexy. Wofür war die Werbung? Nicht für die Frau.

„Ist Ihnen eigentlich schon mal aufgefallen, dass in der Werbung sex sells immer noch eine große Rolle spielt?"

„Sex spielt ja auch im Alter eine große Rolle. Kai." Dieses nachgeschobene Kai klingt wie. Anruckeln? Oder hat sie ihn bei einer Unterschlagung ertappt? „Wir sind nichts mehr für die Werbung. Da sind Ihre Unalten gefragt."

Das mit den geröteten Öhrchen ist ihr nicht genug.

„Mit uns sehen sie keinen werbewirksamen Sex. Nicht mehr wettbewerbsfähig."

Voll rot.

Die Rettung heißt Merguez mit Pastinaken-Rote-Beete-Hummus.

„Fangen Sie ruhig schon an, Kai."

Was der nicht hinkriegt vor lauter Aufregung für eine Frau, die ihren Sex in ein Blinzeln animalischer Kühnheit hüllt. Sie muss nicht was sein. Und sie ist immer in Bewegung. Als das Avocado-Lachs-Sashimi vor ihr steht, kann Kai den Blick wieder senken.

„Jetzt haben ich ganz vergessen, einen Wein zu bestellen."

„Nur zu. Sie benehmen sich wie ein fahriger Freiersmann."

RASSELN

Kai der Revolter streitet. Wird er schon kindisch? Kaum abgeschrieben in der Buchhaltung der Kamarilla. Im Arbeitsleben nicht mehr aktiviert. Die Frauchen einmal noch am Ende flattern mit den Lichtgestalten aus dem Paradies. Oder mit den alten Pfeffersäcken aus dem Höllenschlund. Der ohne Jungbrunnen. Altersleben und Ruhestand teilen klapprige Kalamitäten. Bereits Ende des ersten Frühlings hatten auch bei Kai veränderte DNA in den Kraftwerken der Zellen gekollert. Das genetische Abbauprogramm. Der Naturprozess. Invisible to you, youngsters. Die Hoffnungen auf einen fitten Körper, wir werden ja alle nicht jünger, stärkt Püppi mit Pilates. Cruella und Welfhard säumen ihren Auftritt mit einem Anti-Aging-Plan. Altersschicksale wie Haarausfall oder Weitsichtigkeit ignorieren diese Anstrengungen. Der Zauber eines Anfangs. Ohne dreimal schwarz und dreimal rot.

Außerdem blamieren Alterslebende die Bremer Stadtmusikanten.

Öfter einen steifen Rücken beim Aufstehen als eine Morgenlatte davor. Das Kreuz alternder Männer ist der Zeugungstrakt. Ächz beweist, dass da noch was ist. Diese Lebendigkeit bestimmt sein Sozialverhalten. Leistungsfähigkeit wird vermutet, wenn die ernährten Kinder auf einschlägige Aktivitäten des Romeos zurückgeführt werden. Weitere Auswirkungen auf das Selbstbewusstsein sind seit Beginn der paternalistischen Weltengestaltung Länge und Härte des Fortpflanzungsorgans mit oder ohne Begleitung. Kai verlöre durch diesbezügliche Handicaps ein Qualitätssiegel, auf das er schon recht stolz ist. Als Jung-Protz hätte er eher auf Wein verzichtet. Nicht, dass es heute nicht mehr so, aber er trinkt ja auch weniger. Jedoch. Was ihm wichtig ist, einen Steifen dabei statt im Kreuz, gerät außer Kontrolle. Hinter seinem Rücken werden die Energien schamlos umverteilt. Hoffentlich wird nicht schon getuschelt. Alte sind ja im Allgemeinen weniger, quasi Rest-Junge. Belächeln die, die noch auf der Bühne stehen, den schwächelnden Silbertiger? Bekannte Sorge. Nicht totzukriegen.

Seine Begierde hat Kai kultiviert.

Upps

Vom Kamasutra auf dem Bootssteg zum Seite an Seite mit ganzen Sätzen. Selbst bei seiner Friseuse ist es anders geworden. Wenn ihn früher Aphrodite fragte, welchen Duft er für die Kopfmassage danach wünsche und ihn dann aufforderte, die Augen zu schließen und an etwas Schönes zu denken, hat er sie immer in Strapsen gesehen. Heute schaut er mit geschlossenen Augen von einem blumengeschmückten Wiesenhang über einen kleinen schilfgesäumten See, den Nebel umgarnt. Als Aphrodite noch im Mittelpunkt seiner schönen Gedanken stand, lauerte hinter jeder Regung ihrer Finger eine Verführung. Heute Wiesenblumen. Weiche Winde wiegen das Wasser.

Als Roman und Welfhard am Monbijou-Park beklagten, dass Kai weniger geworden sei, stand er noch voll im Saft. Wollte wieder der Alte werden. Und dachte nicht an einen schilfgesäumten

See, wenn Aphrodite. Jetzt ist da die Außercliquische. Die den Wandel liebt, statt das Bewährte festzuhalten. Die frohlockt, dass die Alten als Werbeträger den falschen Sex hätten. Trainieren die Best-Ager eigentlich ihren Beckenboden? Davor oder danach? Roman und Welfhard hatten befürchtet, Kai würde nicht mehr der Alte werden. Heute wünscht Kai, dass schöne Frauen ihn wahrnehmen. Die beiden können nicht ahnen, dass er nicht wieder der Alte werden will. Ob Klara ihm mal die Kopfhaut massieren würde?

CRUELLA HATTE Kai durch das unentbehrliche Paris gejagt. Sie übernahm die Compréhensions mit den Französinnen und Franzosen, Kai hörte vor allem die Sprachmusik und markierte den von Wichtig an der Seine. Die Financial Times sollte es zeigen. Er war zu dieser Zeit, also bevor seine Lebensführung und Liebespraktiken die gehüteten Seitenlinien zu missachten begannen, ein flotter junger Mann, der Frankreich als Kulturland nur kulinarisch beanspruchte. Cruellas emanzipatorische Prinzipienreiterei packelte mit ihrem auf Frankreich beschränkten Anredewunsch Mademoiselle. Dass sie mit dieser Nomenklatur sowohl ihre Jugend als auch ihre Freiheit in die Tradition von Jeane d'Arc stellte, blieb dem sprachlich und kulturell untalentierten Kai natürlich verborgen.

Jenseits aller Kapriolen des Unalterns könnte Der Gesalbte Schelm zu der Ahnung neigen, dem Schicksal des Tithonos Unvergänglichkeit zu verleihen. Für diesen hübschen Erden-Jüngling hatte Eos, die Göttin der Morgenröte, Unsterblichkeit erbeten. Das dumme Ding vergaß leider, dass nur die Jugend im Paradies zugelassen ist. Daher war nach der Jugendzeit Schluss mit Elysium. Sie hatte einen älteren, dann einen alten, schließlich einen unsterblichen Greis im Bett. Doch Zeus ein Einsehen. Verwandelte den

Rest vom Tithonos in eine zirpende Zikade. Da Roman und Welfhard das bei ihren Espressi nicht wussten, konnten sie nicht entsprechend über Kai die Zikade spötteln. Was macht so eine, wenn?

Kai geht das Schicksal dieses unsterblichen Hautflüglers nicht aus dem Kopf. Bis er sich selbst als Greis sieht. Es geht ihm gut. Klara massiert sein Haupthaar. Alles im Leben ist erreicht. Von einem blumengeschmückten Wiesenhang schaut er über seinen kleinen schilfgesäumten See, den lichter Brodem sanft verschleiert. Am gegenüberliegenden Ufer erscheint der junge Haudegen, der mit seinem Wagen über die Leitplanke und dem Rettungshubschreiber in den Nebel geflogen war. Und er spricht zu sich.

„Geneigter, was birgst du so bang dein Gesicht?"

„Siehst, Alter, du meinen Vertreter nicht? Den Streber mit Hohn und Schweif?"

„Geneigter, es ist ein Nebelstreif."

„Du blöder Greis, hörest du nicht, was dieser Jungspund alles verspricht?"

„Bedenke, Überlebter, wohin du willst gehen."

„Ich sehs schon. Im Licht wieder werde ich stehen."

„Dich hindert des Gesalbten Schelms Gestalt."

„Wenn er nicht willig, so brauch ich Gewalt."

Kai dem Alten es graust, das wird so nichts, wie der Geneigte da braust. Mit Zirpen wird er nichts bewirken. Klare Ansagen der Haudegen braucht.

„Du betest an, was dich verdammen wird. Lass dich nicht blenden."

„Warum, alter Mann, sollt abwenden ich mich von diesem Licht?"

„Die gleichen Illusionen stecken in Sieg und Niederlage."

„Vage. Vage. Was könnte hilfreicher sein als Illusionen?"

„Mit Zeitschichten nur kannst du wirklich erscheinen."

„Was sind deine Zeitschichten gegen meine Ambitionen?"

„Dir fehlt erinnertes Leben und Erneuerung."

„Hast du auch einen Rat? Oder kannst du nur kryptische Sätze zirpen?"

„Ankommen du musst, bevor du weitergehen kannst."

Kai der Silbertiger steht zwischen den springlebendigen Illusionen des jungen Haudegens und den alterslahmen Wahrheiten des Greises. Er will nicht zurück in die von der alten Unordnung gewünschten Trugbilder. Das stereotype Jubilieren und der verordnete Frohsinn sind Anstöße, Kai von der Schaukel zu schubsen. Mit Klara bliebe das Leben bei ihm. Die Abziehbilder von Vergänglichkeit und Verfall würden als schändliche Fundamente zur Verdammung des Alters entlarvt. Bei den Inszenierungen von Optimismus und guter Laune muss dann kein Alter mehr gute Miene zum bösen Spiel machen.

Hinter dem kindlichen Aufbegehren des Knaben steckte mehr. Damit aus der einfältigen Empörung, jede Schmach an Geankerten im Keim zu ersticken, eine Revolte wird, braucht es vernünftige Überlegungen und ein ruhendes Bewusstsein. Jetzt muss sich Kai wie ein alter Mann benehmen, Herr Helbenblatt. Jetzt wird er dieses ganze Durcheinander der alten Unordnung ummodeln. Doch Obacht. Nicht juvenil revoluzzen. SilbertigerRevolten.

Protest gegen den Fitness-Rassismus konnte Kai bei Püppi und Roman mit ihren Sporttaschen im Bistro gegen ihren Tatendurst nicht zeigen. Püppis kecke Mahnung hatte etwas Strammes. Dem er noch weniger widerstehen konnte. Sein Murren war nur muksig. Sein Unbehagen gegenüber diesem Verlangen, mit Fitness am Älterwerden schrauben zu sollen, hat den Abstand zwischen ihm und denen vergrößert. Jetzt stört ihn, dass die Kamarilla noch Einfluss nimmt auf seine Lebensgestaltung. Ihre Gebote züchtigen noch immer. Der latente Rassismus ist nur ein Striemen der Knute. Jetzt, wo die Matrix für Kai nicht mehr der alles bremsende Klotz ist, werden ihre Dienerinnen und Gehilfen zum flatternden Schwarm. Im frostigen Klima vor der Bühne ist kein gemeinsamer Sommer mehr zu erwarten. Kai kann Püppi mit Roman und den Sporttaschen so richtig nichts mehr abgewinnen. Die Bindungen der Clique halten nicht mehr. Cruella und Püppi haben sich schon nichts mehr zu sagen. Ganz im Gegenteil. Nachdem Cruella auf Helbenblatts Gartenparty das Trennende. Püppi schaute erstmals bedrohlich. Was wird diese starke junge Frau im Pandapelz noch stemmen?

MENS SANA in corpore sano, zuletzt dreimal schwarz und dreimal rot. Dreimal schwarzer Kater hatte Cruella abgelehnt. War ja kein fauler Zauber. Doch selbst beharrliche Betörungen konnten der Beharrlichkeit der Natur nicht trotzen. Sie wusste es und Mann sah es. Kais Flirten bei Klara mit seinem kalos hätte ihr den Rest gegeben. Weil sie den kleinen Griechen falsch verstanden hätte. Der bitteren Wahrheit, unerbittlich aus der Form zu geraten, konnte sie nicht ins Auge sehen. Stattdessen trauerte sie der Aufmerksamkeit nach, die sie einmal genoss, bevor sie hier und da dezent barocker wurde. Aus dem kalten Augenmaß, mit dem sie vor allem jüngere Frauen auf Deckungsgleichheit mit dem Ideal der Röllchen- und Faltenfreiheit vermessen hatte, war Missgunst geworden. Ihr platzte der Kragen. Was bildeten die sich ein. Da seien sie unter sich! Dass sie, Cruella die Junggebliebene, nicht bei unter sich dabei sein dürfe, das hatte doch letztlich der Macker von dieser einfältigen Ziege gesagt. Ihren Termin in Hamburg hatte sie abgesagt. Sie fühle sich nicht. Sie fühlte sich beschissen. Ihr wird es erst wieder besser gehen, wenn sie denen ihre Meinung gegeigt hätte.

Wütend scheppert Welfhard nach einem Streit mit Cruella über den Fitnesskult von Püppi und Roman mit ihren Sporttaschen aus seinem Stadthaus. Über den Fitnesskult gestritten zu haben, trifft nicht den Hintergrund des Auseinander. Es war der Anstoß. Auf seinem Seelenamt war Cruella seine Priesterin. Die Göttin der Jugend hat den schwächelnden Sisyphos bezirzt. Beider

Leben gerieten ins Wanken. Die Göttin ist wieder Göttin, doch Welfhard kein Priester. Wird nun nach Hoffnungen und Enttäuschungen sein Leben vor dem Altersleben aus den Angeln gehoben? Cruellas Lebensplan zurückgeholt auf davor? Auf wie gehabt? Welfhards Stadthaus wäre vielleicht mal eine gemeinsame Heimstatt geworden. Wenn nicht die Angst der beiden vor Verkettung alle Bindungen gesprengt hätte. Die ihre Selbständigkeit kolorierende Cruella und der mit jungen Frauen flotte Single trauen sich nicht. Dass Cruella ihren Welfhard nicht gleichgültig hat verduften lassen, sondern einen kleinen Suchtrupp alarmiert, Kai, ist ein Zeichen. Sie hat die Fesseln ihrer Coolness gelockert.

CRUELLA WAR überraschend aus Hamburg gekommen. Zu Welfhards Freude. Nachdem sie am Wochenende davor ebenso überraschend keine Zeit hatte. Hermann Hesses Frauchen am Ende haben beide aus dem Paradies vertrieben, waren zum Zankapfel geworden. Was Welfhard immer mied, wurde zu seiner Drehorgel. Befindlichkeit, Achtsamkeit, Wertschätzung, Entzücken. Sie hatte seine harten Bälle geliebt. Davor. Seinen Plüschkugeln wich sie aus.

„Kannst du mir die Gelatine mal aus dem Korb geben?"
„Machst du dich für heute Abend noch schick?"
„Treffe mich mit Kai im Einstein."
„Ohlala. Dafür also extra aus Hamburg."
„Püppi und Roman kommen auch noch."
„Wieso weiß ich nichts davon?"
„Weiß ich nicht. Jetzt nöl doch nicht gleich wieder rum."
„Was heißt hier nöl nicht rum?"
„Vielleicht warst du da auch grad nölig. Als ich es erzählen wollte."
„Aha."
Mit der Gelatine massierte sie ihre Haare. Dachte aber nicht an was Schönes.

„Ohne uns sein wollen! Hah! Ausgerechnet die! Dieses fitte Frauchen und ihr öder Macker!"

„Was ist denn hier noch drin?" Missmutig. „Diese 100er-Packung B12?"

„Energie aus der Pulle."

„Hat dir Püppi das aufgeschwatzt?"

„Solltest du auch nehmen. Du baust nämlich grad echt ab."

„Krieg ich dann mein Sixpack zurück?"

„Vielleicht wenigstens bessere Laune."

„Dass ich bei diesem ganzen Fitnesskult nicht mitmache, hat nichts mit schlechter Laune zu tun."

Welfhards Seelenamt auf seinem Runden hatte Cruella nicht irritiert. Sie hatte beschlossen, diesen schmucken Burschen zu verführen, den sie als Kerl kannte und pflegen wollte. Das hinterhältige Geschwätz, er sei als Ersatzmann für Kai ins Bett geholt worden. Pah. Ihre Szene eben. Genau das Gegenteil werden die schnell kapieren. Ihren stichelnden Bemerkungen, Kai sei genug Beweis für Cruellas fehlende Attraktivität bei flotten Kerlen, nahm sie mit Welfhard die Luft. Wo sie ja tatsächlich nicht mehr die Flotteste war. Nur das mit dem Jungmann würde auf ihr sitzen bleiben. Die Rache der Jungfrauen. Das machte sie noch wütender. Auf ihn.

„Du machst nur noch schlechte Stimmung. Wie jetzt. Mit meinem Fitness-Training. Willst du eine Frau mit Wohlstandsröllchen? Ist ja was ganz Neues. Vom Kinderschänder zum Fettficker."

Durchatmen, Welfhard.

„Vielleicht noch mit Peitsche?!"

Falsch geatmet.

„Looser zeigen ihr wahres Gesicht, wenn sie sich für ihren kleinen Pimmel schämen."

Durchatmen, Welfhard.

„Ich war mal dein Sisyphos."

„Endlich sagst du mal was Vernünftiges."

„In den Arm genommen hattest du mich. Als ich mich geändert hatte."

„Du hast mich nicht mehr festgehalten seit du dich geändert hast."

„Willst du mich, wie ich vorher war?"

„Wir reden aneinander vorbei, Welfhard."

„Du redest drum rum."

„Du verkrümelst dich."

„Ich bin noch da wie immer."

„Wie immer? Das sind deine blöden Jungfrauen."

Da sind sie wieder.

„Wenn du so fragst. Da war ich eigentlich ganz zufrieden."

„Na wunderbar. Jetzt kommts raus. Ich wusste, dass du den Sprung nicht schaffst. Du bist und bleibst ein Verlierer."

„Na dann!"

Der Verlorene stampfte auf die Straße.

Nicht hinter die geschlossene Tür kucken. Kai, den Cruella im Einstein getroffen hat, will nichts davon hören. Dass er schon am verabredeten Treffpunkt vor ihr, Püppi und Roman mit ihren Sporttaschen bei einem Einspänner hockt, interessiert sie nicht weiter. Ihre Gedanken drehen sich um ihren sauren Traum. Er ist bereit, mit ihr den Verlorenen zu suchen? Kai liegt mehr daran, Welfhard zu finden, ihre Traumsuche sei eh nutzlos. Denkt er aber nur.

„Könnte er in euerem Bistro sein? Na du weißt schon."

„Was solls, werd' schon nicht den neuen Branch Manager treffen."

Aber Püppi und Roman mit ihren Sporttaschen.

„Wir wären schon noch zu euch gekommen."

Püppi kann es gar nicht gut haben, wenn sie ohne Teamgeist erwischt wird.

„Wir sind auf der Suche nach Welfhard."

„Setzt euch erstmal."

Cruellas Sorgengesicht bleibt den beiden nicht verborgen. Der überraschende Trupp Cruella und Kai, ihrem Alten, ohne Welfhard, ihrem Neuen, kommt den beiden spanisch vor. Ahnungen schüren bekanntlich Mutmaßungen. Hatte Welfhard wieder? Die beiden sind aus alten Zeiten noch unterrichtet, dass Cruella immer etwas zu lästern hatte, wenn Welfhard mal wieder ein neues Girl unterm Arm hatte. Seine Anschwellungen auf seiner letzten Geburtstagsparty von geschäftsmäßigen Bi's zu ohlala Umarmungen haben sie noch in Erinnerung. Selbst ihr nachlassendes Interesse wegen eingeknickter Gemeinsamkeiten hat diese gemeinsamen Denkwürdigkeiten nicht verblassen lassen. Jetzt hatte also Welfhard endlich mal eine richtige Frau und dann muss die ihn schon suchen. Sollten sie fragen?

„Weiß er denn, dass wir uns gleich treffen wollen?"

„Ja. Aber."

„Auch wo?"

„Ja. Aber."

„Dann wird er vielleicht schon da sein."

„Wir sind uns in die Haare gekommen."

„So 'n kleiner Streit. Und gleich anjeballert?"

„Er fing wieder mit seinen Frauchen an."

„Wo du ja nicht mehr so."

Der Pandablick streift Roman. Das Pandagedächtnis schickt Cruella einen geölten Blitz.

„Ich geh' vielleicht noch mal zu ihm nach Hause. Vielleicht wartet er ja dort. Was meint ihr?"

Die beiden sehen erst sie, dann sich fragend an. Sie wissen um Cruellas kühle Beherrschung. Fahrig und verunsichert erkennen sie sie nicht. Und einer Unbekannten können sie nicht helfen.

„Welfhard und sich verdrücken? Verstehe ich nicht."

„Was gibts da nicht zu verstehen, Roman? Ist doch wohl klar. Von richtigen Beziehungen keine Ahnung. Euer kleiner Casanova."

Casanova ist sein Spottname. Die vielen Frauchen. Dazu passt, dass auch den Echten das Altern gedankenverloren machte. Welfhard weiß nicht, dass er sich streng an sein Spottbild hält. Noch vor seinem Runden verzog er sich tunlichst bei drohenden Schwadronaden über Befindlichkeit, Achtsamkeit oder Wertschätzung. Gar Entzücken. Nach dem Hesse. Naja. Seitdem meiden die Schwadroneure seine torkligen Anwandlungen. Indiz für Midlife-Crisis? Vom Hardliner zum Weichspüler?

„Ist empfindlich geworden. Der alte Zocker."

„Mich hat verwirrt, als er verkündete, dass Verluste an der Börse Trauerphasen auslösen täten. Wie nach dem Tod eines Menschen."

Roman präsentiert größtmögliches Frösteln.

„Was hat denn Geld verzocken mit Sterben zu tun?"

Cruella zieht ihre Stola nach.

„Er meint, die Triebkräfte einer Baisse verstehe nur, wer um die drei Trauerphasen wisse. Also wenn."

Cruella kann ihre Verwirrung nicht verbergen.

„Und in welcher Phase ist unser Investment-Boy gerade?"

„Das müsstest du besser wissen. In seinem Muster wollen die Verlierer ihre Kursverluste erst gar nicht wahrhaben, dann werden sie zornig und schließlich depressiv."

„Na, dann schau ich mal nach." Sie greift zur Pashmina. „Wir sehen uns."

Kai winkt ihr aufmunternd hinterher.

„Jetzt mag sie ihn ja doch. Die Henne."

Dieser Hühnerkrieg.

Es freut Püppi, dass Welfhard, bevor voll alt, doch noch zur Vernunft. Auch wenn.

„Der?" Roman will es nicht glauben. „Der hat sich noch nie für Frauen interessiert. Der brauchte."

„Roman! Er entflammte in Liebe, nahm ihr die Unschuld, Unsterblichkeit war der Preis."

„Welche Unschuld?"

„Vergiss es. Passt Coolness besser?" Die Äuglein können ohne das Pandagedächtnis keinen strengen Blick. „Mich freut das für Welfhard. Vielleicht hat er sich früher nicht getraut. Aber dass er jetzt ausgerechnet bei ihr."

„Bei uns Männern kräht da kein Hahn nach."

„Aber Cruella. Erst drüber herziehen. Und jetzt macht sie's selber."

„Die ist ja auch ein Huhn."

„Ich mag dich, Roman."

„Sag mal Kai, darf ich mal fragen, ob du sie noch attraktiv findest?"

Die Pause vor der Antwort kann Kai durch keine Antwort mehr ungeschehen machen.

„Ich finde, dass sie jetzt mit Welfhard wieder hübscher geworden ist."

„Alte Hühner, die begehren, sind lächerlich."

„Aber alt ist sie nun wirklich noch nicht. Schau sie dir an. Sie sieht immer noch verführerisch aus. Musst du doch zugeben. Auch, wenn sie ein bisschen zugelegt hat. Sie konnte Welfhard verführen, weil sie immer noch ein Klasseteil ist."

„Aber sie sieht doch einfach nicht mehr aus wie eine flotte Biene."

Püppi ist verzweifelt.

„Sie versucht es wenigstens."

Roman mag keine gekränkte Panda, deren Tatze er in seine Pranke legt.

„Das ist ja das Lächerliche."

Wenn Püppi gewöhnlich schmollt, nehmen ihre Augen der Tatze die Krallen. Roman versteht nicht und es schmerzt schon, dass sie jetzt außergewöhnlich schmollt.

Kais Gedanken sind bei Klara. Hat Klaras Gesicht diese verführerische Leichtigkeit, weil sie damit nie wesentlich aussehen wollte? Das hätte andere Spuren hinterlassen. Wie sähe Begehren bei ihr – in ihrem Alter, Püppi – aus? Tragisch oder lächerlich? Die Zeichen auf ihrem Gesicht. Kai kann schon mehr sehen als er bisher von ihr gehört hat. Ist fehlende Lächerlichkeit schon ein Eingeständnis? Klara zeigt selbstbewusst ihr Leben. Keine Dellen zu verbergen. Keine Mätzchen, keine Schicksale. War sie schon alt, als sie zuletzt begehrte. Nach ihrem Mann in Paris? Sie wäre niemals lächerlich, Püppi. Also.

Ist Cruella jung? Offensichtlich. Aber sie möchte heraus aus ihrem gescheiterten Körper. Aus der eigenen Haut fahren. Im Kopf tanzt sie gern Flamenco. Ist ihr Körper in der richtigen Zeit? Bei Kai scheint die Sache klar. Klara eben. Müsste vielleicht mehr turnen, wenn er mit dem Fahrrad nicht mehr hinterherkommt? Mens sana in corpore sano? Frisch, fromm, froh, frei hatte Ludwig Jahn aus diesem schon lateinisch verfälschten Zitat gemacht. Weiß er von ihr. Der römische Satiriker Juvenal hatte angesichts enervierender Bodybuilder auf ein bedauernswertes Körper-Geist-Gefälle hingewiesen. „Es wäre zu wünschen, dass in einem gesunden Körper ein gesunder Geist steckt." Kai muss nicht aus der Haut fahren. Sich von den Fitness-Rassisten nicht aus der Ruhe bringen lassen.

Als er zum Phönix erkoren wurde, hatte er sowohl Grübeln als auch spirituelle Entrückungen zurückgewiesen. Setzte auf Illusionen. Und war damit erfolgreich. Heute will er diesen Weg nicht mehr gehen. Die Junggebliebenen schwingen die Illusionen der Wehrgemeinschaft auf Kosten der älteren Generation. Cruella und Welfhard verbindet das Verhängnis, gegen die Zeit kämpfen zu wollen. Ihr Mantra, jung zu sterben, lebt mit der Angst vor dem Tod. Die Todeserwartung ist der Geisterfahrer der ewigen Jugend.

Heute Abend wollte Cruella mit Püppi und Roman reinen Tisch machen. Dafür ist sie aus Hamburg gekommen. Die schneidenden Verbannungen dieser munteren Jüngeren ließen ihr keine andere Wahl. Wer sind die denn, dass die sich von ihr belästigt fühlen dürfen? Sollen sie haben. Welfhard davon zu erzählen. Naja. Sie möchte eine harte Eskorte und keinen hängenden Pimmel. Der seine Kasteiung verleugnet und abhaut. Bei ihm angekommen, findet sie ihn neben einem leeren Cognacschwenker auf dem Fußboden. Mit einer ungeöffneten Schachtel Benzodiazepine.

AM LUSTGARTEN hatte Cruella stolz ihr Selfie gezeigt. Schwarzschwarze Haare, rotrote Lippen, darüber wie vom Olymp schwarzschwarz und blass Welfhard an der Brüstung. Mit dezent schönenden Tönungen malte sie ihre Erinnerung an seine Gelobung.

„Schau mal, Kai. Wie ein heroischer Melancholiker. Eine Verheißung."

„Schwarzweiß. Mit was hast du ihn denn malträtiert?"

„Er war dort doch mit seiner Neuen."

„Aber keine vom Kindergarten?" Diese despektierliche Bemerkung hatte Welfhard selbst eingerührt. „Oder war es die Leiterin?"

„Wenn du zugehört hättest."

„Er schaut dir schon ein bisschen schwermütig hinterher."

Welfhards Herzensbrast nach seinem Seelenamt hatte bei Kai so etwas wie Anteilnahme ausgelöst. Nach dem Gespräch mit Pascal und Klara über das Konzert von KISS hatte er die Idee, auch Welfhard könnte eine kleine Stärkung gebrauchen. Und tatsächlich, der schlug ein. Um sich einmal anzuschauen, wie Alte auf jung machen. Und die Waldbühne sei immer eine gute Adresse.

„Bei KISS sah er besser aus."

Lässig war Welfhard vor die Bühne gestiefelt. Und dann mit Schwung dabei. Schnappte sich eine junge Frau – wollte unbedingt ohne sein Girl, oder da war grad nichts – und tanzte mit ihr bis an die Erschöpfungsgrenze. Klara und Pascal blieben nebeneinander auf den oberen Plätzen. VIP-Plätze, genauso die Unterweisungen durch die beiden in die Geheimnisse des Hard-Rock hatte Kai zurückgewiesen. Zum Glück gab es nur wenige weniger laute Momente, an denen Klara und Pascal sich zwecks zugeneigtem Fachbrüllen verständigen konnten. Was Kai noch mehr genervt hatte als KISS.

„Er ist eben in Form. Hats dir gefallen?"
„Für mich war das alles nichts, Cruella."
„Armes altes Schlachtross."

In Welfhards Haus herrscht keine Totenstille. Zum Glück nur Stille. Er schaut zu Cruella auf. Nach der Promovierten die Zweite, die ihn nicht anhimmelt. Dass ihm das bis zu seinem Runden nicht gefehlt hat. Nicht angehimmelt werden. Aber angesehen. Und dass sie ihm nicht gefehlt hat. Bisher. Eine Frau eben. Einmal noch am Ende ein Licht. Er konnte sie nicht bemerken, davor. Cruella hatte ihn erblickt. Konnte sie ihn noch erkennen? Ist er noch sichtbar? Macht ihn nur noch präsent, dass seine Relikte beinahe nicht mehr gewesen wären? Sie spürt seine Bedeutung, die er für sie haben sollte, doch das am Boden Hockende achtet sie nicht. Sie schmerzt, was vergangen ist. Eine Geltung hat der kauernde Rest nicht mehr.

Angefangen hatte das Ende mit Welfhards Frauchen schon vor dem Buch, das die Promovierte ihrem Casanova. Die sein Bumsfallera vor ihr nicht kannte. Auch nicht seine ersten Fragen. Die alsdann zu großen Aufgaben wurden. Nicht, dass sich da nicht früher schon mal andere Themen vorgedrängelt hätten. Vor das Bewundert-Werden. Ob das denn schon alles gewesen sei mit dem Job und überhaupt, dem Standing. Und den Frauen, die immer Girls waren. Seine Selbstzufriedenheit musste erste Fragen bestehen. Reicht das schon, Alter? Seine Girls hatten wenig Fragen. Vorher noch 'n Apero? Aber jetzt ist Cruellas Gesicht ein Fragengebirge mit Vorwurfsschluchten. Fragen, die sie nie stellen wird. Er ist nicht an der Klippe seiner Provokation zerschellt. Dass er eigentlich ganz zufrieden gewesen mit den Girls. Er ist einfach kein Kerl für eine Oper.
„Püppi und Roman habe ich zum Teufel geschickt."
„Hast du dich von der Jugend verabschiedet?"
„Dann müsste ich mich ja auch von dir verabschieden."

Welfhards spöttisches Grinsen verrät Zweifel.

„Wie du siehst." Mit dem Finger schnippt er an die ungeöffnete Tablettenpackung. Haut mit der Faust drauf. „Wäre. Hätte. Nee." Redenlassen. Cruella weiß aus ihren Zeitschriften und überhaupt, dass Niedergedrückte etwas loswerden müssen, bevor.

„Aber nicht mit mir. Aus Protest habe ich sie nicht genommen. Ich lasse mir mein Leben von diesen Tötern nicht nehmen."

Sie setzt sich neben ihn. Hat er sich wieder gefangen? Nicht mit mir. Lasse mir mein Leben nicht nehmen? Haut er wieder auf den Putz? Lieber später dazwischengehen. Reden lassen.

„Die Jungen töten uns."

Diesen Vorwurf will sie nicht auf sich sitzen lassen. Bei allem Verständnis.

„Dann würden wir uns ja selbst niedermachen."

„Tun wir auch, Cruella. Nicht älter werden ist das Letzte, was uns noch am Leben hält. Der Abgesang unseres Repertoires."

„Aber depressiv bist du deswegen noch nicht?"

„Wie kommst du denn jetzt da drauf?"

„Na, deine drei Phasen. Erst nicht wahrhaben wollen, dann zornig, dann depressiv."

„Woher kennst du denn meine Theorie der Spekulanten?"

Cruella wird die Frage offiziell nicht beantworten, weil sie dann seinen Gedankenfluss behindern könnte. Inoffiziell, weil es schon genug ist, dem Verlierer noch Verständnis zu gewähren.

„Die Börse verstehen wir erst, wenn wir die Menschen verstehen, Cruella. Algorithmen helfen uns beim Rechnen. Aber die Börse ist mehr als eine Formel. Hinter den Kursen steht menschliches Handeln vom jungen und verwegenen Arbitrageur bis zum abgekochten alten Wertesucher. Alles Suchende. Die Glücklichsten schätzen die Dinge, die sie haben."

„Das ist jetzt aber nicht von deinem Hesse?"

„Mach dich ruhig lustig über mich."

Ihre Fürsorge für den vom Gedanken ans Altern niedergeschlagenen Welfhard war ein Behelf des Poussierens. Er war für Cruella ein geschwächter Junggebliebener, den ein bisschen Aufmunterung schon wieder auf die Beine gebracht hätte. Das Bollwerk zwischen Jugend und Alter glaubte einen Sisyphos gegen die Zeit gefunden zu haben. Tatkräftig und gutaussehend.

„Wir widerstehen dem Alter, Welfhard. Wir bleiben jung. Warum sollte die Jugend uns töten wollen?"

Ihre Selbstbehauptungen gegen die Jungfrauen hatte sie nach Welfhards Rundem eingestellt. Fast. Und sie weiß, dass ihre Stärke gestützt werden muss. Jetzt. Sie will nicht mehr allein kämpfen. Together we are strong, hatte Helbenblatt getönt. Sie wollte es allerdings richtig machen. Gemeinsam mit.

„Sie stehlen uns unsere Selbstachtung. Wir sind nur noch das Ende von dem, was sie Leben nennen. Aus meinem Leben ist Alter geworden."

Mit diesem Defätismus ist er selbst als Balken im Bollwerk nicht zu gebrauchen. Die Tablettenpackung dokumentiert es. Keine Hoffnung mehr.

„Wenn du dich wirklich aufgegeben hättest, könnten wir nicht darüber sprechen. Wir haben uns dagegen gewehrt."

„Wehren? Gegen das Alter?"

„Nichts anderes haben wir gemacht. Bis dir dein Hesse einen Floh ins Ohr gesetzt hat. Deinen Kopf vernebelt hat."

Cruella hat ihn aus der Erscheinung genommen. Sie legt ihre Hände auf seine Schultern. Muskeln fühlt sie nicht mehr.

„Mensch Welfhard, hau wieder rein." Cruella Groll klopft an seiner Kraftlosigkeit. „Wenn wir nicht mehr kämpfen. Dann sind wir alt. Davor solltest du Angst haben. Angst essen Seele auf."

„Die ich fast täglich schäle."

Zweimal geklaut. Letzte Gemeinsamkeiten?

„Ich stehe an einer Schwelle. Alles sieht aus wie immer. Aber ich spüre, dass es nicht wie immer ist. Hermann Hesse hat es schon richtig erkannt."

„Hör auf mit diesen Rührseligkeiten."

„Ich schaue dem Ende in die Augen."

Menschen, die sich in groteske Vorstellungen versteigen, holt meist ein kleiner Klaps aus den entrücktesten Spinnereien.

„Ich hörte, dass du beim Tanzen in der Waldbühne schon wieder ganz gut dabei warst."

„Es ist hoffnungslos, Cruella."

Menschen, die sich in groteske Vorstellungen versteigen und – trotz eines kleinen Klapses – dem Abstrusen verpflichtet bleiben, brauchen Einfühlungsvermögen für ihr rätselhaftes Benehmen.

„Deine Kümmernis nagt an deiner Stärke. Beides spricht aus dir."

„Als du sagtest, dass ich grad echt abbaue, wusste ich, dass doch nur Hesse mich verstanden hat."

Menschen, die sich in verworrene Vorstellungen versteigen und – trotz Verständnis für ihr lächerliches Benehmen – weiterhin den Kopf in den Sand stecken, lechzen danach, vom Rand des Abgrundes geholt zu werden.

„Kannst du noch tanzen?"

Genug aneinander vorbeigeredet. Schultern ohne Halt, Arme für sich, Hand meidet Hand. So fliehen die beiden in die nächstbeste Disko. Der Türsteher muss der Gleichstellungsbeauftragte der Lokalität sein. Mit einem eingefrorenen Lächeln, von dem jede Stewardess noch etwas lernen könnte, lässt er die beiden hinein.

Jetzt gehen die zum Sterben schon in die Disko.

CRUELLAS FAHRT von Welfis Gelobungsparty zurück nach Hamburg war noch wie im Steigflug vergangen. Kein Wunder bei dem Auftrieb. Geblitzt? Sie hätte ein strahlendes Bild für ihn. Mit Sisyphos an ihrer Seite. Die Zeit war eine harte Nuss. Wusste sie. Helbenblatts together we are strong war nicht albern. Zwei Starke zusammen sind mehr als zwei Starke. Welfhard war ihre Zukunft. Endlich ein kraftvoller Entwurf. Vorbei wars auch mit den bärbeißigen Blicken. Sie war wieder wow jetzt. Wau-Wau? Hah!

Ist ein Leben irgendwann aufgebraucht? Wenn das Leben zur Krankheit wird? Oder schon, wenn in den einschlägigen Gazetten für Best-Ager die Ausführungsbestimmungen zum Verzicht auf Krankheiten mehr als das halbe Blatt füllen? Und dann die eigenen Wehwehchen? Darf die Generation, auf deren Rücken das Alter irgendwann zu Grabe getragen wird, dafür scheel angekuckt werden, wenn die sich fragt, wieviel für ein Restleben noch aufgewendet werden soll? Auf ihre Kosten? Das hat jetzt noch gar nichts damit zu tun, dass Kai mit der Lektüre dieser Fachblätter Welfhard ein Signal geben könnte, dass der mit seinem Hermann nicht allein sei. Nein, ganz objektiv; Restleben sollte zur Disposition gestellt werden. Wenn Abnützungen eine größere Rolle spielen als Belebungen.

Teile der jüngeren Generation, die Oma und Opa für die Kinderbetreuung nachfragen, geben quasi ein Marktsignal für deren Brauchbarkeit. Erforderlicher Ressourcenverbrauch, auch Kosten für die Rekreation von Oma und Opa, müssen gegengerechnet werden zur durch Oma und Opa geschaffenen Ressourcen-Optimierung. Wenn allerdings infolge des demoskopischen Faktors mehr Oma und Opa angeboten als nachgefragt wird, wenn also der Ressourcenverbrauch auf Kosten der jüngeren Generation, nicht zu vergessen CO_2, weder durch die Fertilitätsrate noch durch die Sterblichkeit? Was dann?

Als Kai der über die Leitplanke Geflogene fürs Überleben in der Kamarilla das Flattern kriegte, hatte er rationale Denkübungen spirituellem Klamüsern vorgezogen. Er wollte wieder hochfahren und nicht geistesstark werden. Was hat sich daran geändert? Auf Helbenblatts Gartenparty propagierte er treu der dort geübten Übereinkunft des wirtschaftlichen und gesellschaftlichen Miteinanders den Ökonomismus. Das ganze System des Sozialstaates müsse dem frischen Wind der Marktwirtschaft ausgesetzt werden. Jetzt sitzt er im Bistro der Clique, gut versorgt mit einem mittelmäßigen Rotwein und ist wieder bei seinem Verständnis für Welfhard. Für dessen spiritualistisch aufgetakelten Alters-Jammer. Klara hatte auf dem Bebelplatz gewundert, dass er Verständnis für ein Ziel hatte, das er ablehnt. Da ging es um Protest und Abriss. Für und gegen den Palast. Welfhards Dementi gegen das Altern versteht er. Doch er ist dafür, Trutzburgen dagegen niederzureißen.

Cruella hat Püppi und Roman mit ihren Sporttaschen ratlos – Püppi mehr verärgert, Roman mehr verdutzt – zurücklassen, bevor sie wieder auf die Suche nach Welfhard, nach ihrem sauren Traum. Es ist daher eine doppelte Unverfrorenheit, wenn Kai ihr nur nonchalant nach gewunken hat und nun belligérant Klage darüberführt, dass der Wert eines Menschen an dessen Wirtschaftlichkeit gebunden sei. Damit meine er nicht etwa die Kosten im Gesundheitswesen, also neue Hüfte für eine Alte, was ja gerne hochgespielt werde. Nein, er meine den Zusammenhang zwischen der Berechtigung zur Gestaltung des Lebens und der Brotarbeit. Da täten Menschen keine Gebrauchswerte mehr schaffen, keine Autos, keine Häuser oder Möbel, keine Haushaltsgeräte und so weiter. Darum hätten diese für das Wachstum quasi Überflüssigen plötzlich nur noch Bedeutung als Kostenfaktor. Wo doch die, die für die Werte schaffenden Maschinenbediener nichts anderes als die Gehaltsabrechnung machten, unwidersprochen behaupten dürfen, Werte zu schaffen. Das müsse ihm mal einer erklären! Und nicht zu vergessen die, die für die Personaler das Marketing machen. Fleißig, aber unproduktiv. Auch die, die für alle das Unternehmen steuern oder die, die Unternehmenssteuerer beim Personalabbau beraten. Erst recht die, die den Beratern die Honorare überweisen oder die beschlossene Dividende für die Aktionäre. Diese Heerschar von Lakaien erhebe sich über die Rentner.

Dagegen protestiere er.

Zuviel Zeit. Dann solcher Kauderwelsch. Wenn das Altersleben ist, prost Mahlzeit.

„Protestieren? Das ist Revolte, Kai."

Roman, der ob dieses Kollers verdutzt dreinschaut, macht nicht den Eindruck, als ob er Kai ernsthaft für einen Revolter hält. Kai, selbst überrascht, dass die Pferde so mit ihm durchgegangen, überlegt weniger, ob er sie wieder einfängt, vielmehr, wie er diesen ungeahnten Trab am Laufen hält.

„Ohne Widerspruch keine Erneuerung. Ohne Erneuerung kommt das Armageddon."

„Jetzt übertreibst du."

„Die alte Unordnung ist eigentlich schon das Armageddon."

„Wieso gefällt dir nicht mehr, was du immer bejubelt hast?"

„Ich will nicht mehr, was ich nicht mehr will."

„Du warst im Betrieb damit erfolgreich. Erst mehr, später weniger."

„Aber ich bin nicht mehr in Betrieb."

„Aber dort werden die Spielregeln gemacht. Du musst dich dranhalten!"

„Also soll ich die Klappe halten, oder was?"

„Die Einen arbeiten, die Anderen nicht mehr. Die Einen machen die Regeln. Eben unsere Ordnung. Was soll sich da ändern?"

„Können wir auch eigene Regeln aufstellen?"

„Klar doch. Aber du weißt, wer bestellt, bezahlt. Und Revolte bezahlt die Rentenkasse nicht, weil nicht bestellt."

Wenn Roman lacht, verzeiht ihm der Verlachte das Demütigende. Er kuckt zwar nicht wie ein Panda, aber so würden Pandas lachen. Kais Revolte hat den Schwung verloren. Seine Absage an die alte Unordnung hat noch nicht den rechten Schliff. Da muss er nochmal ran. Er möchte den Genuss, gar die Dauer des Lebens, nicht an dessen Wirtschaftlichkeit gebunden wissen. Und er möchte nicht als aufgemotzter Unalter sondern als Alter weiterleben. Nicht brav wie Kuli. Brav wie im Mittelalter will er sein. Tapfer. Hilfsweise tollkühn.

Schrullige Alte stellen eh alles auf den Kopf.

Aufbäumen und dann wieder hinlegen macht keinen Schwung. Bedient nur die Häme.

Träum weiter, Alter.

Püppi und Roman mit ihren Sporttaschen stehen gut im Saft, Kai und alle anderen Rentenempfänger am Tropf. Die Saftigen sind rund um die Uhr zeugungsfähig und empfängnisbereit. Die Anderen müssen Ruhe bewahren. Dazwischen Cruella mit dem restjungen Welfhard. Der schon auf seinen Kontostand schaut. Alter überzogen?

Apropos.

„Was wolltet ihr zwei denn mit Cruella besprechen?"

„Hab' ich auch nicht so ganz verstanden. Sie hatte irgendwas wegen unserer Wellness im Spreewald."

„Und wegen Welfhard," ergänzt Püppi.

„Aber es hat nichts damit zu tun, dass ich jetzt raus bin aus dem Business?" Wird schon getuschelt?

„Naja. Direkt hat es damit wohl nichts zu tun. Aber du und wir, wir und die. Wir haben alle nicht mehr das gleiche auf dem Schirm."

„Was hat sich verändert?"

„Ihr seid mehr das und wir mehr das."

„Aha."

„Vielleicht denkt ihr schon mehr ans Ende?"

Kais verwirrte Miene erschreckt sie.

„Das sieht man euch nicht an, nein. Das nicht. Aber gerade Welfhard. Dabei ist der ja noch gar nicht so alt. Erst bedrückt, dann immer grimmiger. Wer weiß, was wir in seinem Alter machen würden."

Die wollen ungestört ächzen, knarren, ticken und nicht grochsen, keckern, puckern. Die unordnungstreuen Muntermarkiererinnen und ihre Macker haben diese Saftigen gern dabei. Unken gern über, aber nicht, wenn. Im Arbeitsleben und auf einschlägigen Events funktioniert die Mehrgenerationen-Clique. Zur Aufmunterung machen die Einen zwischendurch das andere. Roman hatte es klar ausgesprochen. Das unter sich bleiben war in der Clique eine

Stärkung. Für, dass Gleich und Gleich sich gern gesellt. Nicht immer zählt der Gedankeninzest mehr als der Altersunterschied. Roman. Jetze det pure Leben.

Es könnte eine neue Aufgabenteilung im Altersleben geben. Vielleicht macht Roman dann Pilates und Püppi pumpt? Dann kann er sie nicht mehr besiegen. Die Walküre. Ob sie ihn dann bei Krankheit, Behinderung oder Pflegebedürftigkeit unterstützt? Oder an den Nagel hängt. Solange das Ende im Leben keine Rolle spielen durfte, solange dämonisiert der Tod das Altern. Die beiden Herzchen werden sich noch wundern.

Wenn das Leben nach dem Arbeitsleben weitergeht, was ist dann das eigentliche Leben? Tückische Frage. In der Matrix ist es klar. Geburt. Kindheit. Jugend. Leben, also arbeiten. Ruhestand. Tod. Etwas systematischer wirds schon schwierig. Vorleben, Arbeitsleben, Nachleben. Mal so ganz ideologiefrei. Natürlich etwas kompliziert für Matrizendenker. Das eigentliche Leben könnte in jedem Leben sein. Dann wäre das Nachleben nicht unbedingt Ruhestand. Könnte, kriegen manche auch hin. Genauso das Vorleben, wenn Roman und Püppi, die sich in ihrem Vorleben erstmals in einem Fitness-Studio begegnet sind und fanden, dass für sie ab da das eigentliche Leben losgehe. Weiter. Kai und Klara sind im eigentlichen Leben, wenn sie angekommen sind. Könnte im Nachleben sein.

ALS KAI der jederzeitigen Entschwundenheit flockenfreien Weiterlebens gewahr wurde, war noch nicht die Zeit für die Frage, ob er schon da angekommen war, von wo er weitergehen kann. Der Geneigte verpönte den Silbertiger, der als Greis zu ihm nicht sprechen konnte. Die Endlichkeit war noch im philosophischen Proseminar. Es reichte nur zum Hochgestochenen. Dass er bei dem ersten Gespräch mit Helbenblatt zu dem gezierten Gerede von den vernünftigen Überlegungen, die ein ruhendes Bewusstsein brau-

chen, in der Lage war, beweist, dass Hochgestochen ohne Großhirn funktioniert. War nicht falsch, doch leider Harakiri. Er hatte
noch nicht genug Zeitschichten. Der Knabe Kai konnte noch nicht
nach Endlichkeit fragen, als Der Gesalbte Schelm dem Kuli die
Gummibärchen hinterherwarf. Was für den kleinen Kai eine Feu-
ersbrunst, wurde des lahmen Stürmers Funken und des Phönix
Asche. Für die Ausführung seines kindlichen Entschlusses ist er
jetzt erst fit. Klara hatte es bereits gesagt. Wir müssen wissen, dass
wir müssen. Yes boys!

Warum hat Cruella angerufen? Weil Welfhard mit einer Herzattacke in der Charité liegt? Weil ihr was fehlt? Warum will
sie darüber mit einer Frau sprechen, von der ihre gespreizter Dünkel abperlt wie Tüpfel von einer Lotosblüte? Weil sie der Älteren?
Ist Klara eigentlich älter? Sie ist nicht schwarzschwarz, schon gar
nicht schwarzschwarzschwarz. Gibt es Grau-Brünette-Grau? Brü-
nette mit grauen Strähnen, Klaras Haar. Hat sie Trost erwartet?
Cruella? Trost? Also. Warum?

Die Hamburger Mode-Hochschule muss warten. Ihre Kollektion
kann warten. Die Mitbewerberinnen sollen ruhig noch ein bisschen
zittern. Der Spott früherer Kommilitoninnen amüsiert sie noch
heute. Wobei es durchaus auch möglich ist, dass der wegen ihres
einmal effektvolleren jugendhaften Gehabes auch Habsucht war.
Die Freude daran, beargwöhnt zu werden, hatte sie mit Kai gemein. Sie sucht nie Rat, also ist sie Beraterin geworden. Auf den
Partys der Berliner Clique brilliert sie immer als Paradiesschwalbe
der Hamburger Szene. Lange mit dem Partner Kai, was keiner verstanden hatte. Die Liaison mit Welfhard passt sowohl in die Be-
ziehungsschablonen der Clique als auch in die ihrer Hamburger
Szene. Die ansonsten wenig gemein haben. Cruellas Habitus
braucht Berlin und Hamburg. Das Ding mit Entourage und Persönlichkeit. In Hamburg ist sie die Berliner Göre und in Berlin die
vornehme Hanseatin. Eine Identifikation mit den Maßstäben des

Erstrebten, die die Persönlichkeitsbildung in der Clique prägt, ist bei ihr, wenn überhaupt. Tanzt ja auch nicht nach der Musik der Kamarilla. Ihr Selbstbild bugsiert und hebt sie.

WELFHARD HATTE eingeladen. Wollte Kai einladen. Die Romanze. Sein Liebesrausch. Welfhard trägt schon ein Zeichen der Angebeteten. Im Reich der Empathie. Könnte die Brücke zwischen ihm und Kai dadurch unpassierbar werden? Doch Kai und Cruella mussten aus ihren Arrangements nur den Beischlaf nehmen. Auch andere Mütter haben.

„Lass uns mal wieder über alte Zeiten plaudern, Kai."

Sinnloses palavern über heute erquickt ihn deutlich mehr als aufgewärmte Erinnerungen verdauen zu müssen. Hätte sich gedrückt, wenn ihn nicht die schon belfernden Nachbeben von Welfhards Seelenamt gelockt hätten. Mit dieser Begleitmusik über Damals zu trällern, das im Heute Verschiebungen auslöst, hatte doch was. Aus dieser Mixtur könnte was werden. Diese Aufmerksamkeit – oder diesen Voyeurismus – hätte bei Kai keiner erwartet. Und außerdem. Gemeinsam mit Klara wollte Kai die Clique ein wenig aufmischen. Mit der Außercliquischen, wie er mit Vergnügen wiederkehrend triumphierte, konnten aus ollen Kamellen aparte Erneuerungen werden.

„Wie wärs, wenn ich mit Klara komme? Klara ist."

„Gerne. Bring sie mit. Wir möchten sie auch gerne kennenlernen. Wir sind wirklich wir. Auch Cruella."

Cruella hatte Dora als Anti-Aging-Variante von Welfhards Jungfrauen noch cool abgeätzt. Die natürlich als ihre Nachfolgerin überhaupt keine Chance hatte. Dass sie sich für Klara überhaupt interessierte. Hatte er zu viel getrumpft?

In dem Gespräch spreizte Cruella gewaltig. Die Mittlerin zwischen Clique und Szene und überhaupt Mittlerin. Ihr war ungeheuer wichtig, die Außercliquische zu mitteln. Kai erfuhr eine Menge aus der Beziehungskiste mit ihr. Ein Verhältnis, bei dem die Autobahn der Lebensmittelpunkt war, gäbe den Seitenlinien eine geradezu verkehrsregelnde Bedeutung. Zumal bei einer Fernfürsorge der Schwächere den Notstandstreifen blockierte. Eine Fernbeziehung sei kein logistisches Problem. Klara hörte ihr – nicht immer wortlos – zu und sprach überwiegend zu Welfhard. Eloquente Belanglosigkeiten, die ihn zum Sprechen hätten animieren können. Als Cruella mit einem zuckersüßen Blick zu ihrem Welfi das letzte durchgebrachte Jahr mit Kai rekapitulierte und Klara ihr gütig die Hand auf den Unterarm legte, „wir sollten uns nicht für begangene Fehler bestrafen," wäre Kai fast vor ihr niedergekniet. Dem klugen Biest. Welfhard hatte von dem Damen-Ringkampf nichts mitgekriegt. Hochachtungsvoll konzentrierte er sich darauf, Cruella anzuhimmeln.

Klara musste bei Cruella etwas angestoßen haben, was sie natürlich niemals sagen würde. Da Cruella die Vortragende war, kann nur Klaras Erscheinung und hier und da ein klitzekleiner skeptischer vielleicht auch mitleidiger Fingerzeig der Auslöser gewesen sein. Klara war Cruella bei ihren Spreizungen aufgestoßen. Cruellas untadelige Fasson drohte den Halt zu verlieren. Brauchte aber kein Seppuku-Schwert.

Hatte Cruella sich so stark in den Vordergrund gestellt oder es ihrem Welfhard vor Bewunderung die Sprache verschlagen? Klara hatte ihn immer wieder angesprochen, doch die Antworten kamen von Cruella. Von ihm ein strahlendes Kopfnicken zu ihren Statements. Er war es doch, der dieses Gespräch führen wollte. Um auszuloten, ob zwischen ihm und Kai alles beim Alten bleiben könne. Nachdem er dem Älteren, der doch noch gar nicht so alt war, als er für Cruella zu alt war. Warum hatte Klara Welfhards Begeisterung über Cruellas Anschlag auf die Zeit ins Grübeln gebracht? Irgendwas passte da nicht.

Klara hatte Cruella in Welfhards Küche gefragt, wie oft sie als Hamburgerin inzwischen in Berlin sei. Viel öfter als früher, bevor sie sich in Welfhard verkuckt habe, gestand sie. Und mit Cruellas wachsender Vertrautheit zu Klara hatten sie darauf geprostet, noch

am Gas zu sein. Cruella räumte – ganz im Vertrauen – ihre Überlegungen ein zum Verzicht auf Hamburg. Natürlich für die Berliner Vielfalt. Klara vermutete Cruella am Rand der Verwitterung
als coole Liebhaberin. Das Band zu Welfhard war mehr als ein
Bündnis gegen die Zeit. Es hätte das Ende der Jeane d'Arc und
der Anfang einer Gebundenen werden können. Hinter der Selbst-
beherrschung lauerte bereits Contenance.

In Vielem habe sie sich bei Klara wiedererkannt. Sie habe Kai
schon vor langer Zeit gemieden, doch alleine lassen hätte sie ihn
nicht können. Erst jetzt, seit Klara für ihn da sei, könne sie sich
richtig in Welfhard verlieben. Der Mann habe ihr die Beachtung
wiedergegeben. Und der liege jetzt darnieder. Dass sie überhaupt
zum Telefonieren komme. Sie könne es noch nicht fassen. So ro-
bust. Tapfer, der Zeit trotzend, fest. Kai hätte sich wie ein alter
Mann benommen. Sei eben kein Schlachtross mehr gewesen. Doch
Welfhard.

„Ich dachte, er hätte sich wieder aufgerafft. Und dann der Hesse.
Er war schon fast wieder der Alte. Ich wusste doch, dass er so nicht
sein konnte. Das mit dem Alter. Er doch nicht. Und der Fitness-
Kult der Spreewälder. Darauf ist er nicht reingefallen."

Atemlos passt jetzt nicht.

„Kannst du gegen fünf bei mir, also in Welfhards Haus vorbei-
kommen. Es ist, falls das Krankenhaus."

Das ist Klara so auch lieber. Da sind so viele Botschaften noch
aus dem Treffen bei Welfhard und nun die. Sie müsste Orientie-
rung suchend rüberfahren. Wer weiß, was? Was ist eigentlich mit
Welfhard? Wer ist er, der so nicht sein könne? Wer ist der Hesse?
Wer sind die Spreewälder? Warum hat sie sich erst danach in ihn
verlieben können? Und? Und? Und?

Cruella glaubt, dass frau sich selber lieben muss, um von anderen
geliebt werden zu können. Weshalb die Liebe selbstverliebter

Junggebliebener auch nicht in den Brunnen fallen kann. Ihre Begabung ist ihre inszenierte Attraktion. Ich werde geliebt, weil ich mich liebe, ist allerdings nur bei der Selbstbefriedigung eine Win-Win-Situation. Selbstverliebtheit und Selbstannahme ziehen nicht unbedingt am selben Strang. Eigenliebe ist nicht unbedingt ein Liebesbeweis. Sie erwartet Gegenliebe. Gegen. Das sagt schon alles. Liebe kann Opfer verlangen. Welfhard verehrt die Göttin. Welche Opfer erwartet sie?

„Einen Kaffee?"

„Unbedingt. Und mit Zucker. Ich würde sogar ein paar Kekse nehmen."

Die Mittagspause hatte sie durchgearbeitet, um früher zu ihr fahren zu können.

„Welfhard hat nur Müsliriegel. Natürlich ohne Zucker."

Der Unterschied der beiden Frauen wird schon an der Betonung ohne Zucker deutlich. Natürlich ohne Zucker! Was erwartest du hier? Das ist Cruellas Akzent. Hingegen Klaras Klang. Ohne Zucker? Blinzel.

In der Küche erfährt sie während des Kaffeekochens – „keine Caffè-Latte?" – von Welfhards Missgeschick auf der Tanzfläche. Der Müsliriegel ohne Zucker ist vergessen.

„Altersschwäche kann es nicht sein. Dafür ist er noch zu jung."

„Hat sich was angekündigt?"

„Mir nicht. Ganz im Gegenteil. Er war fit wie 'n Turnschuh. Wenn du weißt, was ich meine. Und dass er hin und wieder gedankenverloren war, hat auch nichts mit Kondition zu tun. Habe da vorher aber nicht so drauf geachtet. Bei seinen Jungfrauen. Vielleicht bin ich auch zu viel für ihn. Hah!" Das ist ihr sofort peinlich. „Also ich meine, eine richtige Frau ist eben mehr als viele Jungfrauen." Cruella ist nie um einen Schlenker verlegen. Fatal ist der Kontrollverlust. Das Verächtliche.

„Oder?"

Von richtiger Frau zu Frau.

142

Als sie mit Kai zu Welfhard, hatte Cruella sie im Ornat der alles Übersehenden von ihrem Thron empfangen. Kai sich da fein bedeckt gehalten. Dass Welfhard unter der Göttin leiden könnte, war Klara nicht in den Sinn gekommen. Ihr hatte gefallen, dass seine Ergebenheit einem geregelt anfälligen Männerstolz offensichtlich nicht am Zacken brach.

„Hat er was, das ihn belasten könnte?"

„Nun, du kennst ja nicht seine Vergangenheit. Lauter Jungfrauen. Eine Kulturtante dann. Und jetzt ich."

„Ist ihm das mit den vielen jungen Frauen heute unangenehm?"

„Auch er sollte ohne Schmerzen auf sein kinderfreundliches Perfektum zurückschauen. Der Satz ist übrigens von dir, Klara."

Interessant, was aus Klaras Sätzen alles so gemacht werden kann.

„Liebt er dich?"

„Denke schon."

„Liebst du ihn?"

„Denke schon."

Das Schrammen an ihren Denkpässen ist fast zu hören.

„Vielleicht habe ich es mir auch nur vorgestellt."

Gedanken stellen sich anderen Gedanken in den Weg. An den Synapsen knarzt es. Cruella hat Welfhard aus Büllerbü gelockt. Weil sie sich vorstellte, den tollen Hecht zu haben. Einfach lieben ist keine einfache Sache für Cruella. Von Welfhard kennt Klara nur die Spiegelungen in Cruellas Selbstdarstellung. Gegen die Vorstellung eines Kai-zwei oder eines Anti-Kai wehrt sie sich. Jetzt bedauert Klara, dass sie und Kai Gespräche über Cruella bisher bemüht umschifft hatten.

„Welfhard versteht die Welt nicht mehr. Er tut so, als würde er in die lebendige Welt rüber schauen."

„Er ist doch jünger als du. Ich frag jetzt mal. Wie alt bist du, Cruella?"

„Thirtyninesomething." In dem Alter sei auch Welfhard. Wieder dieses Gedankengepolter. „Er soll wieder so werden, wie ich ihn kannte. Den starken jungen Mann mit dem seelenwunden Blick. Dir hätte er auch gefallen." Melancholie könne ein Aphrodisiakum sein. Sie sei aber einer Illusion erlegen. Nicht Schwermut. Kraftlosigkeit. „Und plötzlich sowas."

Klara nimmt Cruella in die Arme.

„Ich lasse mir von seinen Leiden nicht das Leben verwehren."

Die Halbwertzeit ihres vielleicht hatte ich es mir auch nur vorgestellt ist kurz. Liebelei hatte wohl nur kurz vorbeigeschaut. Es fällt ihr schwer, eine Hoffnung ihren gehärteten Prinzipien zu opfern. Die nicht wanken sollen. Cruellas Wollen und Können sind uneins. Sie will Welfhard davor haben, doch den Schwächling danach nicht mehr weihen. Ihr schaudert vor einem Bündnis mit einem alternden Schwadroneur.

Es tue ihr gut, mal mit einer Frau darüber zu sprechen, die das Leben kenne.

„Stärke hatte ich von ihm erwartet. Der wie ich das Leben festhielt. Und mit mir jemanden hatte, die ihn geschätzt hat, statt ihn anzuhimmeln."

„Bewundert er dich?"

„Hoffentlich nicht. Mit seinen Jungfrauen hat er sich was vorgegaukelt. Und die ihm. Das war auch kein Leben." Diese jungen Dinger kicherten statt zu verstehen. Die habe er aufgegeben. Vorbei sei es mit seiner Stärke. Das enttäusche sie. Das sei eben nicht leicht. Nun solle sie wohl die Krankenschwester machen. Mit ablehnend resigniertem Achselzucken schmeißt sie mehrere Modeblätter vom Sofa. Der Illusion vom verheißenden Melancholiker hinterher.

„Setz dich doch endlich!"

„Dürfte ich wohl ein bisschen Zucker?"

„Ich hatte einfach wieder jemanden. Vorher, na du weißt ja."

Cruella ist gerade bei Welfhards Gelobung. Da hätte sie ihn erworben. Und er sich aufgestellt. Und sie in den Arm genommen.

„Gibts hier auch Zucker?"

Cruella geht wieder in die Küche.

Nur keine weitere Aufregung. Klara möchte der Ärmsten helfen, wieder auf den Teppich zu kommen. Und dann ist da ja auch noch die Sache mit Welfhard.

„Wann kommt er denn wieder raus?"

„Ich wäre schon draußen. Aber der Herr fühlte sich zu schwach." Was sie ihm auch unter die Nase gerieben habe.

Klara fragt nicht weiter nach, denn offensichtlich wurde sie nicht hergebeten, um eine besorgte Geliebte zu unterstützen, sondern einer Aufgebrachten beim Aufrappeln zuzuschauen.

„Der alte Mann von dem Hesse war er wohl selbst. Aber er kann es doch nicht sein. Der und alt! Drei Buchstaben, die alles kaputt gemacht haben."

Ob sie immer schon so eine unerbittliche Verächterin des Alterns gewesen ist? Gerne möchte sie jetzt darüber mit Kai sprechen. Obwohl seine frühere, genau genommen, seine vor-frühere Partnerin nie ein Thema zwischen ihnen sein sollte. Kai und Klara schlafen miteinander, weil sie sich lieben. Gerade, weil es so einfach ist, ist es so unvergleichbar. Mit ihrem gemeinsamen Lachen, dass auch der engelhafte Quälgeist einst aus dem Himmel geworfen wurde, waren alle Kai-Dora-Präludien gesungen.

Cruella streift ihr neues 42er Etuikleid glatt. Auch sich selbst werde sie nicht schonen. Es sei ja unübersehbar, dass sie nicht mehr so super-schlank sei, wie sie mal war. Und wieder sein werde.

„Wir müssen doch nicht mehr auf den Laufsteg, Cruella."

„Willst du nicht mehr attraktiv sein?"

„Und ob. Aber das gerade konfektionierte Model-Modell imitiere ich nicht."

„Und bei den Männern?"

„Da gilt das Gleiche. Wampe geht nicht und Sixpack ist mir zu prollig. Ich brauche was Echtes."

„Ich werde von den Männern nicht mehr angespielt. Wie läuft es bei dir?"

„Es sind andere Männer, die schauen."

„Andere oder alte?"

„Alte, die ich schön finde, sind auch dabei."

„Willst du von Alten angeglotzt werden?"

„Ich will von niemandem angeglotzt werden."

„Alter hat etwas Peinliches."

Womit Cruella sich als Zentrum dieser Überlegungen etwas aus der Schusslinie nehmen will. Dicksein dagegen stehe für Scheitern, wie Püppi ausnahmsweise mal klug gesagt habe.

„Du bist doch nicht dick."

„Mein BMI sagt da etwas ganz anderes."

„Wichtig ist das doch nur, wenn du dich so offensichtlich nicht wohlfühlst. Egal, welcher BMI. Ich habe auch so meine Zweifel, ob die, die alle Indexe erfüllen, sich allein deshalb wohler fühlen. Du bist doch für Welfhard die Frau, die er anbetet. Als er sich in dich verliebte, war da dein BMI besser?"

„Vielleicht hat er sich genauso überlistet wie ich mich." Träume werden bitter. „Ich bin auch nicht mehr glücklich mit ihm. Mäkeln an der sogenannten Postmoderne ist sein neues Hobby. Er findet auch, dass die Zeitungen nicht mehr für ihn geschrieben seien. Eines Tages schreibt er noch senile Leserbriefe."

„Mit einem alternden Mann war ich auch mal unglücklich."

„Also ging es dir auch schon mal so?"

„Zumindest sieht es so aus."

„Wir wollen doch beide keine alten Männer. Oder?"

Kein Narr ist so groß wie ein alter Narr.

„Ich möchte keine Männer, die nach hinten schauen. Und Bestätigung in Erinnerungen suchen."

„Bist du nicht stolz auf Erreichtes?"

„Doch."

„Brauchst du nicht die Gewissheit, es zu behalten?"

„Nicht, wenn es nicht mehr zu meinem Leben passt. Wenn wir uns nicht mehr erneuern, erlöschen wir."

„Tun wir das nicht sowieso? Wenn wir alt sind?"

„Wir leben, solange wir uns erneuern."

„Schau dich um. Welfhard ist doch noch nicht alt. Dennoch."

„Dennoch?"

Er hätte ihre Erfrischung werden können. Win-Win hätte sie sagen können. Stattdessen dennoch. Dennoch er sich verkroch?

„Wovon musstest du dich verabschieden, als Welfhard nicht mehr der war, den du erwartet hast?"

Cruella hat keine Antwort.

Sie hatte Kai noch im Lustgarten nahe der Nationalgalerie ihren Glauben an das Jungsein proklamiert. Während Welfhard seine Jungfrauen. Pah. Nur der Himmel könne ihr auf den Kopf fallen. Ihre Fehde mit der Zeit ist mit dem Älterwerden rückhaltloser geworden. Allein war sie sich lange genug, brauchte keinen geweihten Verehrer gegen das Alter. Welfhard hätte ihr Priester sein können.

„Was hat dein alter Mann in Paris nicht mehr gehabt?"

„Er war nicht mehr neugierig. Nicht mehr aufgeschlossen. Er vermisste mehr als er erwartete. Immer weniger konnte er vereinbaren mit seiner Einstellung. Es war kein Starrsinn. Seine Maximen hatten ihm immer gute Dienste geleistet. Aber in einer neuen Welt. Der für ihn unpassenden Welt. Er baute ab."

„Baute ab?"

„Das Lebendige, von dem ich gerade bei den Parisern. Passé."

„Warum hast du ihn nicht wieder lebendig gemacht?"

„Er ist mir weggelaufen."

„Weggelaufen?"

„Ich konnte ihn nicht mehr erreichen. Da habe ich dann aufgegeben."

Cruella schaut auf Welfhards Bild mit seinem Unterwasser-Rugby-Club.

„Kennst du diesen Sport?"

„Wasserball?"

„Das ist für Mädchen, hätte Welfhard gesagt. Schnelligkeit, Beweglichkeit, Ausdauer, Übersicht und faire Härte sind gefragt. Es

ist übrigens ein Sport für Frauen und Männer. Als ich ihn kenn-
lernte, hat er gerade damit aufgehört. Als das mit Hermann Hesse
losging."

„Hermann Hesse ist ein wunderbarer Dichter."

„Sagt er auch."

„Hättest du ihn gerne wieder so zurück?"

„Ja. Schnell, immer am Ball, immer alles im Blick. So an meiner
Seite."

„Was wirst du jetzt tuen, Cruella?"

Sie schaut verloren auf das Mannschaftsbild der Unterwasser-
Rugby-Truppe.

„Ich möchte mich noch mal verlieben."

HÄTTE KLARA den Mann auf dem Bild erkannt, der Cruella verloren ging? Sie hatte den Welfhard gesehen, der sein Verhältnis mit
Kai wieder hinkriegen wollte. War es noch der Gleiche, den
Cruella begehrt hatte, dessen Fiktion sie verführt hatte. War er für
Cruella, was der Pariser Schwarm für Klara? Was Klara an Cruel-
las Melancholiker gefallen hätte, passte nicht zum Beschützer für
Cruellas gespreizten Dünkel. Was war geschehen? Diese überbor-
dende Frau blieb Klara ein Rätsel. Kai fragen? Diesen monokau-
salen Klugschnacker. Natürlich hätte der eine Erklärung. Aber
Kaffee konnte er besser.

Sie hatte ein Treffen mit Welfhard angeregt. Das ihr den Hoffnungsträger zeigen sollte, den sie beim ersten Mal nicht erkannte.
Da Cruella viel über sich und er nichts. Sie bevorzugt die ostpreu-
ssische Küche und so saßen sie bei Bier mit Masurischem Sauer-
braten und Mecklenburger Kümmelfleisch. Welfhards Bild mit
seinen Unterwasser-Rugby-Freunden hatte ihr keine Ruhe gelassen. Warum er das gemacht habe und warum er damit aufgehört
habe und was er denn jetzt vorhabe? Welfhard hatte vor lauter
Überraschung über so viel Interesse an seiner Person sogar eine
Menge von sich erzählt.

148

Rechenmodelle hätten ihn mehr stimuliert als Milieus. Die seien ja auch schwieriger zu berechnen. Da brauche es Menschenverständnis. Nicht, um ihre Allüren, aber um einschätzen zu können, ob sie zocken oder Werte wahren. Irgendwie habe ihm das alles nicht mehr gereicht. Zu seinem Arbitrage-Rechner sei er liebevoller gewesen als zu seinen Frauen. Nein, von Hermann Hesse kenne er nur ein Buch. Das habe ihm eine Literatur-Bewanderte von so einem Publizitäts-Institut geschenkt.

Dass er in diesem Gespräch auch etwas über seine Aufopferung für Cruella erfuhr, ist keine Überraschung. Klara musste nur einhaken. Nicht so liebevoll wie bei Kai. Aber genauso penetrant. Verlorene Zeit. Die mit den Girls. Ob er jetzt alt genug sei für diese Frau? Welfhard war bereit, einen anderen Blick in sein Leben zu wagen. Cruella schaue wie er geschaut habe. Klara hatte gestutzt. Nein, nein. Das sehe nur aus wie ein Widerspruch. Die Clique könne sie vergessen. Sie hätten Klara gefallen, seine Gedanken über das Alter. Auf seinem Runden sogar Cruella. Das sei allerdings schon nach ihrem Treffen mit Kai nach und nach verflogen. Klaras kleine Fragen reichten, um den Damm, der den Unmut verlorener Zeit zurückhielt, brüchig zu machen. Die vielbeschworene Jugend sei verloren und das Älterwerden noch nicht gewonnen. Cruella auch nicht. Als Klara ihm sagte, dass Cruella sich wieder auf ihn besinnen könne, blickte Welfhard in seine Bierkugel. Er wollte ihr glauben.

Inszenierter Jubel und verwurzelter Glaube sind die Garanten für Frohsinn bis zum letzten Atemzug. Sanft dämmernd, die Trillerpfeife zwischen den Lippen, dankt das Alte, wenns ein Häschen, im rosa Plisseekleid, wenns ein Rammler, in blauen Shorts für die schöne Zeit und so, beginnt zu sterben und blickt zufrieden lächelnd aus der Grube. Ohne irgendwen zu belästigen. Klappe zu, Affe tot. Sand drauf. Absolute Ruhe nach dem Ruhestand. Die Rentenversicherung freut sich. Die Trauergemeinde singt Häschen in der Grube saß und schlief, saß und schlief. Armes Häschen, bist so alt, dass du nicht mehr hüpfen kannst. Könnte so bleiben, wenn nicht beständige Erneuerung und permanenter Widerspruch diese Erwartungen wie Abziehbilder runternehmen vom Bestattungsplan. Illusionen, denen sich der Knabe in den Weg stellen wollte, standen für Beharren. Die Jungen krakeelten und die Alten hielten den Schnabel. Auf den Kopf gestellt wird Gleichförmigkeit zu Veränderung. Aus Verkrümeln wird Dabeisein. Einfalt wird Vielfalt. Doch aus Cruella wird nicht Klara. Älterwerden birgt Chancen. Cruella steht fest mit beiden Beinen auf dem Boden der alten Unordnung. Klara stellt alles auf den Kopf. Cruella setzt auf festgezurrte Gewissheiten, Klara auf beständige Veränderung. Cruella will keinen Alten, Klara will keinen Mann, der sich vorm Ankommen drückt. Eine wird gewinnen.

Wenn die alten Maskierungen und Uniformen zu Zeichen für Vergänglichkeit und Verfall geworden sind, siegt die Natur über die Retusche. Wenn Cruella erkennt, dass das Alter sie ergreifen und die Zeit ihr auf den Kopf fallen wird, nimmt sie im letzten selbst entworfenen Outfit tapfer Abschied von der alten Unordnung. Wenn sie den Sprung von ihren Prinzipien zu Hoffnungen nicht wagt. Und Klara wird ihrem Kai endlich die Kopfhaut massieren. Ende und Anfang. Ohne Zauber.

Die vereiste Fahrbahn vor Welfhards Haus raus in den Frühling ermahnt Klara, behutsam am Gas zu spielen. Am Gas. Im Alter kann die Leidenschaft ihr wahres Wesen gewinnen. Aus Stellungskämpfen werden leidenschaftliche Berührungen. Dass kann nichts mit weniger Bereitschaft alternder Körper zu ordentlich Bewegung zu tun haben. Ihr Mann in Paris war beim Sex flott bei der Sache. Ob er dabei auf der Flucht vor Leidenschaft war oder der Wirkungsdauer seines Stärkungsmittels misstraute, bleibt sein Geheimnis.

An der Bushaltestelle beim Abzweig zu Kai werden Bäume geschnitten. Als ob wieder Sommer werden könnte, der einfach übersprungen wurde. Vielleicht musste er sich nach dem jahrelangen

Dauerblühen erst mal wieder erholen. Am Haus erwarten Klara die ersten vereisten Gänseblümchen. Kai nimmt die Erneuerung seines Lebens in die Arme. Auf der Truhe liegt kein Sakko.

„Wenn ich das Bild sehe, muss ich an den Mann ohne Eigenschaften denken."

„Mann ohne Eigenschaften?"

„Weil der Mann ohne Gesicht ist, Kai."

„Also ohne Eigenschaften?"

„Ein Gesicht müssen wir uns erleben. Junge haben weniger Gesicht als Alte."

Diese Frage kennt Kai. Eigentlich müsste da schon wieder. Klara verschwindet in der Gästetoilette.

„Hier ist ja gar kein Spiegel!"

„Dein Gesicht?"

Die Spülung übertönt ihre Antwort.

„Ich brauch' jetzt was für mein Wohlbefinden."

„Habe uns eine Kleinigkeit vorbereitet."

„Es gab noch nicht mal Kekse."

„Wir können auch zum Griechen gehen."

„Nein, nein. Eine Kleinigkeit ist nach der schweren Kost genau das Richtige."

„Was wollte sie von dir?"

„Wenn ich das so genau wüsste. Erst dachte ich, es gehe um Welfhard."

„Um seinen Herzkasper? Macht sie sich Sorgen?"

„Ja, um sich."

„Und da kommt sie zu dir?"

„Warum nicht?"

„Weil du ihrer Hoffart bei Welfhard keinen Auslauf gegeben hast."

„So hat sie das anscheinend nicht empfunden."

„Was also war so schwere Kost?"

„Sie fühlt sich von Welfhard verraten, weil der sich benehme wie ein alter Mann."

„Das war keine schwere Kost, Klara. Das war Welfhards Henkersmahlzeit.“

„Und er hat noch nicht mal was abgekriegt. Schöne Henkersmalzeit.“

„Sie hat ihn verstoßen.“

„Aber sie will sich wieder neu verlieben.“

„In den, der sich wie ein alter Mann benimmt?“

„Sie hat auf sein Bild geschaut, als sie es sagte. Das vom Sportclub.“

„Kenn‘ ich. Hast ihn auf dem Bild gesehen?“

„Flüchtig.“

„Hättest du ihn wiedererkannt?“

„Ich kenne ihn doch kaum, Kai.“

Macht nichts. Denn entscheidend ist, ob Cruella den Welfhard, den sie auf seinem Runden wollte, heute wiedererkennen würde. Dass der sich als alter Mann gerierte, hatte sie ja nicht daran gehindert, einen flotten Kämpfer zu sehen.

ALS HELBENBLATT Kai anmeierte, sich nicht wie ein alter Mann zu benehmen, hatte ihn das schwer mitgenommen. Nach einem Jour Fixe hatte der ihn bekanntlich auf den Pott gesetzt. Cruella hatte das ehemals flotte Schlachtross am gleichen Tag vom Sockel geschubst. Waren dann beide runtergefallen. Cruella war schockiert von wegen irgendwie ja doch Todeserfahrung. Wie Fremdschämen. Kai hatte eher eine Doch-noch-am-Leben-Erfahrung. Seine Sorge war nicht der Tod. Etwas Besseres hatten selbst die Bremer Stadtmusikanten gefunden. Der Bedeutungsverlust, das war des Pudels Kern. Ranklotzen. Er hatte sich wieder hochgefahren, Welfhard sich runter. Der Pudel wars. Dem er sich nicht noch einmal verpflichtet hatte. Bedeutung haben ohne Pudel jetzt. Pudelwohl. Das ist Altersleben.

Vorbei, dass Kai mit dem Tod mal kurz auf du und du. Aber irgendwie ein Andenken. Also nichts mit Verbrüderung. Wieder mehr Distanz heute. Sie. Wenn er bitten dürfte. Andererseits. Der Tod gehört jetzt dazu. Also auch der Weg dahin. Die drohende Herabstufung auf diesem Weg ist schon eine herbe Nummer. Ist er da jetzt durch? Lauert da irgendwo? Der Kampf um Bedeutung ist ein wichtiger Teil des Lebens. Immer. Davor und danach.

„Kann der Tod meiner Persönlichkeit etwas anhaben?"

Da Kais Großhirn wieder ziemlich auf Touren, muss er nicht mehr mit Hochgestochenem oder so Bedeutung vortäuschen. Er kann ehrlich pragmatisch sein. Bei Klara sowieso.

„Du kannst dich nicht denen entziehen, mit denen du dich auseinandersetzt. Ob du gegen sie kämpfst oder sie liebst. Beides verändert dich."

„Was hat das jetzt mit meinem ehemaligen Duzfeind zu tun?"

„Verfolgt er dich?"

„Er ist immer noch bei mir."

Der Tod hätte Kai so lange verfolgen können, wie er ihn verdrängt hätte. Aber er kann ihn nicht verfolgen. Er ist Teil seines Lebens geworden.

„Ich brauchte allerdings ziemlich lange, um den Schreck loszuwerden."

„War dein Leben ohne den Tod sorgenfreier?"

Schwer zu beantworten, Klara. Kai war ein Frühlingskind. Sorgen hatten die Anderen. Bis.

„Der Tod. Was konnte er aus mir machen?"

„Frag dich lieber, was du aus dieser Todeserfahrung gemacht hast."

„Mich ins Leben verliebt."

„Musstest du dafür über die Leitplanke fliegen?"

„Ich hab' mir das nicht ausgesucht."

„Okay. Musstest du dafür erst den Tod?"

„Hab' ich mir auch nicht ausgesucht."

„Weder im Geschäftsleben noch privat kannst du dir deine Kollegen oder Kontrahenten oder Bekannte aussuchen. Nur unsere Partner und Freunde. Welche Kollegen hast du dir ausgesucht?"
„Keinen."
„Sind auch richtige Arschlöcher dabei?"
„Jede Menge."
„Warum ist dann der Tod so was Schreckliches?"
„Weil er das Ende bedeutet."
„Und die?"
„Mit denen kam ich schon irgendwie klar."
„Jetzt musst du mir mal den Unterschied erklären. Kai."

HELBENBLATTS VERTRIEBSSTRATEGIE hatte weniger Überlebenschancen als der Phönix. Also die, die Kai entwickeln sollte für Helbenblatt, solange er gehandicapt war. Sie war in der Schublade gelandet und der Quatsch mit dem Feuervogel in der Versenkung. Einige Wochen nach dem Jour Fixe, auf dem Kai als Unsichtbarer nicht stören konnte, war er ein weiterer Team Leader ohne Mitarbeiter, leider auch ohne Mitarbeiterinnen. Die Kollegen – Kolleginnen außer Püppi hielten sich diesmal nicht zurück – boykottierten seine Projektarbeit, bis ihn Helbenblatt zum Betreuer einiger Großkunden machte und so aus der Schusslinie geholt hatte.

Eine neue Tür ist auf. Schluss war ja schon. Jetzt ist Ende. Adieu Kamarilla. Hat er sich verändert? Hoffentlich. Licht danach. Keine Sorge mehr, wie die ihn jetzt sehen. Die mal Kai den Starken, den Phönix, den welchen Bedeutenden auch immer erwartet hatten. Nach der Ausmusterung nur noch den Beruhigten. Davor dabei. Zuständig die alte Unordnung. Danach dabei. Zuständig Kais neue Ordnung. Das Leben wurde umgekrempelt. Seine Kolleginnen und Kollegen, mit denen er schon irgendwie klarkam, hat er zurückgelassen. Behalten hat er Püppi und seine Zeitschichten.

Seine Todeserfahrung hat jetzt eine blinzelnde Beobachterin. Nicht mehr Cruellas Fremdschämen. Sie wird der Tod bedrängen, solange sie für ewige Jugend kämpft. Sie fängt gerade an zu krempeln. Neue Persönlichkeit als Ruhesuchende? Sie müsste sich aufgeben. Nachdem sie nicht mehr angespielt wird von ihren Verehrern. Davor danach.

„Deine Cruella. Sorry. Cruella fürchtet auch, nicht mehr dabei zu sein. Im Licht."

„Ich dachte, es sollte bei eurem Gespräch um Welfhard gehen."

„Der geborene Zuhörer hat mal wieder nicht richtig aufgepasst. Welfhard hat Cruella im Stich gelassen, weil er sich als Sisyphos im Kampf gegen die Zeit zu viele Fragen gestellt hat."

„Suboptimal wäre also ein Euphemismus."

„Kannst du das auch schöner sagen?"

Es ist nicht erkennbar, ob Kai Trost spenden will oder Trost sucht, als er Klaras Verdruss mit heftigen Küssen zum Zischen bringt. Wie überhaupt das weitere unkontrollierte Argumentieren mit grammatikalisch unseriösen Satzbildungen das Miteinander von Ratio und Emotio als eines der ungelösten Menschheitsrätsel an die jüngere Generation weitergegeben werden muss. Die Leidenschaft spöttelt über den Genuss wie der Wahnsinn über das Denken. Zeitschichten, Leute.

Klara richtet sich und ihr Haar auf.

„Cruella fühlt sich von euren Blicken neutralisiert."

„Dass sie mal älter werden würde, das hat sie neutralisiert."

„Angespielt zu werden, nicht eure Fleischbeschauer-Blicke vermisst sie."

„Sei nicht so streng mit uns. Ihr hat es gefallen. Solange sie Beachtung geniesen konnte."

„Also wirklich! Kai! Sie möchte als Mensch beachtet werden."

„Sie wusste um ihre Reize. Und sie konnte sich in den Mittelpunkt stellen. Sie wurde nicht dorthin gestellt."

„Schau dir an, wie wir präsentiert werden. Haben deine Zeitschriften keine Werbung? Oder liest du etwa keine von diesen?"

„Im Leben, Klara. Auf Events oder auf Partys. Da muss frau es schon selber machen."
„Weil ihr es so wollt!"
„Sie ist ein Alpha-Weibchen mit entsprechender Beleuchtung."
„Aber jetzt wohl nicht mehr. Jedenfalls ohne Beleuchtung. Außer bei Welfhard. Der sich wie ein alter Mann benehme."
„Von dem sie nicht mehr gestört werden will?"
„Mit dem kann sie jedenfalls nicht mehr anfangen, was sie einrichten wollte."
„Sag ich doch. Cruella hat Welfhard neutralisiert."
„Warum bist du dir so sicher, dass sie ihn nicht doch mag?"
„Wir wollten das Thema Cruella immer auslassen. Das war naiv. Also gut. Nein. Ich müsste mal darüber nachdenken, warum wir uns eigentlich mochten. Mir hat gefallen, dass sie einen flotten Banker umgarnte. Sie forderte nichts. Die Themen, die jetzt auf dem Tisch liegen, haben zwischen uns nie eine Rolle gespielt. Ihr Mantra als Frau ohne Zeit habe ich wahrgenommen. Andere haben gespöttelt."
„Hast du's wahrgenommen oder fands du's schick?
„Ich fands apart. Mehr schmunzelnd."
„Ich finde, sie sieht jünger aus als ich."
„Eine Frau, die jünger aussieht als du, ist deshalb nicht schöner als du."
„Jetzt kommst du bestimmt wieder mit deinem kalos. Hast du mir schon mal erklärt. So wurde ich noch nie angebaggert. Im Wintergarten vom Literaturhaus."
Kai legt seine Hände auf die Wangen ihres schönen Gesichts.
„Ich stand als Jugendlicher auf Mädchen, die älter waren als ich. Weil sie ein Gesicht hatten, das die Mädels aus meinem Fähnlein noch nicht hatten."
„Und dann?"
„Viele Frauchen, die älter wurden, wurden hübscher."
„Und dann. Kai?"

Die beiden gehen, noch eingewickelt in leichte Decken, zum Tisch, zu der vorbereiteten Kleinigkeit.

„Dazu passt ein Weißer. Da muss ich nicht in den Keller. Okay?"

„Zu deinem Quatsch mit der Henkersmahlzeit passt nicht, dass sie regelrecht aufgebracht war, weil er sie mit seiner Schwäche enttäuscht hat. Das meinte ich mit schwerer Kost. Wenn er wirklich nichts mehr gewesen wäre, hätte sie das Nichts bloß wegschnippen müssen."

„Welfhard hat die coole Cruella hinters Licht geführt. Das ärgert sie."

„Manchmal macht mir gerade deine Coolness Angst, Kai. Vielleicht hing ihre Hoffnung an einem seidenen Faden."

„Wenn er nicht mehr das ist, was sie haben will, dann ist das zwar hart, aber nicht zu ändern."

„Sie ist nicht wirklich frei. Sie ist gefangen von ihren Prinzipien. Welfhard hatte ihre uneingestandenen Hoffnungen geweckt. Dass mit dem Herzkasper beim Tanzen war ein Schock für sie. Sie hatte, was sie brauchte. Einen Mann, der zu ihr steht. Und dann sowas. Warum gestattet ihr niemand, dass sie auch mal Ruhe braucht. Genug gekämpft."

„Du weißt wahrscheinlich nicht, dass das bei Welfhard schon früher losging. Das Gejammer mit dem Älterwerden. Auf seinem Runden hat er mit Hermann Hesse ein regelrechtes Seelenamt aufgeführt. Schaurig. Eigentlich müsste sie gewusst haben, was sie erwartet."

„Hat sie mir erzählt. Nicht erzählt hat sie mir, dass es vielleicht gerade das war, was ihn plötzlich attraktiv machte. Nicht das Alter natürlich. Der Abschied vom Kämpfen. Ihr behauptet doch immer, wir Frauen seien nicht logisch. Warum müssen wir es jetzt sein?"

Die Verlockung der männlichen Erscheinung erschwert einen klaren Kopf bei der Bewertung geeigneter Hirsche. Wow übertönt auweia. Der geeignete Mann zur Sicherung des Fortbestandes wehrfähiger Stämme wurde an den Kriterien Kampfesstärke, Versorgungssicherheit und natürlich Zeugungsfähigkeit gemessen.

Dass sich Welfhard durch spirituellen Schabernack aus dem Rennen nehmen könnte, setzt voraus, dass die betreffenden Weibchen diesem Unfug bei ihrer Partnerwahl ausreichend Bedeutung geben. Cruella hat dies erst gemacht, als durch Welfhards ständiges Mäkeln und schließlich seine Herzattacke das Absichernde zur Nebensache und sein Hesse zum Problem wurde. Ihr Ausraster im Gespräch mit Klara – ich lasse mir von seinen Leiden nicht das Leben verwehren – ist kein nobler Zug, aber eben unter Schock passiert.

„Hast mich erwischt, Klara. Anziehung, Verlangen und Begierde sind nie logisch. Wir können jede Erklärung draufpacken, sie würde nie wirklich passen. Warum liebe ich dich? Tja, καλός ist die wissenschaftlichste Begründung, dir verfallen zu sein."

„Vielleicht kann ich meinem kleinen Griechen hier weiterhelfen. Das Leben wird mit dem Alter sichtbarer. Du hättest mich in Paris gar nicht erkannt. Du hättest mein Leben nicht erkannt. Weil du noch nicht alt genug warst."

„Und du?"

„Ich hätte dich natürlich erkannt. Und sofort wieder vergessen."

„Standst du nicht auf junge und erfolgreiche, gutverdienende und feinstens Gezwirnte."

„So schlimm?"

Ihr Kuss verbrennt seine alten Unarten. Luftholen darf er mit ihrem Finger auf seinen Lippen. Zum Glück verhindert der Genuss die Leidenschaft. Das Denken bändigt den Wahnsinn. Die alte Meisterin eben.

„Im Alter erhöhen sich die Talente, Kai."

„Sag das mal Cruella."

„Kann man mit dir auch ernsthaft über einen Fluss der Gelüste reden?"

„Natürlich, Frau Doktor."

„Ich kann mich nicht konzentrieren, wenn du das machst."

„Dann nimm deine Hand da weg."

Die leichten Decken sind zum Verzehr der eingedeckten Kleinigkeit den moralischen Ansprüchen an die Züchtigkeit Älterer
nicht gewachsen. Je nach Beinstellung und Körperhaltung offen-
baren sie dort Unschickliches, wo vor zehn noch keine Fernsehbil-
der erlaubt sind. Die ersten warmen Lüftchen fächeln den Früh-
lingsgefühlen Mut zu. Ungewöhnlich warm beim diesjährigen An-
Chillen auf der Terrasse vor dem Schlafzimmer.

Das Haus liegt an einem leichten Hang. Seitlich des ebenerdigen
Eingangs liegt zwei Stufen tiefer die westliche Terrasse. Den letzten angestrahlten Wolken hat die untergegangene Abendsonne das
Licht ausgeblasen. Rasch taucht Dämmerung das Grundstück in
schattige Töne. Die ersten Nachttiere lösen einen Bewegungsmel-
der aus und die Granitmauer wirft das Licht der Gartenbeleuchtung
auf die Wiese. Bademäntel verhüllen die abgekühlten Körper des
jungen Paares.

„So romantisch ist es in der Stadt nicht."

Klara greift Kais Hand und setzt sich auf seinen Liegestuhl.
Beide haben jede Menge Knacknüsse in ihren Zeitschichten. Die
Ausweichmanöver werden schon erfolgloser. Dass sie zusammen
verreisen wollen, ist so selbstverständlich wie nicht angesprochen.
Würde auch kein Hahn nach krähen. Hühner könnten es sowieso
nicht. Ab wann dürfen ältere Menschen sich neu aneinanderbin-
den? Willst du mit mir geh 'n von Daliah Lavi kennen nur die anderen Alten, machen sollen sie es aber nicht mehr. Alten Hirschen
sind nur Maitressen gestattet, alten Frauen verwehrt Püppi das Begehren. Mittelalterliche Rituale sind bei ihr noch sehr lebendig.
Und dann die alte Unordnung eben, in die Kai und Klara endlich
Ordnung bringen wollen.

„Viel zu schön für mich alleine."

„Suchst du eine Gärtnerin?"

„Dem Gärtner muss ich kündigen. Wie so einiges andere auch."

„Ich bleibe nur, wenn der Gärtner bleibt."

„Lady Chatterley, bist du's?"

„Hatte die auch diese Bedingung?"

„Sie war eine erotische Revolte."

„Was hat dich daran fasziniert? Kai?"

„Dass sie ihr Vergnügen nahm. Gegen die Ordnung ihrer Zeit."

„Wie hast du sie dir vorgestellt?"

„Wenn sie jetzt hier über die Wiese schritt, würde ich an Aphrodite denken, die mir nach dem Haare schneiden den Kopf massiert hat."

„Und dann?"

„Was ich mit der schönen Klara habe."

Ihre Lippen kitzeln sein Ohr.

„Jetzt könntest du mich mit einem Weinchen verwöhnen."

Kai zärtelt ihre Finger, zündet eine Kerze im Glas an und erfüllt ihre Wünsche.

„Habe uns die Decken wieder mit rausgebracht. Mir ist schon ein bisschen frisch geworden."

„Gehen wir danach ins Bett?"

„Eigentlich bin ich dafür schon zu müde."

„Was fällt unserem kleinen Griechen denn zu dieser delikaten Misere ein?"

Wie zum Trost hebt sie ihr Glas.

„Je suis fou de toi. Mon petit Grec."

„Apropos. Sophokles soll froh gewesen sein, dem Tyrannen Eros entkommen zu sein."

„Mein Mann muss ähnlich gedacht haben. So habe ich das noch gar nicht gesehen. Dass er mir beim Altern davongelaufen sein könnte, weil ihn sein erschlaffender Stolz tyrannisiert hat."

„Also ist er nicht dir, er ist dem Alter davongelaufen."

„Er ist kaum älter als ich."

„Können wir aus Angst vor dem Alter älter werden?"

„Wenn das mit dem Unaltern nicht mehr klappt. Natürlich."

„Wie Welfhard?"

„Cruella glaubt übrigens, dass unsere Enttäuschungen uns verbinden. Ihre von Welfhard und meine von meinem Mann."

„Hatte ich schon mal gesagt, dass ich ein guter Zuhörer bin?"

„Du hast es behauptet."

„Na dann." Er schenkt Wein nach. „So lange werde ich wohl ruhig sein."

„Wir hatten nicht mehr die gleichen Wünsche. Er wollte Bewährtes behalten und ich wollte Neues."

„Geht nicht Beides."

Ihr liebevoller Blick und ihr strenger Finger zu seinem noch vollen Weinglas bringen ihn zum Schweigen.

„Ich hatte von einem Franzosen geträumt. Als der Traum ein Traum blieb, ging ich auf die Suche." Das Glas berührt ihre Lippen. „Wonach suchte ich?" Der Wein netzt die Lippen. „Nach etwas Neuem."

Kai hebt die Augenbrauen.

„Eben nach mehr. Neugier. Die Metrostation Châtelet-Les Halles grundsätzlich nicht zu benutzen, weil er nicht in einer Stadt unter der Erde leben wolle, hat mich nachdenklich gemacht."

„So kleine Grundsätze hat doch jeder."

„Aber wenn sie das Gebaren von Prinzipien sind? Prinzipien sind keine Heiligtümer."

„Du weißt, dass schwarzer Kaffee."

„Das ist eine Routine. Ni plus ni moins. Das Leben zwischen den Routinen macht sie sogar unentbehrlich. Jeden Morgen zwei Café au Lait et deux Croissant kann ein lebenslanges Abenteuer sein."

„Sind Prinzipien und Erneuerung vereinbar? Klara?"

„Seine Prinzipienreiterei wurde zum Lordsiegelbewahrer ehelicher Langeweile. Ich war ihm zu nonchalant. Er hatte genug, ich zu wenig. Hoffnungslos."

Kai hebt ermunternd sein noch reichlich gefülltes Glas.

„Das hätte ich alles schon erkennen können, als wir heirateten." Aber sie hätte sich schließlich in ihr Bild eines Parisers verliebt.

„Kaum älter geworden, verstand ich, dass die auch ganz normale Männer sind. Er zog seinen Stiefel durch, was ich anfangs bewundert hatte. Trink ruhig was. Er hat sich gar nicht groß verändert. Ich konnte sehen, was vielleicht mit den Jahren deutlicher wurde, dass er sich wie ein alter Mann benahm. Es hat also eigentlich nichts mit vielen Geburtstagen zu tun, sondern mit vielen Versäumnissen." Sie nimmt einen kräftigen Schluck. „Dein Glas ist übrigens leer."

„Der Grund, weshalb du dich von ihm getrennt hast, bestand eigentlich schon immer?"

„Ja, Kai. Ja, ich war einfach noch nicht alt genug, um Abschied zu nehmen."

„Wärst du alt genug gewesen, ihn umzustimmen? Wegzukriegen von seinem gerinnenden Leben?"

„Meinst du, ob ich Fraus genug war, ihm die Leviten zu lesen?"

Klara erwartet jetzt keine Antwort. Sie muss darüber nachdenken, ob Kai der erste Mann ist, den sie anziehen will, statt ihm hinterherzulaufen.

„Erstmal war ich ja Frau genug, mich auf einen Pariser einzulassen. Illusionen. Ich hatte den Musterschüler weiblicher Fantasien in Paris vermutet." Sie schaut zu Kai. „Aber noch zu jung, mir die Knechtschaft einzugestehen. Als ich erkannte, dass ich wollte, was ich sollte, war ich Fraus genug, zu widerstehen. Aber nicht alt genug, Abschied zu nehmen vom Angetrauten. Im Literaturhaus sagte ich, dass ich einen alten Mann verloren hätte. Weil er mich beim Altern überholt habe. Alors rien. Damit hatte ich nichts verschwiegen, was da schon eine Missachtung dir gegenüber gewesen wäre. Aber ich wollte auch nicht viel erzählen. Jetzt kann ich dir erzählen, warum ich mit ihm nicht alt werden wollte."

„Bei dir ist das kleine Wort alt ein großes Rätsel."

„Drei Buchstaben, die alles kaputt machen können. Cruella. Junge Menschen. Alte Menschen. Die Übergänge sind fließend. Eine klare Unterscheidung treffen Fahrkartenautomaten. Ab wann gibts in Berlin das Seniorenticket?" Sie sei sich nicht sicher, ob alt eine Frage der persönlichen Einstellung sei. Ihr Mann habe sich nicht alt gefühlt, aber so benommen. Erloschen. Das kenne er ja. Sich demonstrativ nicht alt zu fühlen, sage nur aus, Kriterien zu ignorieren, alt zu sein.

„Wenn eine Frau in der Menopause ist, ist sie dann eine alte Frau?"

„Natürlich nicht."

„Wenn sich bei einem Mann die Prostata vergrößert, ist er dann ein alter Mann?"

„Könnte sein."

„Wenn ein Mann Erektionsprobleme hat, ist er dann ein alter Mann?"

„Kommt drauf an."

„Bist du am Ende, wenn dein Handicap nicht mehr für die Zulassung reicht?"

Kai hat ihre Belehrungen nicht vergessen, dass das Wörtchen Handicap ein Defizit beziffert. Bei Alten und Behinderten eine Diskriminierung umschmeichelt. Aber nicht alle, die Defizite zum Durchschnitt der Schaffenden haben, sind alt. Vielleicht Kinder. Werden ja auch nicht so ernst genommen.

„Ich bin am Ende, wenn Erneuerung mein Gegner und Abneigung mein Freund wird. Aber alt bin ich davor oder danach."

„Ich bin am Ende, wenn ich Verunglimpfungen hinnehme. Weil ich nicht die brave Alte mache. Also erst danach."

„Sind wir am Ende, solange wir brauchbar sind?"

„Wenn wir widersprechen, sind wir nicht brauchbar."

„Das ist ja die Revolte. Ordnung gegen die alte Unordnung."

„Aber Widerspruch und Erneuerung sind nur Sprüche."

„Die dir aber gefallen, Klara."

„Das Gegenteil von Zustimmen und Beharren reicht nicht. Wir sind doch nicht wieder in der Pubertät."

„Und wenn schon. Ohne unseren Widerstand lachen sie weiter. Mit Widerstand drohen sie uns."

„Widerstand ist noch keine Erneuerung."

„Warum auch? Wir können doch sagen, was wir wollen. Und dass es nicht damit getan ist, in der Uckermark Ruhe zu machen oder auf Malle Bochumer Currywurst zu essen."

„Was wirst du tun, wenn du dich alt fühlst?"

„Dazu stehen, Klara."

„Und wenn du längst alt bist?" Blinzel.

Die beiden gehen jetzt wirklich ins Bett. Kai ist wieder wach. Na dann. Altersleben eben. Die ewige Jugend will da gar nicht hinkucken. Wenn die gruseligen Druden und Graugnome. Wenn im Höllenschlund. Wo doch der Tod.

Herrliche Zeiten.

PARIS. TEMPS passés. Kai hätte Klara in SHAKESPEARE AND COMPANY begegnen können. Im Café der Buchhandlung bestellte er Café au Lait, um sich von einer Fahrt mit der Metro zu erholen. Die Financial Times – statt Baguette unterm Arm – war in Châtelet-Les Halles plötzlich verschwunden. Als hunderte aus aller Herren Länder, Farbige in grellbunten Gewändern, Studenten mit Rucksäcken, alte Damen mit Perlenketten und Touristen in Alpinistenkleidung von einem Streichorchester junger Musikstudenten aufgehalten wurden. Horror für Kai, diese unterirdische Metro-Kathedrale.

Die flotte Französin nahm ihn nicht zur Kenntnis. Klara blinzelte mit Henry Miller und Anaïs Nin. Cruella versuchte, keine Touristin zu sein. Weshalb sie diese Schöne mit dem cobaltblauen Tuch nicht auf Französisch fragen wollte, wo denn die legendäre Leiter zu den obenliegenden Leseräumen sei.

ZIRPEN

Kai der Ankommer will weiter. Seine Verweigerung eines unalten Schöntuns weckt Befürchtungen. Und dann noch Klara. Die lieben sich wie die Jungen. Stimmt fast. Der Sprung über den Höllenschlund ist wie der Sprung über den Spalt. Ins Danach. Ins Ungewisse. Der alte Kai hatte sich nicht getraut. Seinen jungen Wankelmut auf den Kopf stellen heißt daher auch, das Alter zu befreien. Ab durch die Tür. Anecken und entdecken. Der alten Unordnung eine Nase machen.

Kai muss wie Tannhäuser den Chor der Wächter bezwingen, die seine Leidenschaft für Klara missbilligen. Die beiden wissen, dass alt nicht mehr das Paradies ist. Dass neue Handicaps herumlungern. Sie ins Leben aufzunehmen statt zu verleugnen, ist auch eine kleine Erneuerung. Um die Brauchbarkeit ihrer Zeitschichten zu wissen, eine Weitere. Dafür Respekt zu verlangen, steht im Widerspruch zu allen Konventionen von den alten Griechen bis heute.

Außerdem gelassen die Blasiertheit der hippen Geronten düpieren.

Das Sterben und den Tod hat die Generation, auf deren Schultern erst die Lasten, dann zu Grabe, in drei Schritten organisiert. Zuerst werden Ruheständler vom Leben ausgeschlossen, kriegen dann im Höllenschlund von der Borka-Bande die Klinken geputzt und werden am Ort der letzten Ruhe zu guter Letzt geschätzt. Lobhudeldidudel. Erbtechnisch meist schon vor der Bestattung. Einige bringen in der Restzeit nach der Brotarbeit noch Opfer für die allgemeine Prachtentfaltung. Vorzugsweise im Segment Best Ager. Die sind schließlich vier-Generationen-Ausgaben-aktiv. Letztmals Umsatzfaktor. Anschließend ein ausgelutschter Kostenfaktor.

Da Kai und Klara sich diesen Abmachungen nicht demütig beugen, also Dankbarkeit vorenthalten, wird ihnen eine Nominierung für ein Prelisting ihres Gehabes zur Preisverleihung als Alte des Monats, gar der Gedanke an eine Aufnahme in die Hall of Altehrwürden versagt. Die Verweigerung des Jubilierens auf dem Jahrmarkt der Nichtigkeiten, des Schunkelns in der Seniorendisco – natürlich mit c – oder des Schwadronierens auf einem Eventsofa mit Gleichgesinnten – sic – ist ein Affront. Wenn das Friedensangebot der Unordnungshüter verschmäht wird, kann das Verschaukeln der Alten nicht flowgerecht inszeniert werden. Ihre letzte Chance, da nicht vier-Generationen-Ausgaben-aktiv, als wohlstandsbildendes Marktsegment noch einmal Bedeutung zu erlangen, reduziert sich auf medizinische Präparate. Gegen Erschöpfungszustände, Schlaf- und Blutdruckstörungen, Konzentrationsschwäche, Depressionen, Osteoporose, Muskel- Gelenk- und Rückenschmerzen, Diabetes und Gedächtnisverluste. Insbesondere für die gealterte Fitness-Gemeinde diverse Apps vorzugsweise zur Errechnung der erlaubten Kalorien-, Nahrungsergänzungs- und Eiweiß-Zufuhr. Des Weiteren falls erektile Dysfunktionen. Psst.

Die Zeit achten, gut es bedenkt.

Kai versucht einschlägige Recherchen zu vermeiden, auch wenn Selbstmedikation oder Maßnahmen gegen Verschleiß hier und da professioneller Hilfe vorgeschaltet werden. Klara ermittelt ihr erforderliches Lauf- und Genusspensum nach dem altmodischen Hör-auf-deinen-Körper-Prinzip. Dass beide den optimalen BMI haben, glauben sie nicht. Aber sie kennen größere Risiken. Bei Rot über die Ampel gehen. Die tägliche Currywurst oder Pasta ohne Montepulciano. Sollte es da Abzüge bei der Rente oder Aufschläge bei der Krankenkasse geben? Insbesondere Kai, der schon bei der Versorgung seines Körpers mit Bewegung und Kalorien dem Ehrgeiz seiner Klara nicht das Wasser reichen kann, klagt immer wieder mal über Schmerzen insbesondere in den Beinen und an der Schulter. Morgens im Kreuz. Was ja auch was Positives hat. Aus esoterisch, gar spirituell engagierten Zeitschriften in alternativen Gesundheitstempeln – Klara bezieht einschlägige Newsletter – weiß er, dass Schmerzen zum Leben gehören. Wer seine Schmerzen verleugne, gelange niemals zum Ich. Der erkenne Schmerzen nicht als sein Eigenes an. Kai pfeift auf ein Ich, für das er Schmerzen ertragen muss. Daher gehen Termine beim Orthopäden mittlerweile zu Lasten der jüngeren Generation. Püppi würde ihm das garantiert auf die Nase binden. Sie hat den gleichen Knochendoktor, der in ihrem Fall als Sportmediziner fakturiert.

Kaum sieht er sie im Wartezimmer, beißen alte Erinnerungen den Schalk und er ist entschlossen, das im Bistro verpasste Aufmucken gegen ihren und Romans Fitness-Rassismus nachzuholen. Nach ihrer Lüge, dass er ja immer besser aussehe, verfällt er in markerschütternden Selbsthass. Er denke dauernd an seine Unterlassung. Ihre Tipps für ein fittes Altern. Wer interessiere sich schon für Jammerlappen. Klara zu verlieren, würde er nicht ertragen. Am liebsten möchte er nur noch im Bett bleiben.

„Alles Physische wird zum Feind, Püppi."

„Darum will ich mir gar nicht vorstellen, alt zu werden."

„Ewige Jugend?"

„Meinetwegen."

„Dann wirst du aber jung sterben."

„Stirbt man echt früher, wenn man ewige Jugend hat?"

Auch einer vorgetäuschten Panda möchte Kai nicht wehtun. Sie war die Einzige, die ihn beim Mittagessen nach dem ersten Jour Fixe mit Helbenblatt verlegen mit dem Herzen angeschaut hat. Mit Cruella, dem Bollwerk zwischen Jugend und Alter, eint sie nur noch, dass der Gedanke ans Alter ein Blick in den Höllenschlund ist.

„Alter ist, wenn die Jugend vorbei ist, Kai."

Jugend ist ein Synonym für Leben; je unalter, desto Jugend. Püppi ist eine Blüte dieses Paradieses. Sie lächelt über die Retuschierten; wie die Alten die oft beneiden. Und dass das Sterben im Paradies nicht vorgesehen ist, weiß doch nun wirklich jedes Kind. Wenn Püppi in die Entente der Unalten wechseln muss und der Tod – wegen Zeit – nicht mehr vom Leben ausgeschlossen werden kann, könnten nur noch ihre Äuglein den Naturprozess auf den Kopf stellen. Jederfrau quasi. Wird der Tod geschickt, sie zu holen, zieht der bei diesen Augen seinen Auftrag in die Länge. Sie würde mit fitten Blicken ticken.

„Die ewige Jugend wird dem Tod entgegengestreckt, wie die Knoblauchzehe dem Vampir, Püppi."

„Aber es gibt Vampire, bei denen soll das nicht helfen."

„Könnten also manche Sensenmänner gegen Jugend immun sein, wie manche Vampire gegen Knoblauch?"

„Das darfst du aber nicht Cruella erzählen, Kai."

„Bei der das mit dem jung sterben wahrscheinlich am Mief scheitern wird."

„Kann sie Welfhard nicht mehr riechen?"

„Er mag keinen Knoblauch."

„Du bist schon ein ulkiger Vogel. Ist mir früher gar nicht so aufgefallen."

„Vielleicht kommt ja bei mir grad wieder die Jugend."

„Ich glaube, es ist der Schalk, der da kommt."

„Gefällt dir das?"

„Deine Selbstgefälligkeit früher fanden alle ätzend. Die du verhöhnt hast."

„Lieber als Till Eulenspiegel?"

„Die müssten es ja nicht mehr ernst nehmen."

„Vielleicht versuch ichs mal mit der Jugend gegen den Sensenmann."

„Du bist doch kein Vampir."

„Schade eigentlich. Vampire werden immer älter ohne zu sterben."

„Das Alter ist schon grausam, Kai. Denk nur an Welfhard auf seinem Runden."

„Dürfte der eigentlich noch mit euch in den Spreewald?"

„Ob er das überhaupt noch will? Der dachte an seinem Geburtstag nicht mehr ans Leben. Der dachte nur noch ans Alter."

Kai und Klara besuchen am Wochenende das Ehepaar Bellfam. An deren Grab. Klara wird traurig. Die hätten sich schon auf die goldene Hochzeit freuen können, doch der Vater sei mit einer plötzlichen Lungenentzündung nicht mehr aufgewacht. Niemand habe ihn je kränklich erlebt.

„Eigentlich doch ein schöner Tod, Klara."

„Es hat sich aber trotzdem niemand gefreut."

„Es war wohl sehr schmerzvoll für dich?"

„Für meine Mutter war es das Ende. Der Tod meines Vaters hat ihr das Leben genommen."

„Sie ist also nicht an Alter gestorben?"

„Alle denken bei Tod, wie es mit den Toten weitergeht. Christen, Juden und Muslime. An die Zurückgelassenen, insbesondere die zurückgebliebenen Alten denkt kein Mensch. Mal abgesehen von der Kondolenzcour."

„Was hat deine Mutter danach gemacht?"

„Sie hatte ein Jahr schwarz getragen. Das war die richtige Farbe für ihre Restzeit."

Mutter Bellfam war schon vor dem Ende ihrer Jugend alt gewesen. Viel Leben übersprungen. Am Todestag ihres Mannes stellte das soziale Sterben ihre Erdentage auf Trauer. Doch erst nach einem Jahr war sie tot. Ewige Jugend hatte es in ihrem Dasein nicht gegeben. Sie wusste vom Ewigen Leben. Dieses religiöse Bekenntnis hatte sie immer angriffslustig zur Schau getragen. Klaras Mutter eben. Sie war eine Abweichlerin. Die stolze alte Frau hatte dem Herrn gedankt, dass sie nicht sei wie die anderen.

Eine Pharisäerin.

Wenn das Leben vermisst wird, denken die Verlassenen über seinen Sinn nach. Beim Tod ist es umgekehrt. Erst wenn er in der Vorhölle. Kai und Klara spüren das Leben mehr denn je und denken nicht daran, über seinen Sinn zu fabulieren. Und der Tod? Sie wären zwar überrascht, wenn. Aber er ist kein unerwartetes Schicksal mehr, was schon ein Stück entspannter ist, als ihn ständig zu fürchten. Sie denken darüber nach, was sie hinterlassen werden. Wenn sie etwas weitergeben können, hatte das Leben einen Sinn. Nur dann auch der Tod. Zweck für die Erben sowieso, wenn Erbe. Kais Tod nach dem Unfall hätte einen Sinn gehabt, wenn sein Leben einen Sinn gehabt hätte. Das ganze Klamüsern über den Sinn von Kais Leben sagt schon alles darüber, ob er abgekratzt wäre oder das, was er auf die Reihe gekriegt hat, weiterleben wird. Das ewige Leben fährt nicht mit in die Grube. Der überlebte Kai hatte den sensationshungrigen Fragen nach dem Tod, gar dem Jenseits, keine zufriedenstellenden Antworten geben können. Viele fragten nach dem Exorbitanten des letzten Augenblicks, als Kai nur an den nächsten dachte. Den will er heute mit Klara erleben. Und doch. Eine Zukunft ohne Kai und Klara rückt näher. Am Grab der Bellfams hatte sich das Jenseits in Erinnerung gebracht.

Keine Pharisäer die beiden.

Püppi will an Alter und Tod gar nicht denken. Tod sei das Ende. Basta. Ausgesprochen im Wartezimmer des Knochendoktors. Alter sei, wenn die Jugend vorbei ist. Lieber nicht dran denken. Also, an ohne Leben. Statt giftiger Schatten lieber präventive Marotten.

Vergleichbar den Vorsichtsmaßnahmen bei Infektionsrisiken. Abstand halten. Denkblockaden und Hürden sollen Altersübertragungen erschweren und den Glauben ans Paradies stärken.

„Ist es Spott, einem Sterbenden Lebewohl zu wünschen, Kai?"

„Goethe hatte mehr Licht gefordert. Er hätte sich bei dir bedankt."

Kai erzählt ihr von dem alten Indianer, der bereit war, in die ewigen Jagdgründe zu gehen. Er lag schon mit geschlossenen Augen auf seiner Pfahlgrabstätte, als es zu regnen begann. Erst Tropfen nur, doch immer wieder ihm ins Gesicht. Da brach der alte Indianer ab. Ein schlechter Tag zum Sterben, waren seine letzten Worte, bevor er sich von seinem Totenbett verabschiedete und wieder runterkraxelte.

Für den Tod gibt es viele Bedeute. Entschlafen, hingehen oder scheiden sind als Denkblockaden mit einem Placebo vergleichbar. Für die Stars bietet sich verglühen an. Setzt natürlich einen kometenhaften Lebensstrahl voraus. Oder posthumes Schleimen. Fürs Geplauder auf den einschlägigen Gartenpartys bestens geeignet. Ihre Trivialität erschüttert niemanden. Eben hochtrabend. Macht nicht nachdenklich. Das Zeitliche zu segnen ist nicht jedem Sterbenden vergönnt. Denn das kann nur Gott im Auftrag der oder des Verstorbenen. In der Tradition Abrahams segnen die Sterbenden die ihren. Oder bitten Gott für den Fall, dass sie schon mit den Engeln plaudern, um den Segen für das Zeitliche. Macht dann in der Praxis hilfsweise der Pfarrer oder der Priester. Allen anderen bleibt nur, ihr Leben zu verlieren.

„Kennst du dich aus mit dem Tod, Kai, weil?"

„Nur mit dem Tod eines Helden. Dessen Tod wenig heldenhaft war."

„Dann ist es ja noch schlimmer."

„Nachdem der Held an einer Quelle getrunken hatte, töteten sie ihn wegen seines verräterischen Lallens mit Verachtung. In hohem Bogen beschmutzten seine Abgesänge die Schamlosigkeit aller, die stachelig zuschauten."

„Wenn ich da dabei gewesen wäre."

Püppi ist entsetzt. Die Ermordung dieses Helden hätte sie verhindert.

„Hat dein Held angesichts seines Sterbens ein Unheil herbeige-
wünscht?"

„Sei froh, dass des Helden Fluch Ernüchterung weichen musste.
Sein Schwert richtete sich gegen ihn selbst. Mit vernünftigen
Überlegungen und einem ruhenden Bewusstsein war er schutzlos."

Die Walküre im Pandapelz hätte ihren ritterlichen Helden gerne
vor den Arschlöchern im Office retten wollen, wenn auch die ihn
hätten verschwinden lassen. Kai hatte an der Quelle getrunken.
Der Erfolg sprudelte noch nicht. Dem Tod war er von der Schippe,
doch denen war er ausgeliefert. Er war weder entschlafen, noch
hingegangen. Auch nicht verschieden. Sie hatte an ihn geglaubt.
Die nicht. An Pandas glauben die ja auch nicht.

Wenn die Familienordnung Schröderle Welfhard Schroederles
Verschwinden anordnen wird, muss das Sméoda ihren Abgesän-
gen nichts hinzufügen. Doch verschwinden wird das Sméoda erst,
wenn die Verneinung des Lebens nicht mehr dem Leben voraus-
eilt. Auch die Maskierung des Todes ist nur nötig, solange die Welt
des Habens das Nicht-Sein ausschließt; oder eben versteckt.

Die Flasche Champagner möchte Welfhard vor Cruellas er-
stauntem Antlitz knallen lassen. Weil er wieder im Licht. Weil
Cruella seine Beförderung zum Senior-Investment-Berater vor seinem Malheur nur nüchtern zur Kenntnis genommen hatte. Er will
mehr aufweisen als anstoßen. Dünken in der Schar der Leistungsträger steht wieder an. Vorm Wiedererscheinen in seiner Invest-
ment-Boutique möchte er bereits heute noch schnell mal im Bistro
vorbeischauen. Die Wörtchen bereits und heute signalisieren, dass
laut ärztlicher Anweisung der Genuss alkoholischer Getränke zu-
rückgestellt werden solle, bis die Medikamente aufgebraucht
seien. Es kann sich nicht auf den Besuch des Bistros beziehen,

denn dort könnte er ja Wasser trinken. Andererseits sind auch Aufregungen laut ärztlicher Anweisungen zu vermeiden. Das alles beweist, dass der Herr recht getan hat, bis zu diesem Wochenende unter dem Schutz der klinischen Einrichtungen seine Genesung behütet angehen zu lassen. Von wegen Aufregungen. Sydney war noch nie aufregend. Cruella wird stolz sein auf ihn, da er seine Sichtbarmachung nicht länger an der Kette ärztlicher Anweisungen ausbremsen wird. Wenn sie ihn sieht, wird sie ihren alten Sisyphos um Gnade bitten.

Da sie nach den Tagesthemen noch nicht eingetroffen ist, könnte er – wo sie ist, weiß er nicht und anrufen mag er nicht – rasch auf einen Sprung im Bistro vorbeischauen.

Die Türe öffnen. Davor war er der Malade. Bald wieder Weidmann der Brigade. Hier ist er wieder. Der kleine Grünstreifen vor dem Haus verströmt alle Düfte seines Lebens. Der Verkehr im Business District mit seinen Luxusherbergen würzt erquickend die Leistungspotenziale. Landluft und überhaupt, Landleben, das ist nichts für Welfhard. Der rote Teppich auf dem Weg ins Bistro kann ihn in Empfang nehmen.

„Mal wieder da."

Der Barkeeper stellt keine Fragen. Er stellt fest.

„Wie immer."

Und bestätigt. Fast wie am Handelstisch. Jetzt ein Wasser zu bestellen, wäre Ignoranz gegenüber der hier herrschenden Dienstleistungsmentalität. Und außerdem irritierend.

„Schon wer da?"

„Roman wartet auf Püppi. Aus deiner Firma kommt am Wochenende vor zwölf eh keiner. Noch zu früh für Sydney."

Eigentlich hat er auf Roman jetzt keine rechte Lust. Überhaupt. Er hat keine Lust auf Fragen. Von seiner Investment-Bude schon gar nicht. Was er denen erzählen soll, weiß er auch nicht. Dass er hierher gegangen ist, war eine blöde Idee. Sichtbarkeit ist ein Tyrann.

„Noch einen, dann geh ich wieder."

Keine Fragen. Das ist ein Barkeeper. Wenn er gesagt hätte, er gehe jetzt sterben, würde der noch 'n Absacker hinstellen.

Dass der Rückweg trotz nur zwei Kleiner doch so anstrengend ist, beunruhigt Welfhard. Vielleicht verwirren ihn auch nur die ärztlichen Anweisungen. Ob Cruella jetzt bei ihm ist? Freuen geht anders.

Die Rückkehr der Kraft überschätzen du nicht sollst.

Die knackigste Schwester auf seiner Station wäre nach der Promovierten auch mal wieder schön auszuziehen. Gewesen. Sie servierte das Frühstück. Im Gegenlicht. Dieser Anblick. Er war wieder fit. Angebändelt hat er nicht. Warum eigentlich nicht? Was hat ihn verändert? Treue zu Cruella? Keine Stimmung dafür. Die Reize der Schwester im Gegenlicht hatten schon alle Stimmungen besetzt. Hormone, Blutversorgung, Beckenboden. Alles in den besten Jahren. Obwohl. Hat Cruella recht mit ihren Sprüchen über Männer in den besten Jahren? Auch die Promovierte hat seinen Jagdtrieb nicht verändert. Die suchte sich zwischendurch was zum Spielen. Kennt er. Da hatte es nicht am Alter gelegen, dass die beiden nicht. War noch das Beste. Die Girls waren eben doch nur Girls. Er will nicht mehr allein sein. Danach. Nicht nur gepflegt poppen. Nicht mehr nur angehimmelt werden. Frau Dr. französisch wollte, ja was eigentlich, jedenfalls nicht mehr ihn.

Kein roter Teppich auf dem Heimweg. Er ist wieder hier, weil er da raus ist. Wo er sich, nachdem er in der Disko verlassen wurde, aufgehoben fühlte. Nicht mehr bei den Lädierten. Er hat's ihr gesagt. Auf die Mailbox gesprochen. Den Champagner besorgt. Er wünscht sich, dass sie ihn wieder fit sehen will. Einmal noch am Ende will ich so ein Kind mir fangen, ein Frauchen will ich an mich drücken. Hatte Cruella angezogen. Und sie ihn. Gerade, weil sie kein Frauchen ist, diese Frau. Lange haben sie sich ausgekundschaftet. Auf seinem Runden hätte es, doch erst viel später hat es.

Klara hatte sie noch stolz ihre Eroberung verkündet. Man, war er da stolz. Fühlte sich aufgefrischt. Der arme Kai. Sie hat ihn damit noch älter gemacht. Ihm hatte sie schon vor der Sache auf der Tanzfläche den Schneid nicht mehr abgekauft. Er will Cruellas Begeisterung zurück, aber er sehnt sich nicht nach ihr. Der Gedanke beunruhigt ihn. Hinter einem seiner Fenster brennt Licht. Vergessen? Ihr Auto steht nicht vor der Tür. Alles beunruhigt ihn.

„Wenn du schon Champagner kaufst, mein Schatz, solltest du ihn auch in den Kühlschrank stellen."

Sie erhebt sich aus ihrem Sitzsack und gibt ihm auf Zehenspitzen einen Kuss auf die Stirn.

„Hab noch ne kleine Runde gedreht."

„Und ich noch Sport gemacht, daher ist es etwas später."

Welfhard legt die Hände um ihre Taille. Cruella schaut auf ihre nackten Füße.

„Haben wir beide abgenommen?"

„Wäre schön, wenn das so schnell geht. Bin noch nicht so lange wieder im Fitness-Studio. Hätte ich schon früher wieder machen sollen. Wie Püppi und Roman. Bin aber in Berlin woanders. Weit weg von denen."

„Ob ich das auch jetzt machen sollte?"

„Und dein Unterwasser-Rugby? Vielleicht war es falsch, dass du damit aufgehört hast."

„Vielleicht sollte ich damit gar nicht wieder anfangen."

„Wegen der Sache in der Disko?"

Welfhard setzt sich und wartet, bis Cruella wieder aus der Küche zurück ist.

„Auch einen Cappuccino?"

„Nein danke. Setz dich einfach zu mir."

Zurück in ihrem Sitzsack möchte sie ihn lieber anschauen.

„Schön, wieder hier zu sein."

„Bist du wieder fit?"

„Übermorgen bin ich wieder in meiner Investment-Bude."

„Ich meine so."

Sie dreht gegenläufig Hüften und Oberkörper. Die Arme erhöhen den Schwung. Die Brüste winken. Hat ihn auch schon mal mehr aufgeregt.

„Willst du tanzen gehen?"

„Heute nicht. Mein Personal Trainer hat mich ganz schön rangenommen."

„Hört, hört. In Berlin?"

„Eifersüchtig?"

„Wäre es dir lieber, wenn ich es nicht wäre?"

„Gerade Menschen wie ich, die mal hier mal da arbeiten, haben ihr Fitness-Studio immer da, wo sie arbeiten."

„Du bist doch meistens in Berlin."

„Im Moment noch. Aber du weißt ja. Heute hier, morgen dort, bin kaum da, muss ich fort."

„Du hast ja Übung in Fernbeziehungen."

Nicht schon wieder. Ihr Streiten ist juvenil geblieben.

„Ich bin jetzt erwachsen."

„Die ewige Jungerwachsene?"

„Bist du auch noch ein Jungerwachsener?"

„Hoffentlich nicht."

„Das mit deinen Frauchen?"

„Das ist doch vorbei."

„Was willst du jetzt tun?"

„Wie du siehst. Alles wieder wie vorher."

„Schau dich an, Welfhard. Du bist nicht mehr der Alte."

„Der alte Nöler oder der Alte?"

„Der alte Brückenkopf."

„Wen hast du erwartet?"

„Den Welfhard von seinem runden Geburtstag."

„Der steht vor dir. Cruella."

„Der ist auf dem Foto über der Coach."

„So kennst du mich doch gar nicht. Cruella."

„Ich habe den auf seinem runden Geburtstag getroffen."

Welfhard steht auf. Setzt sich wieder. Atmet. Steht wieder auf.

„Ich bin jetzt müde. Vielleicht sprechen wir morgen weiter."
„Morgen? Wir haben doch noch gar nicht angefangen."
„Dann fangen wir morgen an, okay. Morgen Abend."
„Ich fahre morgen wieder nach Hamburg. Dort lebe ich. Bin heute hier, damit du mich."
„Wann sehen wir uns wieder?"
„Ich werde dich aus Hamburg anrufen. Aber Schlafen kann ich jetzt noch nicht."
Sie schauen sich nicht an.
Cruella ist aus Hamburg gekommen, sich zu vergewissern, ihn zu besichtigen. Vorher-Nachher. Nicht im Schema der Kennziffern, die sie in Welfhards Matrix verschmäht. Sie unterliegt anderen Gewalten. Ihr Feeling ist kein Einfühlungsvermögen und auch keine Anteilnahme. Ihr Instinkt zur Abwehr saurer Träume ersetzt Zuwendung durch Entschlossenheit. Noch nicht entschlossen, innezuhalten. Nicht etwa wankelmütig. Aber unentschlossen. Sie wollte einmal mit Welfhard im Zeitstil makelloser Unalter promenieren. Mit dem Welfhard davor.
„Bis zum Frühstück dann. Schlaf schön."
Nun sitzt sie auf ihrem Sitzsack. Was wollte er besprechen? Es gibt nichts zu besprechen. Aber Fantasien. Manchmal träumt sie schwer und dann denkt sie es wär Zeit zu bleiben und auch mal zu ruhn. So vergeht Jahr um Jahr und es ist ihr längst klar, dass nichts bleibt, dass nichts bleibt, wie es war.

Der Wecker klingelt um sieben. Sonntags um diese Zeit ist es selbst hier ruhig. Cruellas schönes Bein knistert sich verführerisch aus der Seidenbettwäsche. Welfhard ist topfit. Er lässt sie spüren, dass bis zum Kaffee noch etwas Zeit sein muss. Auf seine kreisenden Näherungen hat sie auch schon mal flackernder reagiert.
„Noch müde?"

Ein bisschen. Sie habe den Wecker so eingestellt, dass sie noch einen Moment hätten. Ihr Termin in Hamburg sei aber definitiv um elf.

Was dem Welfi die Größe und Welfhard die Stimmung.

„Sonntags?"

Jetzt fange er schon wieder an zu nölen. Er kenne doch ihr Geschäft, wie oft müsse sie das denn noch erklären. Wendet sich ihm zu. So gehen wohl Filmküsse.

„Na, so richtig wach bist du aber auch noch nicht."

Ihre Hand prüft seinen Dödel. Der darauf wartet, dass er eine klare Ansage bekommt. Kennt er so. Ob Girl, promoviert oder Cruella.

„Also auf der Packung stand davon nichts. Vielleicht wie beim PC. Deep sleep. Also. Hochfahren."

„Wie? Jetzt?"

„Wir warten."

„Ach?"

„Na, eben hast du."

„Du verwechselst da was."

„Du bist unverwechselbar."

„Ich bin kein Ersatz für."

„Fing doch eigentlich ganz schön."

„Dir reicht ein Hartmacher?"

„Hartmacherin wäre."

„Dein Makel ist kompletter als befürchtet, Welfhard Schroederle."

Die nüchterne Namensnennung am Ende eines grammatikalisch korrekten Satzes mit dezent vorwurfsvoller Intonation ist gerade vor doch keinem Fick ein deutlicher Hinweis auf weitere Fragestellungen. Welfhard sind das grad zu viel. Außerdem. Selbst kurze Epiloge, gar Denkanstöße, unterlaufen den geübten Flow eines Quickies. Den die indisponierte Cruella. Um den lieben Frieden.

„Du tust mir weh."

„Da habe ich aber schon ganz andere Sachen von dir gehört."
Nach ihrem harschen Seufzer verbeugt sich Welfhards wieder-
aufrichtende Entschlossenheit erneut.
„Was das denn nun?" reicht, dass er seinem entmutigten Zebe-
däus diesen Unbums nicht weiter zumuten will. Ihr alsdann ent-
nervtes „oh nein" ist hinreichend, Welfhards Verdruss zu einem
Zörnchen. Irgendwas schwillt immer.
„Müssen wir jetzt einen Terminplan machen, wann wir mal wol-
len sollen?"
„Wir brauchen keinen Terminplan. Wir brauchen nur gestandene
Männer."
„Ach, und was ist ein gestandener Mann?"
„Jemand, der mich als Frau akzeptiert. Der nicht nur Jung-
frauen."
Da capo. Der Unbill Wurzel bleibt unausgesprochen. Wieder aus
dem Haus stampfen?
Die beiden hätten sich gefunden haben können. Aufgegeben
hatte er sein unnahbares Pimpern und willkommen geheißen
Cruellas Privileg ihrer schnäbelnden Selbstbestimmung. Sind das
schon oder erst alles Weitere Ausschmückungen? Jetzt ist sie wie-
der in Hamburg. Und Welfhard leidet wie ein gefallenes Männlein.

Noch nie sei alt sein so schön gewesen wie heute. Und noch nie
hätten die Menschen so viel Zeit zum Altwerden gehabt. Der
kluge Kopf, der hinter der Zeitung steckt, die geschenkte Jahre
auslobt und die Altersgrenze ins Ermessen stellt, sitzt unglücklich
auf der Couch. Darüber grinst das Mannschaftsfoto aus Unterwas-
ser-Rugby-Zeiten. Die Altersgrenze kennt er aus dieser Zeitung als
Voraussetzung für den Rentenanspruch. Die, um Ansprüche zu
verlieren, von Kai. Nicht dem alten, dem Altgewordenen.
Welfhard hatte sich auf seinem Runden ein Projekt Fratze des
Alters vor den Bauch gehängt. Das zwischen Kopf und Triebge-
schehen den meisten Männern erst in die Quere kommt, wenn die

sexuellen Versagensängste durch Fitness und so – vor allem und so – nicht weniger werden. Noch im Vollbesitz seines gut trainierten Beckenbodens hatte ihm Hermann die Kraft genommen. Die Fratze des Alters lähmt wie ein böser Zauber seinen Widerstand gegen den allseitigen Alters-Rassismus. Die hätten doch Recht. Die Chimäre vom grausigen Alter wird allgegenwärtig. Alter im Nirgendwo. Der Gedanke daran nimmt ihm den Saft. Cruella hatte ihm Leben zurückgegeben. Hätte. Mit Hermann Hesse hat er sich wieder der Natur zugewandt. Cruella stellt sich der Natur entgegen. Diese Schönheit, nun gut, diese immer noch attraktive Frau ist von ihm enttäuscht. Seinen Ausrutscher in der Disko hätte sie ihm vergeben, doch dieses Vor- und Nachnölen hat sie von seiner Männlichkeit abgezogen. Er hatte diese kühle Liebhaberin umworben. Wie sie beklemmt auch ihn zu viel Wärme. Doch Nähe wird für Welfhard immer wichtiger. Dass er eingeschnappt reagierte, als sie die Hosen zum Doch-kein-Quickie anbehalten wollte, dürfte sie ihm eigentlich nicht nachtragen. Er hat sich wieder abgeregt. Mann wird ja wohl mal. Ob er es wieder hinbiegen kann?

Kai, wer sonst, könnte ihm jetzt raten. Der kennt sowohl Cruella aus der Kälte als auch Phönix aus der Asche. Kai hatte viele, ihn und Roman vorneweg, damit überrascht, von einem kraftlosen, einem nutzlosen Überbleibsel eines rücksichtslosen Profiteurs wieder zu einem soliden, also nicht mehr ganz so hoch prämierten Deal-Maker zu werden. Kai kann, was Welfhard nie können musste. Aus einer Schmach einen Sieg machen.

Es ist das Schicksal kleiner Casanovas, dass sie Liebeskummer nie kennengelernt haben. Also, wenn sie verliebt sind. Nicht verrückt auf. Frauenhelden ist das Anbandeln in einem Schwarm von Schmetterlingen fremd. Die junge Krankenschwester in der Charité nicht angemacht zu haben, öffnet ihm die Augen. Einmal noch am Ende will ich so ein Kind mir fangen geht auch vorbei. Casanova ist am Ende. Welfhard kennt keine Zurückweisung. Er nahm sie sich, die Girls. Darum ist die Abwendung dieser Frau jetzt so dramatisch. Eine wunderbare Quelle der Lebensfreude plätschert nicht mehr. Weder diese Frau noch Jungfrauen locken am Brunnenrand. Will sie ihm keinen Halt mehr geben? Der Schutz unter Cruellas Rock ist ihm wichtiger, als mit seinen Sorgen im Alter Schiss zu zeigen. Er will nicht mehr beweisen, dass er Sisyphos ist. Ist er schon deshalb eine Heulsuse? Und noch hat Cruella ihn ja nur auf Entzug gesetzt.

Dass sie sich weder in einem der von der Clique gern besuchten Lokalitäten, noch in einem der für geschäftliche Kontakte frequentierten Restaurants treffen durften, hätte ein Signal selbst für Kai sein können. Im Garten des Schleusenkrugs zwischen Zoo und Eisenbahntrasse möchte Welfhard mit Blick auf den Landwehrkanal draußen sitzen. Was sich als glückliche Wahl, denn bei den schon recht frischen Temperaturen könnte Welfhards – schon angekündigte – Jammernummer im dünnen Business-Zwirn mit kurzgeschnittenen schwarzschwarzen Haaren, nur einem dünnen Schal und nichts aufm Kopp ein rasches Ende finden.

„Ich brauche dich als Freund."

So werden unter langjährigen Geschäftspartnern in der Regel Hilfeersuchen bei beruflichen Fehlschlägen eingeleitet.

„Was ist denn schiefgegangen?"

„Alles."

„Geld versenkt?"

„Leben versenkt."

Seine Stimme und eine verdrückte Träne machen entschieden klar, dass hier kein geschäftlicher Freundschaftsdienst erwartet wird.

„Cruella wendet sich von mir ab." Erhobene Schultern. Erhobene Handflächen. „Erst schleichend. Und dann war ich nicht mehr da für sie."

Kai der Systematiker braucht mehr Prozessschritte, das Off dieser Koalition zu analysieren.

„Das ging nach eurem Besuch los." Da schien noch alles in Ordnung. Mit ihnen. „Erst das himmelhochjauchzende oh-du-mein-

Welfi, dann verschlossen, zuletzt noch nicht mal ein Kuss. Jedenfalls kein richtiger."

„Und was soll ich?"

Das mit dem On Off kannte er ja. Solle er Welfhard jetzt Training der Beckenbodenmuskulatur vorschlagen?

„Du kennst sie doch. Was muss ich tun, damit sie mich so mag wie ich bin. Ich bin doch immer noch der Alte. Oder?"

Er zog den Schal schon nach.

„Nerv ich dich?"

Eine ehrliche Antwort konnte er Welfhard nicht antun.

„Erzähl weiter."

„Als ich ihr vorgeschlagen hatte, nach Venedig zu fahren, war ich erstmals unsicher. Dass ihr das alles zu romantisch wäre. Da fing das auch an mit dem kein Bock jetzt. Das hat sie natürlich nicht so gesagt. Aber ich merk das doch. Erst dachte ich, dass ich vielleicht von Beziehungen keine Ahnung hätte. Es waren ja auch eher Episoden davor. Bis der Tank leer war." Boa ey. Nicht doppeldeutig. „Aber jetzt? Kennst du das? Sie ist dann so weit weg. Kai, nicht, dass ich will, dass du mir euere Geschichte erzählst, aber hat sie dich auch manchmal abgewiesen?"

Die Schnodderigkeit des alten Kai ist auch in die Jahre gekommen. Sie schnitt nicht mehr so gut. Er kann nicht mehr so abgebrüht durchziehen, was er sich für das Gespräch vorgenommen hatte. Welfhard abblitzen zu lassen.   Vertraulichkeiten in der Clique sind Teil des Wettbewerbs. Stöckchen, über die der Andere stolpern könnte. Aber hier? Welfhard hatte alle Vorsichtsmaßnahmen über Bord geworfen. Wie verzweifelt muss der Mann sein? Was ist aus dem Zocker mit den Girls geworden?

„Vielleicht erzähl ich dir doch etwas von Cruella und mir."

Kai denkt an eine Geschäftsverhandlung. Es gelten die üblichen Sicherheitsabstände. Business Negotiation. Claims sind abzustecken. Er wäre auch gar nicht in der Lage, Einblick in Cruellas Wollen und Können, ihr Ringen von Hoffnungen und Prinzipien zu geben. Jahrelang hat er sich über diesen Firlefanz keine Gedanken gemacht. Aber wenn er schon mal im Freien sitzen muss, soll dieser Looser wenigstens frieren.

„Gewöhn dich an die Kälte, Welfhard.“

„Du sprichst aber nicht von Cruella.“

„Das, was du erlebst. So kenne ich sie.“

„Erst warm, dann kalt?“

„Nein. Immer kalt.“

„Ich bitte dich. Ich habe sie schon anders erlebt.“

„Vielleicht hast du sie ja erwärmt?“

Kais Grinsen hat Welfhard nicht wahrgenommen. Hat im kalten Himmel nach einer Antwort auf die Frage gesucht, ob jungbleiben und cool-sein Synonyme sind. Oder Verbündete. Jetzt schmunzelt er.

„Der Funken sprang über, ja. Aber brennen ist was anderes.“

„Dann wärs ja auch die Hölle.“

„Kann ich mir bei Cruella nicht vorstellen.“

„Vergiss es.“

„Sie war mir so nah. Und dann wieder so fern.“

„War es nicht ihre anziehende Distanz, die dir schon immer gefallen hat?“

„Ehrlich gesagt, ja. Bis jetzt. Die Girls hatte ich nicht mehr ausgehalten. Ich dachte, jetzt kann sich mein Leben ändern. Ich habe ihre Selbstgewissheit genossen. Ich konnte an ein erfülltes Leben denken. Nicht immer nur tändeln. Mit ihr zusammen sein. Im Alter.“

„Wäre mit Cruella wohl eher ein cooles Leben bis kurz davor.“

„Wie? Bis kurz davor?“

„Cruella und das Alter. Welfhard. Zwei Welten, die sich nie begegnen werden.“

Welfhards Trauermine gewinnt Profil. Kai irritiert das. Was geht in dem vor? Außerdem wird ihm kalt.

„Du zitterst ja. Weil du verloren hast? Ist es so, Kai? Manchmal niedergeschlagen deswegen?“

Sind wir hier jetzt inner Männergruppe?

„Weshalb sollte ich?"

„Ich habe sie dir nicht ausgespannt. Sie wollte nicht mehr."

„Wir passten nicht mehr zusammen auf den kleinen Sockel."

„Aus dir spricht der Zorn. Wer weiß worüber."

„Du spinnst doch, Welfhard."

„Ich wäre auch wütend, wenn sie mich verlassen würde. Daher."

Kai hat eine Regel verletzt. Vertraulichkeiten sind der GaU einer professionellen Geschäftsverhandlung. Hätte er doch bloß nicht. Let your customers do the talking. Wäre besser gewesen.

„Vielleicht ist es gut, dass wir."

„Ihr Leben endet mit der Jugend, Welfhard. Meins aber nicht. Als Alter mit 'ner Jungen. Ist nicht mein Ding."

Welfhard ist zu geläutert, um beleidigt zu sein.

„Sie weiß doch auch, dass es keine ewige Jugend gibt, Kai!"

„Natürlich weiß sie das. Aber Natur ist Scheiße. Sagt sie."

„Sie glaubt, sich dagegen wehren zu können."

„Cool ist ihre Ritterrüstung."

„Ritterrüstung?"

„Schau dir Püppi an. Sie ist nicht so bewandert in der Auseinanderlegung von Lebensbetrachtungen. Aber sie ist nicht blöd, sondern warm. Deshalb halten wir sie für blöd. Sie hat keine Ritterrüstung, sie hat Äuglein."

„Die fitte Püppi."

„Weißt du noch, Welfhard? Die Gartenparty bei Helbenblatt. Als Roman sie mir beschickert zuschanzen wollte?"

„Da ist Cruella eingeschritten."

Jetzt strahlt er wieder. Welfhard hatte es erwischt. Es ist nicht mal eben ein neues Bumsfallera. Er ist von vielen flüchtigen Abenteuern zu einer Frau gekommen, mit der er gerne alt werden würde. Er hat damit sein Leben zwar noch nicht auf den Kopf gestellt, aber Gepflogenheiten ins Wanken gebracht. Cruella hatte sich einen Mann gesucht, mit dem sie jung bleiben wollte. Und der gepeinigten Eos zuzwinkern konnte.

„Was würdest du tun, Kai, wenn du sie zurückhaben wolltest."

„Das ist mir zu theoretisch."

„Versetz dich aber mal in ihre Lage. Versuchs wenigstens. Was geht in ihr vor?"

Kais Hoffnung, dass der kalte Abend und Welfhards dünner Stoff es nicht lange zusammen aushalten, beginnt sich zu verflüchtigen. Dem muss doch soo kalt sein. Wenn er schon. Er musste dem Kärglichen jetzt reinen Wein einschenken.

„Gegen die Zeit ihr nicht kämpfen solltet."

Welfhard stutzt. Yoda konnte ja nicht wissen, wie seine ahnungslosen Zuschauer ihn beim Sprüche klopfen anglotzten. Jetzt wüsste er es.

„Gegen welche Zeit?"

„Sie hat ihren Partner optimiert, Welfhard. Dass das suboptimal war, weiß sie jetzt auch. Also wird sie etwas tun, dich wieder hinzubiegen. Oder short gehen. Sie wird versuchen, von dir zu profitieren, obwohl du an Wert verloren hast."

„Wie soll das denn gehen?"

„Mit dir angeben, obwohl sie dich längst nicht mehr hat."

„So abgezockt ist sie nicht."

„Du musst ihr was bieten, wenn du als Asset interessant bleiben willst."

„Erfülle ich wirklich nicht mehr ihre Erwartungen, Kai?"

„Ich weiß nicht, was sie erwartet. Wusste ich noch nie. Ich wusste auch nie, was sie nicht erwartet."

„Ich wollte einmal noch am Ende so ein Kind mir fangen. Und entdeckte Cruella. Das Frauchen war älter geworden."

„Vielleicht wendet sie sich ab, weil sie genau das nicht will."

Welfhard hatte sie in den Brunnen fallen lassen. Wo Cruella doch so gerne neckisch auf dem Mäuerchen. Die Jungfrauen hatte sie terminiert, um ihre Jugend zu schützen. Kai hatte anfangs widerwillig, später spöttisch und jetzt mitleidig notiert, dass Welfhard seine Bäder im Jungbrunnen nun in der Sickergrube des Höllenschlundes machen muss.

„In deinem Alter über altwerden nachzudenken, ist löblich. Wenn du damit erst nach dem Arbeitsleben anfängst, ist es ein bisschen spät. Mach doch einen Kompromiss."

„Kompromiss?"

„Sag dem Modell des Unalten ab, nicht dem Alter."

„Modell des Unalten?"

„Ihr retuschiert euer Älterwerden. Das ist das Gemeinsame zwischen dir und Cruella. Menschen, die nicht älter werden wollen, nennt Klara die Unalten."

„Und was schlägst du vor?"

„Zwischen sich verrückt tanzen und den Kopf in den Sand stecken muss es doch einen weiteren Weg geben. Ob mit oder ohne Cruella. Die ein größeres Problem ist als das Älterwerden."

Also besser ohne. Wenn Welfhard zugehört hätte.

„Was ist mit dir und Klara?"

„Wir sind mittendrin."

„Mittendrin?"

„Mitten im Alter. Wir kämpfen nicht gegen die Natur. Wir lieben die Natur."

Erst Omen, dann Nomen. Kai hatte es bei Klara schnell zum kleinen Griechen gebracht. Und Welfhard Schroederle ist auf dem besten Weg zum Steppenwelfi. Cruella nervte der kleine Grieche und einen Steppenwelfi hat sie auch nicht verführt. Cruella ist die Gleiche geblieben und Welfhard hat sich verändert. Kai hätte den Vorteil, seine über die Jahre angewachsenen Eindrücke von Cruella und Welfhard an Klara weitergeben zu können. Und dabei die Chance, Erinnertes zu vergleichen mit deren in der Zeit veränderten Lebensfertigkeiten. Und mit der Aussprache der Gedanken die Gedanken zu schärfen.

„Dass er niedergeschlagen wirkt, kenne ich nun schon länger. Dass er keine Hoffnung mehr hat? Der und Hoffnungen."

„Zumal er wohl noch voll im Saft steht, wenn ich das mal so unverblümt sagen darf."

„Aber er macht nichts draus. Cruella hat alles richtig gemacht. Sie wollte sich einen flotten Jungmann schnappen. Er hat endlich mal eine richtige Frau. Beide haben ihre Partner optimiert."

„Vielleicht wars ja doch nicht so optimal, Herr Optimator."

Zack.

„Gefällt dir was nicht bei den beiden?"

„An Welfhard gefällt mir, dass er eine starke Frau bewundert, ohne sich seinen Zacken zu brechen."

„So eine hatte der auch noch nie."

„Ob sie ihn für ein anderes Leben ermuntert hat?"

„Ihn, der mit seinen Girls?"

„Woran hat er geglaubt? Bei den jungen Frauen?"

„Dass es weitergeht."

„Er wollte also so wie immer."

„Wann wollen Menschen nicht mehr wie bisher, Klara?"

„Wenn sie keine Hoffnung mehr haben." Sie macht eine Pause. „Oder den Glauben verlieren."

„Er braucht weder das eine noch glaubte er an das andere."

„Dass Welfhard weder Hoffnungen noch einen Glauben hat? Das gibts nicht, Kai!"

„Welfhard ist Investment-Assistant. Nein, er ist inzwischen Berater. Senior-Berater sogar. Die glauben noch weniger."

„Ich habe ihn als einen Menschen erlebt, der hofft."

„Lass hören. Du weißt ja, wie gut ich zuhören kann."

„Du wirst bestätigen, dass mit Cruella eine richtige Frau in sein Leben getreten ist." Zeigefinger an ihren Lippen. „Wie Saulus zum Paulus, wurde Hallodri zum Ruhesuchenden." Zeigefinger auf seinen Lippen. „Er hoffte, ankommen zu können. Erwartete Cruella wirklich einen Kampfgefährten?" Lippen auf Lippen.

„Darf ich nachdenken, Klara?"

„Ich liebe dich."

„Er war immer stolz, ein Junggebliebener zu sein."

Klara wartet.

Kai wartet. „Wenn du mir folgen konntest, musst du nicken. Ich denke gerade um. Schritt für Schritt."

Klara nickt.

„Cruella wollte ihn haben auf seinem Runden. Obwohl er mit dem Hesse-Ding um die Ecke kam. Ob logisch oder unlogisch."

Klara grinst. „Ist ein Nicken."

„Sie bleibt die Alte." Wieder ein Grinsen.

„Er kriegt seinen Hesse."

„Seinen!" Erhobener Klara-Finger.

„Und glaubt jetzt, am Ende zu sein."

Einwurf. „Nicht deshalb. Seine Entgleisung, nicht Hesse hat ihn auf diese Milchmädchen-Weisheiten gebracht. Die auch Hoffnungen gewesen sein müssen"

„Okay. Also doch Hoffnungen, die erst bemerkt wurden, als sie geplatzt sind."

„Was hat sich an deinem Bild von Welfhard geändert?"

„Dass in dem Blödmann was Normales ist."

„Du magst ihn immer noch nicht?"

„Ich mag niemanden aus dieser Kamarilla. Außer Püppi."

„Warum kenne ich die nicht?"

„Weil sie nicht sichtbar ist. Eben Püppi. Ihr Ego kann keine Show. Will keine Inszenierung. Nicht durch sophisticated Remarks, nicht durch aufgesetzte Coolness. Was hätte ich erzählen sollen?"

„Was ist sie für dich?"

„Eine Bärin."

„Hat sie einen Mann?"

„Roman."

„Von dem hast du auch noch nie gesprochen."

„Da hätte ich noch weniger erzählen können."

„Auch ein Blödmann?" Blinzel.

„Willst du mir den auch noch schönmachen." Schiel.

„Welfhard ist erstmal genug."

Ihr Augenzwinkern signalisiert Hoffnung.

„Aber dass mit ihm und Cruella ist wie Öl und Essig. Er vergöttert die, die das Älterwerden verachtet. Und das mit Hermann Hesse, auch wenn er ihn eigenwillig versteht. Cruellas Widerstand gegen die Natur und er mit Hermann Hesse. Zwei Wege, das Leben zu verstehen. Oder eben nicht."

„Sie wird ihn schon hinkriegen."

„Wenn sie ihn verändern will, macht sie beide unglücklich"

Mit seinen nüchternen Ausführungen zu Cruellas Partner-Optimierung kann Kai bei Klara nicht punkten. Zum Verständnis fehlt ihm jede Menge Östrogen. Auch Cruellas Nicht-Logik bei Welfhards Seelenamt. Die Sache mit dem am Gas. Außerdem hat sie Cruella zu ihrer Partnerin im Geiste gemacht, obwohl. Da die weiß, was sie will. Und dass Männer gerne die Nase rümpfen, wenn Pharisäerinnen konsequent bleiben, konnte Kai ihr noch nicht austreiben. Zumal sie schon genug über ihn weiß, um ihm kein Alibi zu geben. Andererseits. Warum konnten er und Cruella eigentlich mal? Hatte Kai erst mit dem Alter eine Statur, die ihm gestattete, Widerstand zu leisten? Seine Toleranz, solange, muss Beliebigkeit gewesen sein. Kai der Geneigte eben, eingepackt in eine Macher-Rüstung. Uncool.

Aber vorbei jetzt.

Cruellas Plan, Welfhard als Mann ihres Lebensabends wieder aufzubacken und ihn als Beschützer des Unalten stark zu haben, ist danebengegangen. Welfhard hat ihre Hoffnungen vor den Kopf gestoßen. Keine geweihte Eskorte mehr. Obwohl sie doch eigentlich vorgewarnt war. Schlagen zwei Seelen, ach, in ihrer Brust? Die eine braucht die andere. Cool jonglierend und leise balancierend. Diese Seelen haben genug. Beide. Vom Aufbäumen gegen und Niederknien vor. Sie wollen Zugeständnisse machen für ihren Frieden. Welfhards Melancholie auf seinem Runden war ihre Hoffnung. Die unalte Kämpferin ist dem Mythos des Ruhestandes näher als dem Gedanken an ein Altersleben. In dem vielleicht weitergekämpft werden müsste.

„Ich sehe immer noch, wie sie sich sein Bild mit der Unterwasser-Rugby-Mannschaft angeschaut hat."

„Wenn Träume baden gehen."

„Warum bist du so kaltherzig?"

„Ich weiß, wie sie denkt."

„Du glaubst es zumindest."

„Natürlich kann auch sie ihren Kampfstil ändern. Aber ihr Eifer ist der gleiche geblieben. Auf diesem Bild strahlen sie ihre Träume von einem Mitstreiter an. Der sich blöderweise vorzeitig zur Ruhe gesetzt hat."

Cruella hatte gehofft, mit Welfhard nicht mehr allein kämpfen zu müssen. Sie hatte daran geglaubt, bis sie die Erkenntnis zugelassen hat, die sie auf seinem Runden schon hätte haben können, dass seine Angst vor dem Alter ihn nutzlos macht. Dass Wünsche zu Trugbildern werden können, die Leben gestalten, verbindet sie mit Klaras Enttäuschung über ihren Mann aus Paris. Nicht jedoch ihr Widerstand gegen Naturprozesse. Der mit Gleichaltrigen eine böse Überraschung bereithält. Spiegel können verhängt werden.

Gegen die Zeit sind Jüngere die optimalen Mitstreiter. Ein probater Weg, das Altern zu verhüllen, ist auch das Bündnis der Frau mit den eigenen Töchtern. Die Gruppe Frau-Mutti mit Tochter-Frau, die für Schwestern gehalten werden sollen, ist ein bekanntes Team unter den Zuschauerinnen von Modeschauen oder Besucherinnen von Beauty-Messen.

„Hattet ihr mal über Kinder nachgedacht?"

„Darüber haben wir nie gesprochen."

„Es ist ja auch mehr als ein Arrangement. Kai."

„Ich glaube, dass sie keine wollte."

„Hättest du gern welche gehabt?"

„Ich und Kinder? Nein. Das wusste jeder. Natürlich auch Cruella."

„Dann hast du ihre möglichen Wünsche vielleicht gar nicht ins Sein kommen lassen."

„Ach du meine Güte. Ins Sein kommen lassen." Solche Versäumnisse seien mit Cruella undenkbar. Gerade weil sie geradeheraus und offensiv ausdrücke, was sie erwarte, hätte er sich keinen Kopf gemacht. „Sie hätte sich schon gemeldet."

„Für das, was ich über ihr Projekt Jungbleiben weiß, wären Töchter solidere Partnerinnen als du. Du warst außerdem zu alt."

Klara ist eben eine Frau.

Er ist sicher, dass er und Cruella immer öfter aneinander gerasselt seien, weil ihr mit dem Alter sinkender Östrogenspiegel ihrer dezent androgynen Schönheit die Hosen angezogen hat. Seine bewährten monokausalen Erklärungen sehen da keine andere Möglichkeit. Bei Klara scheint es so viel Bereitschaft zur Ausgewogenheit zu geben, dass selbst dieser Naturprozess ihren Charakter nicht aufrüsten konnte.

„Und du, Klara, hattest du Kinderwünsche?"

„Ja. Ich hätte ein kleines Leben, vielleicht zwei, gerne in die Welt befördert. Dann hätte mein Leben sich vielleicht vermehrt."

„Hättest du das, was du vermehren willst, nicht auch ohne Kinder weitergeben können?"

„Wir können nur mit Kindern unsterblich werden." Da ihr kleiner Grieche dem Unsterblichen abhold ist, Tithonos - Zikade - ewige Jugend, fragt sie nach. „Was soll von dir nach deinem Tod noch sein?"

„Wir können doch auch mit unserem Vermächtnis weiterleben. Van Gogh zum Beispiel. Er ist unsterblich."

„Es sind seine Bilder. Nicht er."

„Und wenn wir keine Kinder haben?"

„Dann bleiben wir sterblich."

Klara wollte Kinder haben. In Kindern weiterleben. Unsterblich wäre sie geworden, wenn ihre Kinder an ihren Zeitschichten teilgehabt hätten. Die Frage, was bleibt, ist beantwortet, wenn die Zukunft, an der sie nicht mehr teilnehmen kann, durch ihre Kinder ihre Kraft bekommt. Und dass das Kind alle Zeitschichten, die Mutter und Vater in Bereitschaft halten, einfach so an seinem Leben teilhaben lässt, ist erstmal nur eine Hoffnung. Ärgerlich ist dann natürlich, wenn die älter werdenden Kleinen auf das Talent der Alten pfeifen. Das würde die Erblasser dann wieder sterblich machen.

„Haben wir Einfluss darauf, ob die Kinder uns im Alter respektieren, Klara?"

„Sie sollen nicht strammstehen. Wenn unsere Zeitschichten ihnen Kraft geben, werden sie uns würdigen."

„Ich erwarte aber ein wenig Respekt."

„Vermisst du diesen Respekt?"

„Die Alten wurden noch zu meiner Kindheit besser behandelt. Uns Kindern wurde noch erzählt, was Trümmerfrauen waren."

„War der Respekt antrainiert? Oder hatte er auch mit der Anerkennung ihrer Tatkraft zu tun?"

„Meine Oma regelte alles vom Brotbacken, frischen Eiern bis Weckgläser einkochen."

„Nach deinen großspurigen Termini war deine Oma noch eingebunden in den Wirtschaftskreislauf."

„Wir haben keinen Markt mehr, Klara. Warum sollen uns die Kinder respektieren, wenn uns die aus dem Arbeitsleben nicht respektieren."

„Die Kinder tun es doch. Wenn wir sie teilhaben lassen an unseren Zeitschichten. Und sie ihnen nicht um die Ohren hauen."

„Verehrung des Alters? Das ich nicht lache."

„Mon petit Grec est triste?"

„Die Griechen? Die paar Geronten, die mit schütterem Haar und Weisheitsstab in die Kamera glotzten, waren fürs Marketing." Es gehöre zu den Errungenschaften in der Matrix, dass für die Versorgung der Alten ein Reservat abgesteckt wurde. Wer drin war, Glückwunsch. Kais Ökonomismus ist noch nicht am Ziel. „Die Digitalisierung des Miteinanders hat auch die Familien verändert und natürlich deren Verhältnis zu den Alten." Damit meine er nicht die

Alten, die online schlicht nicht dabei sind. Auch nicht die aufgeschlossenen Silver-Surfer, die mit dem Smartphone ihre Lebensqualität erhöhen. Analog seiner Erfahrung mit dem digitalisierten Dating hätten die Menschen das Miteinander ohne App verlernt.

„Spielt die Familie denn gar keine Rolle mehr?"

„Die Altersversorgung haben wir vergesellschaftet. Die Familie digitalisiert."

„Du scheinst nie wirklich erlebt zu haben, was Familie alles sein kann."

„Ganz im Gegenteil. Als Ältester einer sechsköpfigen Familie hatte ich das volle Programm. Mutter kochte und behütete. Vater malochte und wütete. Jüngster Bruder auf Droge. Schwestern, übrigens Zwillinge, immer hinter denselben Jungs her. Mehr davon?"

„Was wurde aus deiner Familie?"

„Jeder machte sein Ding für sich. Auch meine Eltern."

„Klingt, als ob du dich mit ohne Familie abgefunden hättest."

„Ist mir lieber als diese Übereltern, die gerade ihr Unwesen treiben."

„Und Kinder, für die du da sein wirst, gibt es ja auch nicht."

„Dabei hätte ich doch so gerne ein paar Vorbilder."

„Kinder?"

„Wenns nicht meine eigenen sind." Ein Mangel im Alter seien fehlende Vorbilder. Die kindliche Neugier, ihr Wagemut und ihre verblüffenden Fragen suchten noch Wahrheiten. Echtheiten, die das Leben vor dem Fristen bewahren. Alte Popstars oder Politikonen seien nur Erinnerungen. Die alte Unordnung habe keine Ideen für die Zukunft. Vorbilder seien Kinder. Nur da seien Ideen zu erwarten.

„Kinder an die Macht?"

„Hast du mal Kindern beim Spielen zugesehen?"

„Dass du ihnen überhaupt zusehen konntest, wundert mich."

„Ich konnte es erst nach einem verkorksten Meeting, das die Selbstdarsteller jammernd verließen. Ich erlebte auf einem Spielplatz, wie Freundschaften wechselten, Bündnisse auch, Streit, Versöhnung, Kompromisse und Vereinbarungen. Tränen und Lachen. Und erschrak. Die Kraft des Spielerischen hat nur in der Kindheit noch Raum."

„Deshalb wird Kinder an die Macht ja auch verspottet."

„Der Spott für dieser kecke Parole wird auf die Gralshüter der alten Unordnung zurückschlagen. Würden sie hinhören, statt abzuwinken, könnten sie auch wieder spielen."

„Sie denken dabei eben nur an die kleinen Biester, die ihnen heimlich die Schnürsenkel zubinden. Damit sie sich vor Wut auf den Kopf stellen."

„Es wäre doch eine feine Sache, Klara, wenn wir mit unseren Zeitschichten wieder Kinder würden."

Hat Kais anarchistischer Einfall das Zeug zum Schabernack? Wenn es gelingt, die alte Unordnung auf den Kopf zu stellen, würde der sogenannte Schabernack mir nichts dir nichts ohne drei Mal schwarzer Kater zu angebrachter Bedeutsamkeit. Aus Kokolores wird Inspiration. Aus Fantasiegebilden werden Stützen des Verständnisses. In der Welt der alten Unordnung würde sich Kai zum Narren machen, zum kindischen Alten. In einer Welt, in der das Alter zum Leben gehört, ist es eine geheimnisvolle Kraft; zauberhaft, aber kein Hokuspokus. Dem Naturprozess des Alterns die Stirn zu bieten ist einfältiger Trotz. Unter der alten Unordnung wird dieser Trotz ermutigt mit Jubelgeschrei für das Unaltern. Hätten die gern, die Claqueure des frisch-fromm-froh-frei. Wenn das alles nichts hilft, kann nur das Lebensende erlösen. In einer auf den Kopf gestellten Welt wäre dieser angeordnete Jubel der Schabernack.

Die Menschen können Deiche bauen, um die Gewalt des Meeres zu bändigen. Die Naturprozesse bleiben die gleichen. Cruella kann die Zeit verleugnen. Gerade wird sie dicker. Souverän mit dieser Zeit umzugehen, ist die Drachensaat des Alters. Die Zähne des erschlagenen Dämons beißen die Kämpfer der alten Unordnung. Zeit wird im Alter schöner. Klaras Gesicht ist ein Bild ihres Lebens, ihre Fältchen sind gemalte Zeitschichten. Strahlendes Altern.

Immer noch Frühling. Da könne er ja gleich nach Madeira ziehen, wo der Service sicher billiger und wahrscheinlich auch freundlicher. Und er müsse sich nicht mit Alten und Kranken über Alter und Krankheit. Er spreche nämlich kein Spanisch, Portugiesisch erst recht nicht.

„Gut, dass wir die passenden Blumen mitgebracht haben."

Klara überreicht einen prächtigen Strauß Strelitzien. Pascal hat sein gütiges Antlitz behalten. Er empfängt sie am Wasser. In einem hellen Leinenanzug und Weste, mit weißem Hemd, offenem Kragen und hellbraunen italienischen Schuhen täuscht er einen Dandy vor. Der immer schon am Müggelsee gewesen, dann für ein paar Jahre in der City für das Bruttosozialprodukt und jetzt wieder zurück.

„Ruhiger als in der Waldbühne."

Weniger laute Musik. Weniger Tanzende. Nichts gegen das Armageddon. Mehr Ruhe. Mehr Tod. Sie gehen an einen Tisch direkt am Ufer. Auf dem drei Tassen warten und eine Thermoskanne. Hoffentlich mit Kaffee.

„Wenn ihr euch setzt, schenke ich ein. Wir können aber auch noch ein paar Meter gehen."

Klara möchte gerne ein wenig mit ihm schlendern. Er hatte ihr beim Besuch des Rockkonzertes in der Waldbühne imponiert. Gefallen sofort. Und gefallen hatte ihr auch, wie er sie anschaute. Mit schüchternem Gefallen ihrer Erscheinung die Ehre gab. Ob er seine alte Welt auch auf den Kopf stellen muss? Kai mag derweil seine Zeitung lesen.

„Immer, wenn ich in Berlin Gelegenheit hatte, ans Wasser zu kommen, was lange nur am Wannsee oder am Tegeler See war, packte ich die Badehose ein."

„Ist es noch zu frisch dafür?"

„Mir ist grad nicht danach."

„Ob Kai hier baden würde?"

„Der? In einem ungekachelten Becken mit natürlichem Wasser?"

„Ist er etepetete?"

„Falls er je im Badeschiff gewesen sein sollte", Pascals Zeigefinger folgt dem Lauf der Spree durch den See, „wäre er wahrscheinlich noch nie so nah fast im richtigen Wasser gewesen."

Klara hätte gerne Pascals schelmisches Gesicht in die Hände genommen. Aber eine Scheu hält sie zurück. Er sieht aus wie immer. Aber er ist nicht wie immer.

„Wenn sich da nichts geändert hat. Wir sind in Vielem unterschiedlich. Er braucht den Pool, ich den See. Am unterschiedlichsten sind wir bei der Lohnarbeit. In seinem Milieu würde ich es nicht aushalten."

„Hast du seine Berliner Clique mal kennengelernt?"

„Nie auch nur ein einziges Mal wollte ich da dabei sein. Diese Kamarilla lasse ich in meiner Schublade für postmoderne Wichte. Und die Fristen in meinem Alter sollte ich lieber für Interessanteres nutzen. Für die Überprüfung dieses Vorurteils nehme ich mir keine Zeit mehr."

„Und was wären die interessanteren?"

„Leben in einer Wohngemeinschaft im Kiez. Zum Beispiel."

An einer kleinen Badestelle sehen sie einige seiner Leidensgenossen, auch Frauen, die Wassertreten. Am Ufer drei Ständer mit Infusionsgeräten und besorgten Pflegerinnen. Spätestens jetzt würden sie dem Thema ausweichen. Eigentlich freut sich Klara über diesen Anstoß. Eigentlich.

„Es kann einen jederzeit erwischen."

„Wenn es chronisch ist, lebe ich noch länger."

„Ich hoffe, es ist chronisch."

„Hier bekomme ich meine Erstversorgung. Alles weitere dann wieder in der Klinik."

„Weißt du, was auf dich zukommt?"

„Das weiß im Moment noch niemand."

„Worüber machst du dir die meisten Gedanken?"

„Dass ich nicht mehr über neue Ziele nachdenke. Also Neue. Nicht die alte WG-Idee."

„Aber das wäre doch was."

„Lass uns das mit Kai besprechen. Der wartet sicher schon."

Kai hatte sich bereits an der Thermoskanne bedient und winkt mit der Zeitung.

„Keinkaffee, die Herrschaften?"

Er wartet die Antwort nicht ab – von Klara hätte er nach so einer ausschließenden Ansprache eh keine gekriegt – und schenkt aus.

„Ein Grund, hier schnellstens wieder raus zu wollen, ist diese kaffeefarbene Flüssigkeit."

„Für einen guten Kaffee würdest du mit mir tauschen, oder?"

„Aber nicht all inclusive."

„Aber inklusive See?"

Pascal setzt sich, streckt die Beine zum Wasser und schaut ihnen nach.

„Du siehst übrigens gut aus, Alter. Wo liegt denn das Segelboot?"

„Das wäre es. Segeln."

Er dreht sich zu Kai und Klara. Nimmt die Beine zurück. Lehnt sich zurück. Die Hände ruhen auf dem Tisch.

„Ich sagte eben zu Klara, dass ich nicht mehr über neue Ziele nachdenke. Bis ans Lebensende segeln ist vielleicht ein bisschen zu pessimistisch. Aber Kaffeeservice von dir. Und ich den ganzen Tag im edlen Outfit unterm Sonnensegel."

„Gerne. Oder? Klara?"

„Wir dürfen es bloß nicht so weit rausschieben. Sicherheitshalber."

„Ich dachte, dass alles noch offen ist?"

„Ist es auch. Nur eins ist sicher. Eine Mordsoperation mache ich nicht mehr mit."

„Auch nicht für eine Segeltour mit Kaffee von Kai?"

„Wir wünschen uns ja alle einen schönen Tod. Das wäre natürlich einer. Machst du mit? Kai?"

„Einfach dabeibleiben zu können würde mir reichen."

Kais Wiedereintritt in die Kamarilla nach seinem Flug über die Leitplanke hatte Pascal nur am Rande mitbekommen. Er braucht nie Details. Hatte also nicht hautnah miterlebt, dass Kai das Sterben schon einmal trocken geübt hat. Und wieder von der Schippe. Seine Entscheidung, eine lebensverlängernde Maßnahme prinzipiell nicht anzunehmen, irritiert Kai.

„Aber du hast doch noch was vor! Außer meinen Kaffee."

„Ich wäre der Letzte, der etwas gegen die Maschinen sagen würde, die mir erst ermöglichen, hier gut gekleidet mit euch ein kaffeeähnliches Getränk zu mir zu nehmen. Solange sie im Hintergrund für mich arbeiten, kann ich sie leichter akzeptieren. Wenn ich hier nur noch sitze, weil eine Maschine neben mir steht, die mein verschwindendes Inneres nachahmt, habe ich keine Freude mehr."

„Aber du hast doch noch Hoffnung?"

„Ich möchte weiterleben. Aber nicht als Teil einer Maschine."

„Und nun?"

„Nun seid ihr dran."

Pascals Schelmen können die beiden keinen Wunsch abschlagen. Sie schauen sich an, nicht, um das gegenseitige Einverständnis einzuholen, sondern um sich daran zu erinnern, dass Bekenntnisse eine wunderbare Sache sind, die jedoch ohne gewisse Formalitäten schöne Worte blieben.

„Noch einen?"

„Äh." Schiel.

„Mir auch nicht noch mehr Keinkaffee." Blinzel.

„Wenn ich hier so am See sitze, denke ich weniger über diesen Mist nach." Ein hinzugekommener Pfleger schließt ihn wieder an.

„Vielmehr darüber, dass uns eine Kultur der Muße abhandengekommen ist. Also eigentlich über die Wirkungslosigkeit meiner Arbeit."

„Mich wundert, dass ausgerechnet du das sagst, Pascal."
„Ein Theaterabonnement kann Teil unserer Muße sein. Aber auch Teil eines Pflichtprogramms."
„Wie Fitness?"
„Gewichte stemmen oder Programmhefte klemmen."
„Dann dürftest du mit mir zufrieden sein. Ich fahre mit dem Fahrrad um den See. Mit Klara."
„Und ich habe, statt einfach über diesen See zu schauen und mich zu freuen, einfach über den See zu schauen, an meine Projekte gedacht."
„Unsere Brotarbeit verträgt sich nicht mit Muße. Muße ist als Ablenkung gewünscht. Und wir lassen sie nur zu, wenn sie verdient wurde. Erst die Arbeit, dann das Vergnügen."
Kai schaut zu Pascal, der an ihr Telefonat zurückdenkt. In dem er ihm Ruhestand schmackhaft machen wollte.
„Im Altersleben hat Muße wieder Chancen. Im Ruhestand steht Langeweile auf dem Programm. Aus Faulheit kann nur im Altersleben dɔltʃə far niɛntə werden. Die Welt auf dem Kopf. Und das Leben geht weiter, Pascal."
„Schon weitergekommen damit?"
„Das geht nicht so schnell im Nach-Brotarbeits-Modus. Musste Einiges aufräumen. Noch mehr umkrempeln. Doch ich spüre schon, dass mir diese Muße fehlt. Die Unverdiente. Bin oft noch faul." Grins. „Ich gestatte sie mir immer noch weniger als Portfoliorisiken zu skalieren. Als du sagtest, ich solle an die vielen schönen Dinge denken, die ich bisher nicht machen konnte, hatte ich dich nicht verstehen können. Muße konnte ich mir nicht vorstellen. Bestenfalls am schilfgesäumten See mit Aphrodite."
„Das hättest du hier den ganzen Tag."
„Langweilig."
„Willst du nun dolce far niente?"
„Ich will es, wenn ich es will."
„Geht doch voran. Klara wird dir schon den Kopf."
„Ich hätte dich gern dabei, Pascal."

„Wir wissen alle, dass das Glas halb leer ist." Zum Glück sind Kais Gedanken dem Pfleger mit der neuen Flasche gerade näher als Aphrodite mit dem Schaum. Muße und Tod will nicht zusammen. „Das Schilf siecht dahin. Die Dünste werden dumpf."

„Drehst du gerade ab, Kai?"

„Besonnen."

„Ruhendes Bewusstsein?" Ohweiowei.

„Wenn Müßiggang im Arbeitsleben nur sein darf, um wieder fit zu werden, ist er keine Muße."

„Muße ist kein Flow des Arbeitslebens. Sonst würde ein Leben im Arbeitsleben das Beschauliche des Alters in sich bergen."

Pascals Ohweiowei improvisiert Unverständnis.

„Wieso macht ihr in der Matrix es euch bloß so schwer?"

„Wenn wir raus wollen aus dieser Ordnung, dann ist es schwer. Das Leben und der Tod."

„Ich will mir den Tod nicht vorstellen. Muße schon. Deine Aphrodite sowieso. Wieso soll ich mir angesichts des Sterbens auf den letzten Drücker den Tod vorstellen? Ich ahne, dass die Zeit knapp werden könnte. Dann will ich noch etwas Vernünftigeres damit anfangen."

„Fürs Arbeitsleben ist es zu spät."

Klara braucht jetzt ein Glas Wasser.

„Wieso kannst du eigentlich immer nur rumlabern oder hochtraben? Kai."

„Wenn ich das alles halbwegs verstanden habe, werde ich wieder aufhören können damit. Im Arbeitsleben hatte ich stillgehalten. Auf meinem Weg zum Tod will ich mich regen."

„Das Leben ist nur ein Moment, der Tod ist auch nur einer!"

„Wirst du jetzt auch noch hochtrabend, Pascal?"

„Schiller. Hört noch dies. Philosophieren heißt sterben lernen."

„Auch Schiller?"

„Irgendein verstorbener Franzose."

„Das man vom Philosophieren sterben kann, hättet ihr auch von mir haben können."

„Spiel das nicht herunter. Mit deinen vernünftigen Überlegungen, deinem ruhenden Bewusstsein und deinem dich regen vor dem Tod philosophierst du doch selbst, Kai."

„Aber ich habe nie versucht, das Rätsel des Lebens zu lösen. Das überlasse ich dem Tod."

„Du hast Übung im Nicht-Sterben."

„Das ist was anderes. Das ist praktisch. Muss das mit dem Tod denn wirklich so kompliziert sein?"

„Wenn du mich so fragst, Kai, du bist der Einzige mit Erfahrung."

„Mit der Angst vorm Sterben. Nicht mit dem Tod."

Kai wollte weder nach seinem Unfall noch will er nach dem Arbeitsleben den sozialen Tod erleben. Lebendig begraben?

„Ich will meinen eigenen Tod sterben."

„Ist das jetzt schon wieder Philosophie?"

„Wieder ganz praktisch. Wenn die Brotarbeit wegfällt, wenn du nicht mehr gebraucht wirst, wenn Beziehungen, ob im Office oder in der Clique weg sind, dann bist du nicht mehr in der lebendigen Welt."

„Unbeteiligt? Tatenlos? Sterbend?"

„Untot."

Pascal macht kein Gesicht mehr.

„Das Armageddon?"

„Schlimmer. Die Untoten kriegen alles, was sie zum Sterben brauchen."

„Ewiges Sterben also."

„Sterbehilfe sieht die alte Unordnung nicht vor."

„Dann lieber Obhut!"

„Dann kann der Tod sie scheiden."

„So wird euch keiner mehr ernst nehmen."

Klara sieht Kai schon in seiner Worte-Spielkiste plätschern.

Ob jung oder sterblich, kein Lächeln gönne er dem Tod. Knoblauch, wenn. Mit ihm jedoch werde er verscheiden müssen. Ob so oder so.

Die Ernsthaftigkeit ist auf den Kopf gestellt.

„Wir Alten verkneifen uns doch am liebsten das Altern."

„Die Unalten den Höllenschlund."

„Nur so können sie doch ihre gute Laune behalten."

Klara gibt auf.

„Der alte Griesgram wird mir gerade wieder sympathisch."

Der alte Griesgram ist ihr Resignationsklischee.

Pascal ist ihr Altersidol. Er verkörpert alles Brauchbare. Dass er vom Wirtschaftsleben nur noch als Marktfaktor wahrgenommen wird, kann ihn nicht kratzen. Er muss im Alter nicht Facetten seiner Persönlichkeit herauskehren, die im Arbeitsleben eingesperrt waren. Er ist beruflich nie gescheitert. Für seine Ziele scheiterten andere.

A uf der Rückfahrt vom Müggelsee will Klara wissen, wie sich Kai und Pascal eigentlich kennenlernen konnten. Die Unterschiedlichkeit ihres Lebens kann das ihr unbekannte Gemeinsame nicht versalzen haben. Sie verstehen sich auch jetzt noch, ohne. Und Pascal hat die Neue an Kais Seite charmiert wie eine Alte.

„In der Altenpflege. Beim Zivildienst. Er hat sich nicht verändert."

„Und du?"

„Bin älter geworden. Aber er ist auch kein Zivi mehr."

Schweigen bis Köpenick. Ihre Gedanken verbleiben nicht bei Pascal. Der hat sein Leben geregelt und will daran bis zum Tod teilhaben. Seine Ziele, die er noch mit Kai besprechen wollte, sind heute unter den Tisch gefallen. Vergesslichkeit im Alter? Sie sind ja alle nicht aus der Welt. Kai schaut gedankenlos aus dem Fenster. Klara denkt an Welfhard. Am Tempelhofer Feld fährt sie von der Stadt-Autobahn.

„Lass uns noch einen Spaziergang am Wannsee machen."

„Ist das kein Umweg?"

„Ich möchte noch mit dir über Welfhard sprechen, Kai."

„Warum nicht jetzt? Oder bei mir?"

„Weil ich noch Zeit zum Nachdenken brauche. Und bei dir wartet Muße auf uns. Die will ich nicht vergraulen."

„Gib mir wenigstens einen Tipp zum mitdenken."

„Als ich sagte, dass mir der Griesgram wieder sympathisch wird, dachte ich an Welfhard. Er hat das Zeug zum bitteren Alten. In ihm scharrt der Groll."

Am Schiffsanleger Wannsee laden Kai und Klara die Stege ein, über das Wasser zu spazieren. Was will sie ihm jetzt sagen, weshalb der Umweg, könnte er sich fragen, aber. Auch ihr Hinweis ist vergessen. Dass Welfhard resigniert sei. Stattdessen. Welfhard habe weder Hoffnung noch Glauben. Er habe Mitleid mit ihm, aber kein Verständnis.

Bevor er das alles für sie sortieren muss, will er erstmal an diesem lauschigen Plätzchen entspannen.

„Hattest du das mit der Seebühne schon mitgekriegt?"

„Ich war in der Zauberflöte. Eine Bekannte hat mich mitgenommen."

„Alte Berliner Bekannte?"

„Alte Pariser Bekannte. Die zum Institut für Publizistik in Berlin ging. Wir waren in Paris oft zusammen."

„Ein schöner Einstieg für dich."

„In der Humboldt-Box hatte sie keine Zeit. Sonst hätte das mit uns woanders losgehen müssen."

„Glück gehabt."

„Sie aber nicht."

„Hätte sie mich aufhalten können?"

„Mach dir keine Hoffnungen. Sie ist mal wieder einem Mann in den besten Jahren hinterhergelaufen."

„Also einem Alten?"

„Eher wohl nicht. Sie nannte ihn Casanova."

„Aber wenn sie."

„Oper soll nicht seine Bühne gewesen sein. Aber sonst. Du weißt schon."

„In der Zauberflöte war Püppi auch mit Roman. Hat er mir erzählt. Dabei hatte er immer geglaubt, er wisse, dass seine Liebste sich nur für Der Gesalbte Schelm interessiere."

Bevor Klara den Grund ihres Umweges, Kai seinen Vortrag. Welfhards Abwendung von seinen Girls sei keinem Hormonschwund geschuldet. Nur jede Menge Testosteron könne einen klaren Blick auf seine Rolle bei Cruellas gescheiterter Partner-Optimierung vernebelt haben. Ewige Jugend sei ihre Falle. Welfhard darauf hinzuweisen, habe er versucht. Klaras Blick, dass er dabei mit seinen berüchtigten Zweideutigkeiten letztlich keine Hinweise, sondern Rätsel hinterlassen habe, bemäntelt die Abenddämmerung.

„Als er mich fragte, wie wir das denn machen mit dem Älterwerden, sagte ich ihm, dass wir die Natur nicht bekämpfen, weil wir sie lieben."

„Wenn Yoda stirbt, wirst du sein Nachfolger."

„Vielleicht hat es auch damit zu tun, dass ich ihn immer noch nicht leiden kann. Klara." Das angehängte Klara ist eine Bitte um Vergebung.

„Ich mag an dir das, was du an Püppi magst. Ihr könnt nicht drum rum schwätzen. Lernen könntest du noch ein bisschen Klarheit und Herzlichkeit. Die könntest du dann bei dem grimmigen Welfhard auf die Probe stellen."

Kais Neigung zum Schulmeistern. Ihren erneuten Versuch, mit Verständnis auch für Cruellas Tragik seine als Gesprächsbericht getarnte Philippika gegen das Jugendprojekt Cruella-Welfhard abzumildern, überrennt er. Selbst ihr Helferlein, die griechische Tragödie, Cruella müsse unabhängig von ihrer Entscheidung scheitern, kann ihn nicht aufhalten. Seine in diesem langen Sommer ungebrochene Erfolgsgeschichte habe nach dem gleichen Schema funktioniert. Dem Jugendwahn zu Ehren sei die Blaupause des Lebens gezeichnet. Die Regeln für den Erfolg angeordnet. Und eben diese Regeln begründeten den Niedergang. Cruellas letzter Versuch und ihr Scheitern heiße Welfhard. Sie müsse weiter die Narrenmaske der Unalten tragen, wenn sie nicht dem lügenschweren Altersidyll frönen wolle.

„Ungern unterbreche ich deinen altersweisen Vortrag, mein Kai, aber was wird Welfhard auf deinen Rat hintun?"

„Sein Traum ist geplatzt. Ohne Cruella glaubt er nicht an ein Leben im Alter."

„Also will er vor seinem Tod sterben?"

„Das müssen die Unalten doch sowieso."

Ernüchterung zu Frust und Frust zu unsäglichem Leid führt.

Im Bistro sitzen sie alle zusammen. Welfhards Investment-Meute. Wieso hat er seine Rückkehr mit einer Willkommenslage zu einem Ereignis gemacht? Einige waren auf seiner Geburtstagsparty. Auf der Geburtstagsparty. Auf der er sich mit Hermann Hesses Gedicht dem Naturprozess gebeugt hatte. Der dann zugeschlagen. Weg vom Parkett, ab in die Charité. Roman hatte er in einem Café am Monbijou-Park prophezeit, auschgemuschderd isch vergessa, weil Kai nur körperlich dagewesen sei. Ist er schon abgeschrieben, weil er Angst vorm Alter zu erkennen gab? Scherzen die, dass Cruella eine Unalte sei? Sie ist eine Trophäe. Die kriegt nicht jeder. Sie ist der Beweis, dass er fit ist. Vorher ohne. Nachher mit. Das ist Performance.

„Hast du sie ihm nun ausgespannt?"

„Ja, hab' ich. Und?"

„Aber sie soll ihm doch noch die Stange." Prust.

„Sie schnippt viele Jahre doch nicht einfach weg."

„Aber jetzt. Mit dir?"

„Sie setzt eben nicht auf gesetzte Herren."

„Er soll kein Draufgänger mehr sein."

„War er das?"

„Bisschen langweilig vielleicht. Aber auf der Jagd ziemlich erfolgreich."

„Dabei wäre es besser, absolut lächerlich zu sein, als total lang-weilig. Übrigens von der Monroe."

I know what I want. Hätte auch von Cruella sein können, strunzt Welfhard.

„Unser Casanova."

„Portfoliooptimierung, Jungs."

„Die ist ja für ihr Alter noch 'ne echt heiße Braut. Und wenn du auf mehr zum Anfassen stehst."

„Ich steh auf Überraschungen."

„Mal so ganz unter uns, sind die einfach nur schärfer dabei oder was haben diese reifen Frauen denn so, was den Bums zu was Be-sonderem machen soll?"

„Stil."

Falls vorhandene Ständer verneigen sich vor dieser gebieteri-schen Abfuhr. Nachdenklich gemacht hat es ihre Träger nicht. Das voyeuristische Geifern verwandelt sich in belanglose Updates zur Altersverteilung des aktuellen Kopulationsgeschehens. Zu dem Welfhard nichts Aufregendes mehr beizutragen hat.

Noch 'ne Runde. Und dann ist gut.

Kein roter Teppich mehr. Der kleine Grünstreifen zu seinem Haus hat seine Düfte verbraucht. Der Feierabendverkehr raus aus dem Geschäftsgehabe stinkt. Draußen vor der Stadt wärs jetzt schöner. Landluft und überhaupt, Landleben, dass wäre was. Im Ruhestand. Hier ist fürs Alter kein Zuhause mehr. Wieso hat er eigentlich die Erwartungen seiner Jungs an Casanova so durch-schaubar bedient? Dass er ihm Cruella ausgespannt habe. Hatten Cruella und Kai auch so ellenlange Arrondierungen nötig, bevor? Hermann Hesse und das Alter? Längst keine Seelenverwandt-schaft mehr zwischen ihm und ihr. Dabei war sie doch die Einzige, die ihn verstanden hatte. Welfhard Schroederle und die Jung-frauen? Kein Thema mehr. So unmissverständlich sie ihn auf und nach seinem Runden spüren ließ, dass sie ihr Typ sei, so kalt ließ sie ihn abblitzen, noch bevor er beim Tanzen und dann die Charité. Danach null Sex. Den Abgebrochenen lässt er mit null gelten. Und das ist schon geprahlt. Wird man ohne Beischlaf älter? Oder ist Mann es erst, wenn ihm das egal ist. Kaum Zeit miteinander seitdem. Bleiben sie ohne Zeitverbrauch jünger? Das Ding mit der Zeit. Kämpft nicht mehr gegen die Zeit. War Kais klügster Satz. Nochmal drüber nachdenken. Später. Nach dem ganzen Gefasel von der Portfolio-Optimierung sein einziger Rat. Optimierung? Scheiß Investment die Alte. Value at Risk 99%. Und das in weniger als einem Jahr! Nonvaleur. Ohne Stop-Loss wird das sein Crash. Jetzt an seine Zukunft denken. Wo sind eigentlich die Tropfen? Das mit der Willkommenslage war ja auch gegen die ärztliche Anweisung.

Den Krankenwagen hat die Putzfrau gerufen. Im Unternehmen haben sie ihn zwar vermisst, aber nach dem Umtrunk im Bistro daraus kein großes Bohei gemacht. Braucht halt 'n Tag mehr, der Gute. In seinem Alter sollte er eigentlich noch was vertragen können. What shells. Cruella wird nicht verständigt. Welfhards gerade angesagten Schatten merkt sich eh keiner. Püppi wars. Hat Welfhard wiederholt nicht erreicht. Die Personalabteilung seiner Investmentbude am Leipziger Platz gab auf ihr insistieren, Compliance spielt immer dann eine Rolle, wenn es nicht dem Geschäft schadet, den Namen seines Head-of preis. Sie gab dann eine Vermisstenanzeige auf. Die Polizei erreicht Cruella irgendwann in Hamburg. Cruella ist irgendwann in Berlin. Welfhard war bereits tot, bevor er weiter sterben musste.

„Und das kurz vorm Alter."

Für Püppi ist das der eigentliche Skandal.

Für Sommer ist noch nicht die rechte Stimmung. Auch an den Märkten zeigen sich Angebot und Nachfrage noch frostig. Nicht zu früh blühen. Die Beerdigung findet am Ort der Familiengrabstätte Schröderle statt, in die auch Welfhard Schroederle, der nicht nur durch sein oe ein Abtrünniger gewesen sein muss, Einlass gewährt wird. Aus der Clique wurde niemand eingeladen. Klara jammert, dass der Wunsch der Familie zu respektieren sei. Wie wir leben, so würden wir sterben. Wie die Anderen über unser Leben die Nase gerümpft haben, so retuschieren sie das Ende. Abschied nehmen sei keine Schuld mehr. Die Familienordnung Schröderle ordne Verscharren an. Das habe er mit seinem Leben nicht verdient. Sie ist aufgebracht. Den Tränen nah.

„Ich glaube nicht, dass ihm das noch wichtig ist."

„Darauf kommt es jetzt auch nicht mehr an, Kai. Ob es zwischen ihm und seiner Familie ein Zerwürfnis gab, können wir heute nur ahnen. Doch auch das ist egal. Im Augenblick seines Todes schänden wir sein Leben, wenn wir nicht Abschied nehmen, sondern ihn verschwinden lassen. So bekunden wir letztmals, dass wir schon im Leben nichts mit diesem Toten zu tun haben wollten."

„War er für seine Familie schon vor seinem Tod gestorben?"

„Eh' wir grämlich werden. Hat mein kleiner Grieche einen Trost?"

Mon petit Grec nimmt ihre Hände. Er kennt – und sie kennt sie auch – die unterschiedlichen Blicke der beiden auf die Welt. Er weiß, dass er ohne ihren Blick vieles nicht sehen könnte. Sie weiß, dass sie ihn noch gut ansehen kann. Er ist zwar nicht kalos, aber für ihre Liebe würde er sich in seinem Alter noch auf den Kopf stellen.

„Bis zum Tod wars bei den Griechen, wie bei uns. Mehr oder weniger. Und das ganze Brimborium mit dem Totenkult wurde veranstaltet, damit die nicht doch noch Rache nähmen bei denen, die sie verachtet hatten. Also eher eine Vorsichtsmaßnahme als eine Verehrung von Herzen."

„Wenn das kein Hinweis ist."

Klara hakt sich bei Kai unter. Das hat sie jetzt wirklich ermuntert. So ein kleiner Grieche im Haus. Faites attention! Ein bisschen Häme machts doch gleich leichter. Wer nicht hören will, soll fühlen.

Auf dem Flur des Nachlassgerichtes Berlin Pankow/Weißensee sitzen schweigend Cruella, Kai und Klara. Sie warten, vom Rechtspfleger zur Testamentseröffnung gebeten zu werden. Alle sind einzeln gekommen. Cruella ist überrascht, die beiden zu sehen. Ihre aktuelle Vermögensaufstellung hat sie um den Hals. Ein Gespräch mit Welfhard über Kais letzte Tipps hat es vermutlich nicht gegeben, denn ansonsten würde sie ihre Young-Fashion-Aufrüstung nicht zur Schau tragen. Die Begrüßung ist verhalten.

Ein grau beanzugter Herr mit Amtsmappe öffnet eine Tür.

„Nachlass Schroederle."

Cruella schreitet in den kleinen Saal. Jetzt erkennt Klara, dass über ihre dezente Schminke Tränen gekullert sind. Kai und Klara folgen.

„Bitte Platz zu nehmen."

Welfhard hatte also ein Testament aufgesetzt. Sie erfahren vom Rechtspfleger, dass die gesetzlichen Erben Geschwister seien, die darauf verzichten, zum Termin zu erscheinen. Der Letzte Wille sei sehr kurz, was es dem Testamentsvollstrecker leicht machen werde. Den gesetzlichen Erben stehe der Pflichtteil zu. Frau Klara Bellfam erbe alle Investmentdepots und sein Stadthaus in Mitte mit der gesamten Einrichtung außer den in diesem Testament genannten Ausnahmen. Frau Cruella Dal Matiner erhalte sämtliche Pokale, die gesamte Unterwasser-Rugby-Sportausrüstung, das Vereinsfoto über der Couch, den Sitzsack, die Kaffeemaschine, alle Bilder vor seinem letzten runden Geburtstag sowie das Buch von Hermann Hesse ‚Mit der Reife wird man immer jünger'.

Kai wird als Vollstrecker der Rache des Toten vorgeschlagen. Cruella winselt in ihre Hände. Was sie greint, ist nicht zu verstehen. Dass sie jetzt nicht alleine gelassen werden darf, auch wenn sie sich dagegen sperrt, betüddelt zu werden, bestimmt Klara. Die sie aus dem Saal windet, vor der Treppe rettet und zum Wagen schiebt. Auf der Fahrt jault Cruella ihrem Ex auf der Rückbank die Jacke voll. Das ist jetzt schon ein bisschen theatralisch. Aus dumpfer Abscheu ist nasskalte Wut geworden.

In Klaras Wohnung bekommt sie erst mal einen Kaffee. Was etwas dauert, da Filter, Filtertüte, Kaffee, mit Zucker?, Wasser kochen. Kai, der nicht verlernt hat, auch in hitzigen Situationen einen kühlen Kopf zu bewahren, bemerkt, dass Klara die Kaffeemaschine auch gut hätte gebrauchen können. Er reicht Cruella ein Papiertaschentuch. Sagen wird er jetzt nichts mehr. Gerade ist Business negotiations critical phase. Wer als erster das Maul aufmacht, hat meistens die Arschkarte. Klara wartet, bis Cruella ausspricht, was sie in ihren Augen schon gelesen hat.

„Das Schwein."

Eine Verehrung der Toten, soweit sie nicht in der Tradition gepflegter abendländischer Werte steht, oder, wie im alten Griechenland, sicherheitshalber, kennt die säkularisierte Welt der Hamburger Szene und der Berliner Clique nicht. Jugendkultige pflegen keinen Totentanz. Das war schon auf dem Charlottenburger Balkon klar. Und sicherheitshalber ist eh zu spät, weil die Rache schon vom Rechtspfleger beglaubigt wurde. Nichtsdestotrotz. Cruellas Grauen galt nicht dem strafenden Sisyphosle allein. Ihre Abscheu ist zu viel für dieses Bürschchen. Weder war sie tugendhaft davor noch ist sie danach verrucht. Sie scheint ihrem Romantisieren fürs Miteinander hinterhertreten und den Beginn ihrer Abhängigkeit zurückrufen zu wollen.

Klara vermutet bei ihr eine innere Wendung, die sie nicht wieder in die Flasche kriegt.

Kai wähnt, dass sie sterben wird, wenn sie nicht unalt bleiben kann.

Cruella zeigt ein Funkeln ihrer Augen, das Welfhard irgendwann zu fürchten begonnen haben muss.

„Niemand hat mich gesteinigt. Was sagt unser Grieche? War ich mit ihm auf der Odyssee? Jetzt kann ich wieder nach Hause."

„Vergiss nicht, wer er einmal war, Cruella."

„Ich will das Schwein noch nicht mal in Erinnerung behalten als den Welfhard, den ich einmal wollte."

„Mir schien, da war mehr."

Bevor sie Zeit haben, nachzudenken, zieht Begehren sie an. Sagte Casanova der Echte. Sie wollte nicht alt werden, ein junges Frauchen war sie aber nicht mehr. Nach dem Begehren, mit dem Erfahren, mit der Zeit – immer diese Zeit – kam das Kopfzerbrechen darüber, was sie verlieren könnte ohne. Das gemeinsame alt werden hat die Zeit vereitelt.

„Dein Blick glänzte, als du sein Mannschaftsbild betrachtetest."

Cruella nimmt sich einen weiteren Kaffee. Mit Zucker.

„Hast du vielleicht auch einen Keks? Er war mein Sonnenstrahl. Ich wollte einen Sonnenstrahl festhalten. Bei dem Mann hatte ich Feuer gefangen."

„Dann behalte den doch in Erinnerung."

„Sei nicht naiv, Klara. Gerade hat mich dieser Mann mit allem gesteinigt, was ich an ihm schätzte."

Klara war im Gedenken an ihre Mutter das Schicksal der Zurückgelassenen wichtiger als das der Toten. Hat Cruella, gesteinigt vom Polyphem ihrer Illusionen, den Kampf gegen die Zeit schon verloren? Kommt nach der Chimäre ewiger Jugend der Untod? Das Alter wird zum Dämon, weil Cruella nie alt werden wollte.

„Die Bilder. Nur die vor seinem Runden. Sind eine Botschaft."

„Was meinst du denn damit, Kai?"

„Du sollst nur haben, was ihn vor seinem Runden zeigt. Er vermutete, dass du alles, was ihn danach zeigt, gar nicht haben willst."

„Blödsinn."

„Er hat nicht mehr an die Zukunft geglaubt."

„Wieso konnten wir dann über die kommende Zeit sprechen. Über meine Wohnung in seinem Haus. Ihr kennt ihn ja. Welfhard und Bindungen. Zwei Welten begegnen sich. Der coole Investmentberater wollte mit mir sogar nach Venedig fahren."

„Da ist der doch glatt noch romantisch geworden."

„Hättest du mit mir nach Venedig fahren wollen, Kai? Er, der auf seinem Runden noch sein Ende erwartete. Er ist mit mir wieder aufgeblüht. Das in der Disko ist erst dramatisch, seit alle ihr Altersding abziehen. Dann müsste ichs jetzt am Herz haben." Das Funkeln verlöscht. „Wenn ich auf euren Quatsch hören würde."

Sie bemerkt den Blickwechsel zwischen Kai und Klara.

„Wollt ihr etwa auch nach Venedig?"

„Mach es doch einfach allein, Cruella."

„Du willst einfach nicht verstehen, dass ich diesen Kerl nur noch vergessen will. Als erstes werde ich mein Erbe ausschlagen." Bei Erbe gehen die Arme in die Luft und ihre Finger schreiben zwei Tüttelchen. „Kannst du also auch noch haben, Klara. Nicht nur die Kaffeemaschine."

„Ich werde nur eine Erinnerung behalten. Und ein Abschied wird mir fehlen."

„Der hat ja jetzt seinen Frieden. Und ich?"

„Du musst deinen Frieden selber machen, Cruella."

„Danke, Frau Pastorin."

„Er hat keinen Unfrieden mehr. Den hat er dir zurückgelassen."

„Gehts auch zum Anfassen?"

„Ihr hattet schöne Erlebnisse. Du wirst wieder schöne Erlebnisse haben. Sein Leben und sein Tod sind Teil deines Lebens. Es hat sich durch ihn verändert. Werfe diesen Teil deines Lebens nicht weg. Und da dein Leben durch seinen Tod nicht seinen Sinn verloren hat."

„Wiederbekommen hat es ihn."

„Kannst da weitermachen, wo ihr steckengeblieben seid. Dann kann dieses Ende ein neuer Anfang sein."

„Ich will nicht neu anfangen. Ich will da weitermachen, wo ich aufhören musste."

Unalt 2.0. Klaras Vermutung; abgesagt. Kais Wähnen; bekräftigt.

Den Naturprozess auf den Kopf gestellt?

V om Ufer der Spree schauen Kai und Klara gegen die Sonne über den schillernden Fluss zur anderen Seite. Ihre Augen wandern von der Oberbaumbrücke über den Wrangel Kiez und das Badeschiff bis zum Molecule Man. Klaras kleine Geschichten verschönern den Weg. Sie hatte diese Brücke nie von dieser Seite gesehen. Die alte Unordnung dieser Stadt hatte ihr das Überschreiten der Brücke verboten. Von der U-Bahn-Station Schlesisches Tor im ehemaligen lebendigen Sektor – dem Stadtteil, für den die Krieger der Westmatrix Wandlungsfähigkeit beschlossen hatten – konnte sie rüber schauen zu den Ruhiggestellten.

„Die Brücke gegen das Licht zu sehen, die ich früher nur in warmem Ziegelrot kannte, macht sie erst komplett."

„Manche Dinge erschließen sich uns erst im Alter."

„Mit der Behauptung würde ich nicht hausieren gehen, Kai. Aber schön gesagt."

„Was kommt links von der Brücke?"

„Auch den Wrangel-Kiez habe ich als junge Frau nie so schön gesehen."

„Sag ich doch."

„Lass die Faxen, Kai. Hier ist es auch die neue Sicht, die das Romantische zeigt. Diese Randlage Westberlins mied ich. Kleinbürgerliche Töchterchen aus Charlottenburg hatten am Schlesischen Tor schon lange das elterliche Kreuzberg-SO36-Verbot überschritten."

„Fließt der Landwehrkanal da drüben rein oder raus?"

„Auf die Liste."

Seit ihrem Techtelmechtel im Literaturhaus und Kais Gelöbnis, einer Original-Berlinerin gerne bei ihren Stadtgeschichten zuhören zu wollen, wird die Stadt von Kai recherchiert und von Klara frei Schnauze aufgeklappt.

„Ob es noch warm genug ist, draußen zu Abend zu essen? Am Flutgraben da drüben kenne ich was Nettes."

„Alte Wirkungsstätte?"

„Gott bewahre. A hätte mich früher keiner in diese Ecke von Kreuzberg gekriegt und B war auf der anderen Seite vom Flutgraben die Mauer. Auf beiden Seiten wurde die Welt wirklich auf den Kopf gestellt."

„Da drüben auch im Westen?"

„Heute müssen sich da drüben eher die verbliebenen unversorgten Alten Sorgen machen." Klara schaut ihn an. „Es ist grad so schön." Sie möchte jetzt nicht über das Elend derer reden, die am Rand altern.

„Der durchlöcherte dreifaltige Molecule Man ist im wahrsten Sinne des Wortes schwer symbolisch. Dir dazu etwas zu sagen, würde meinen kleinen Griechen etwas beleidigen. Da kommst du schon drauf."

Die Sonne überredet beide, noch eine Weile in ihr stehen zu bleiben. Da es unnötig anstrengend ist, an nichts zu denken, wenn kein Nichts da ist, gehen sie ihren Gedanken nach. Kai seiner kindlichen Empörung und einem, jetzt ihrem Leben, dass auf den Kopf gestellt werden soll. Klara versteht Cruellas Bürde; das von Welfhard hinterlassene Scheitern am Unaltern. Und schwupp sind sie wieder da, Welfhards Fratze des Alters und Cruellas erschöpfte Jugend.

„Vielleicht hätten sie in Venedig eine Chance gehabt."

„Im Carnevale?"

„Ihre Masken hätten ihnen neue Gesichter gezeigt. Gewänder überraschende Geschichten gekleidet."

„Alte in fantastischen Gewändern und Junge mit der Fratze des Alters?"

„Nur Der Gesalbte Schelm müsste sich nicht verkleiden."
„Sind Illusionisten beim Carnevale überhaupt zugelassen?"
„Welche Maske hätte Welfhard getragen? Und welches Kostüm
Cruella?"
Die beiden hatten aus Alter einen Dämon gemacht. Den zu be-
zwingen blieb Welfhard versagt. Auch ein Altern mit Cruella.
Cruellas und Welfhards Blendwerke hätten Halt gebraucht. Den
die Welt der alten Unordnung beiden nicht geben konnte.
„War mit der Reife wird man immer jünger seine letzte Botschaft
an Cruella?"
„An die er nicht mehr geglaubt hat."
„Es war Teil seiner Rache."
Die Welt beginnt sich zu drehen. Wieder Sommer.

Ein außergewöhnlicher Spreewaldkahn nähert sich der Oberbaumbrücke. Achtungsgebietend steht Püppi, gefesselt in ihrem festlichsten Trainingsanzug, am Bug des stolzen Schiffes. Ein
großes Saunatuch, ihre Schleppe, flattert im Fahrtwind. Helbenblatt am Steuer freut sich, wieder gebraucht zu werden. Der Männerchor, der ihre Unschuld verteidigt, steht in Muskelshirts an
Deck. Im Aussichtskorb Der Gesalbte Schelm. Gummibärchen
über sein Haupt. Cruella füttert am Fuße einer Säule mit Austritt
zur Spree einen Schwan und eine Schwänin. Der Spiegel der Fluten bestätigt, dass die Natur Scheiße ist. Doch nicht mehr gesche-
tert ist sie. Wieder schlank. Sie ist gekleidet in einen selbst entworfenen prunkvollen venezianischen Tabarro. Die Natur will sie erhobenen Hauptes in den Spiegel versenken. Vom Badeschiff
taucht Casanova mit den Recken der Unterwasser-Rugby-Mannschaft durch die Spree. Auf einem breiten Floß versucht Roman
ein scharfes Foto von Dora zu fabrizieren. Der nicht gelingen will,
sich auf den Kopf zu stellen.
Die Welt des Habens klappt nicht mehr.
Strahlender Himmel. Voll die Sonne.

Pascal beschwört von der Oberbaumbrücke mit einem erhobenen Daumen unter einem Sonnensegel Kais Kaffeekunst. Schmunzelnd streift er seinen weißen Leinenanzug glatt. In den Rhythmen von KISS beginnt er sich zu entkleiden und auf der Mauer den sterbenden Schwan. Als Dora seinen Beckenboden erblickt, springt sie kreischend zu ihm. Doch ach, in der Welt ohne Unordnung schwimmen sie kann nicht mehr. Roman und die Rugby-Jungs übernehmen. Brynhild, befreit von den Fesseln, wirft Saunatuch und Trainingsanzug in den jauchzenden Chor. Der Gesalbte Schelm fällt aus dem Korb. Sie gebietet den Jubelfröschen, die strampelnde Gestalt trocken zu legen. Die singen aus dem Nibelungenlied uns ist in alten mæren wunders vil geseit. Da schleudert sie die taumelnden Freudensänger der Optimismus- und Gesundheits-Operette vom Spreewaldkahn.

Casanova taucht vor Cruella auf aus der Spree und küsst die Schwänin, die sich in Eos, die Göttin der Morgenröte verwandelt. Der Cruella hämisch zugezwinkert hatte, als sie den Paarungskonventionen der alten Unordnung eine Nase gemacht hatte.

Klara blinzelt und auf einer venezianischen Gondel strahlt Brynhild im Abendlicht. In ihrem Tabarro beschwört Cruella den zögernden Casanova. Küsst ihn auf den Mund, der alsdann der vom feschen Tithonos. Eos versucht ihre wieder mannhafte Zikade zu locken. Ahmt ein Zirpen nach. Wer ist es, dem Cruella Knoblauch entgegenstreckt? Der keinen Knoblauch mag.

Pascal unterbricht den sterbenden Schwan. Die Hardrocker aus der Waldbühne rufen I keep telling you Hard Look Woman. You ain't a Hard Look Woman. Cruella erinnert sich. Die Junggebliebene sieht sie nicht mehr im Spiegel. Sie ist keine harte Frau mehr. Nur das Gesicht. Altershärte.

Brynhild verkündet von der Gondel, dass nur Kai der Starke sie befreien könne. Jetzt erinnert sich Wefhard. Hard Luck Woman. Und weiß, dass es kein zurückgibt. Egal mit welcher Maske, in welchem Kostüm er baggert. Selbst Tannhäuser musste sterben.

Cruellas Funkeln verbrennt die Erinnerungen an die Jugend. Die Fluten löschen die Natur.

Der Gesalbte Schelm prustetiert aus den Wellen gegen die neue Ordnung, bevor. Nichts mit helfenden Geronten. Bei der Unsterblichkeit der Illusionen haben Kinder ein Wörtchen mitzureden.

Erwartungsvoll blicken Kai und Klara in den Honigmond.

„Massiert dir Aphrodite grad den Kopf?"

„Bei dir wäre es schöner."

„Willst du?"

„Erst was essen."

„Wo die Welt auf dem Kopf steht."